AMOR
em
12
meses sem juros

*O amor,
ao contrário
da gente,
não deveria ser
complicado.*

JULIANA REIS

AMOR em 12
meses sem juros

valentina

Rio de Janeiro, 2024
1ª Edição

Copyright © 2024 by Juliana Reis

CAPA
Marcela Nogueira

ILUSTRAÇÃO DE CAPA
Giulia Lopes

DIAGRAMAÇÃO
Fátima Affonso | FQuatro Editoração

Impresso no Brasil
Printed in Brazil
2024

DADOS INTERNACIONAIS DE CATALOGAÇÃO NA PUBLICAÇÃO (CIP)
(CÂMARA BRASILEIRA DO LIVRO, SP, BRASIL)
MERI GLEICE RODRIGUES DE SOUZA - BIBLIOTECÁRIA - CRB-7/6439

R31a

Reis, Juliana
    Amor em 12 meses sem juros / Juliana Reis. - 1. ed. - Rio de Janeiro: Valentina, 2024.
    232 p.; 23 cm.

ISBN 978-65-88490-78-5

1. Romance brasileiro. I. Título.

24-91981

CDD: 869.3
CDU: 82-31(81)

Todos os livros da Editora Valentina estão em conformidade com
o novo Acordo Ortográfico da Língua Portuguesa.

Todos os direitos desta edição reservados à

EDITORA VALENTINA
Rua Santa Clara 50/1107 – Copacabana
Rio de Janeiro – 22041-012
Tel/Fax: (21) 3208-8777
www.editoravalentina.com.br

Dedicatória e Agradecimentos

Para você que precisou ser paciente até o amor te encontrar. Ele sempre encontra.

★★★

Acho que a primeira linha dos agradecimentos precisa sempre estar dedicada a cada um que chegou até aqui — minhas leitoras que estão desde o início, quem acabou de chegar e todo mundo que nem costuma ler, mas está aqui por mim. Cada palavrinha de gratidão tem significado.

Eu agradeço a todas as minhas leitoras. Todas. As que me descobriram escritora antes mesmo de eu me descobrir e a todas que chegaram de fininho ao longo do tempo.

Este livro não existiria sem a Brenda Borges; afinal, sem a autora Brenda Borges não existe a autora Juliana Reis. E sem a amiga Brenda Borges... eu acho que já teria desistido.

Laura, minha vida, que todos os meus textos tenham sempre um toque seu. Obrigada por ser família.

Marianna, *Amor em 12 Meses sem Juros* não seria o mesmo sem você. Eu não seria a mesma escritora sem você. Obrigada por se apaixonar por cada linha e por cada personagem.

Nalu, Lilice, Biboca, Brendinha, Lele, Maricota e Vivi, obrigada por cada leitura, cada risada, cada fofoca e cada chamada de vídeo. Obrigada por tanto incentivo e tanta companhia.

Fefa e Tai, meu dia a dia não seria o mesmo sem vocês. Obrigada por me fazerem mais forte. Obrigada por me olharem e me cuidarem. Obrigada por tanto.

Para a minha Ana Alice, que não sei ao certo o que será, mas que, indiretamente, está em muito deste romance. Você é incrível. Obrigada por ter sido e espero que ainda seja. O tempo, aqui, só nos fez ganhar.

À minha família, sem vocês eu não seria nada. Obrigada por me acolherem e acreditarem em mim. Vocês me ensinaram muito sobre afeto.

Andressa, te amo. Te amo, te amo, te amo. Obrigada por cuidar de mim e me enxergar desde sempre e para sempre. Tudo que eu toco tem um pouco de ti.

E, por fim e mais importante, a todas as meninas que amam meninas e mulheres que amam mulheres: nosso amor é lindo. E potente.

E gritante.

Obrigada.

- ✓ **JANEIRO**
- ♡ FEVEREIRO
- ♡ MARÇO
- ♡ ABRIL
- ♡ MAIO
- ♡ JUNHO
- ♡ JULHO
- ♡ AGOSTO
- ♡ SETEMBRO
- ♡ OUTUBRO
- ♡ NOVEMBRO
- ♡ DEZEMBRO

Capítulo 1

Será que um dia vai dar certo?

Eu fico me questionando o porquê de tudo sempre dar tão errado comigo. Não importa o quanto eu me esforce — é basicamente impossível nutrir um sentimento romântico por alguém. E isso é uma merda. Sério. É uma merda porque eu *sou* uma pessoa romântica e vivo me perguntando qual a finalidade desse traço de personalidade se eu não consigo colocá-lo em prática de maneira alguma.

E não, não é por falta de oportunidade.

Eu tento, a cada trimestre aproximadamente, me apaixonar por uma garota diferente, mas nenhuma relação passa do... trimestre — o estágio probatório ou, no popular, o famoso *test drive*. Não importa o quão absurdamente divertida, inteligente ou extraordinariamente linda a garota seja, meu interesse se esvai na mesma velocidade com que surge — e, para piorar, costuma surgir bem rápido e toda hora.

Todos os sinais me levam a acreditar que eu não tenho capacidade de me apaixonar.

Por ninguém. Não nasci apta para a paixão.

E, bom, devido a esse trágico histórico, acabei colecionando uma quantidade considerável de ex-quase-namoradas que, por motivos óbvios, não gostam tanto assim de mim hoje em dia. E carrego nas costas uma lista *beeem* longa de corações partidos, por mais que eu odeie, com todas as minhas forças, machucar alguém.

Ok, já comecei mal. Sim, esse assunto me deixa pessimista.

Falando assim, parece até que eu sou a mulher mais apaixonante que já pisou na Terra — ou será que eu tenho o ego mais inflado do mundo? —, mas acho que só tem relação mesmo com a coisa de ser super-romântica e tudo mais. As pessoas gostam disso. E, é óbvio que, quando eu estou na missão de me apaixonar por alguém, dou tudo de mim. Tudo!

Sempre funciona para a outra pessoa; já para a *minha pessoa*... acabo ficando à mercê desse sentimento que até chega, mas nunca perdura. Começa já em flor, mas, não sendo bem regado, murcha.

Parece um drama exagerado, mas eu cresci com o tal do casamento perfeito dentro de casa. Sempre foi meu sonho encontrar alguém que eu amasse de verdade, que só de encontrar rotineiramente fizesse meus olhos brilharem, que me entendesse nos mínimos detalhes e que, acima de tudo, *eu* entendesse.

Sempre quis encontrar esse sentimento mágico, essa faísca eletrizante, essa...

E é por esse motivo, e alguns outros *motivinhos*, claro, que passei os últimos vinte minutos absolutamente vidrada num site, até então desconhecido, que passou — sei lá por que, ou será porque *eu* era o público-alvo? — por mim num anúncio do YouTube. Não um site qualquer, desses que a gente vê aos montes por aí, mas um que *garantia*: "Nós Encontramos o Amor da sua Vida". Tinha a maior pinta de *clickbait*, mas conseguiu captar minha atenção e, de fato, caçou meu clique.

— Ana Alice, acorda, garota! — Meu irmão decidiu me trazer de volta à Terra. — Você tá ouvindo o que eu tô falando?

— *Péra*, Pedro. Eu tô pesquisando aqui sobre as malditas lentes para poder te explicar! — Que saco, em pleno janeiro, um calorão de matar, e meu irmão tendo prova. Essa era a única desvantagem de estudar em colégio federal.

— Ana Alice, você nem tá na videoaula mais. — Pedro bufou, me encarando, atônito. — O que é isso aí? — Colocou a cabeça na frente da tela do notebook, arregalando os olhos em seguida. — Você tá em site de relacionamento?! Eu não acredito.

— Que site de relacionamento o quê! Foi um anúncio que abriu aqui sozinho, pirralho. Eu tava, sim, vendo o vídeo sobre lentes convergentes que o seu professor de física indicou.

Ignorei a intromissão, voltei para a aba do *Professor Fagundes Faz a Física Ficar Fácil* e continuei rolando a tela, buscando por mais informações sobre óptica, mas agora com o computador posicionado pertinho do meu corpo, de maneira que o moleque não pudesse bisbilhotar.

— Divergentes! A gente nem chegou nas convergentes ainda. — Ele assumiu uma feição de desespero e saiu correndo para a porta. Eu já sabia: tudo isso era só para chamar a atenção da mamãe. Em seguida, conforme o velho roteiro irmão adolescente x irmã adulta, ele começou a gritar.

Talvez pela TPM, maldita TPM, pela ressaca braba, maldita tequila, pelas cinco xícaras de café do dia, maldito vício ou, quem sabe, pelo uso excessivo de telas, malditas redes sociais, uma forte dor de cabeça se transformou em algo insuportável.

— Mãe! A Ana Alice tá em site de namoro ao invés de me ajudar com a matéria da prova de física! Eu vou repetir de ano e a culpa vai ser toda dela!

— Pedro Antônio, Pedro Antônio, cuidado com o que fala, as palavras têm poder e você vai atrair coisa negativa. Você vai passar de ano, sim! — Percebi uma pausa e sabia que era mamãe respirando fundo. — E deixa sua irmã fazer o que ela quiser, ela é maior de idade. Já tem 24 anos! — gritou da sala, sem dar muita atenção para o motivo do surto do fofoqueiro.

— Vem cá, peste — gesticulando com as mãos, chamei entre os dentes e o agarrei pelo pescoço. Incrível como os irmãos mais novos crescem rápido. — Você não vai repetir de ano, tá? A irmã só se distraiu com um anúncio, mas já voltei pra aula. A gente vai *acabar* com essas lentes, cara! Relaxa — pedi, soltando o pescocinho para logo fazer um cafuné nele.

— Promete?

— Prometo. Você vai tirar a nota mais alta da turma.

Me arrependi assim que terminei de falar, porque, apesar do Pedro Antônio ter 14 anos e ter dado uma bela espichada no último ano, meu irmão não passava de uma criança boba e inocente, que ainda levava tudo um pouco a sério demais. Então ele acreditou em mim. Plenamente. E, bom, não sou eu que vou acabar com esse mar de rosas onde ele vive uma vida doce e transformá-lo num adolescente fedido e amargo.

Finalmente, depois de *centenas* de videoaulas e reclamações de um estudante frustrado e arrependido de ter matado tantas aulas de física para jogar Uno na biblioteca com os amigos, pude tomar um remédio, subir para o quarto e descansar um pouco de luz apagada e cortina fechada. Eu precisava vencer essa enxaqueca que já tomava conta até do dedinho do meu pé esquerdo.

Passados uns quarenta minutos e já me sentindo bem melhor, não resisti e me peguei observando o perfil da Mile, minha última ex-quase-namorada. Esse término foi bem recente. Aconteceu há duas semanas, e, para uma relação que foi um tanto quanto intensa nos últimos três meses, até que terminamos bem, sem grandes estresses. Chegamos a conhecer as famílias uma da outra e tudo. Não de maneira oficial, claro, mas com todos os envolvidos bem cientes do que estava rolando: estávamos só ficando.

Minha família sempre foi cem por cento tranquila em conhecer as meninas que eu ficava, mas eu nunca fui essa pessoa de apresentar todo mundo. Não mesmo. Para vocês terem uma ideia, a Camile foi só a segunda que apresentei. Mas, após dois meses e meio, percebi que eu não estava sentindo o mesmo que ela, ainda que ela não tivesse dito nada explicitamente. Depois de uma certa experiência, eu aprendi a detectar quando o sentimento da outra pessoa não estava acompanhando o meu. Ou melhor, estava acelerando a toda, enquanto o meu... se arrastava.

E era esse, de novo, o caso.

Mile, atualmente, está na fase de responder algumas coisas que eu posto, na tentativa de fingir que podemos ser amigas. Essa fase vem pouco antes da fase em que ela vai me bloquear em todas as redes sociais e fingir que eu não existo. Até uma noite em que, bêbada, ela vai me ligar ou mandar mensagem sugerindo que a gente fique mais uma vez. Quer apostar? Eu vou negar, porque sei que isso é pior para todos os envolvidos. Depois disso, ela, automaticamente, vai me desbloquear de tudo para que eu possa ver o quanto ela está Solteira-e-Feliz postando nas redes sociais de maneira bem mais compulsiva do que o normal.

É um padrão, digamos. Términos fazem isso com as pessoas.

Hoje, especificamente, eu estou no momento de reconsiderar minha decisão. Sempre um erro, mas um padrão para a pessoa que decide pelo término também: a carência chega e o arrependimento bate, afinal, você percebeu que aquela pessoa sempre foi ótima com você.

A Camile era, de longe, uma das meninas mais legais com quem eu já quase tive algo sério. Compreensiva, charmosa, paciente, inteligente... Absolutamente apaixonante. E, cá entre nós, eu não sou de ferro. Ela é linda. Até demais.

Eu poderia, fácil, fácil, colocar um pouco de culpa na frente fria atípica para o mês que entrou aqui hoje, deixando o dia nublado e chuvoso, quando bate uma saudade de ficar agarrada de conchinha debaixo do edredom, assistindo todas as comédias românticas que eu já assisti umas sessenta e oito vezes. Já vi tudo: meu domingo seria inteiro dentro de casa. Que saco!

Sejamos sinceros, não importa o quão bem resolvida você seja e o quanto você ame a sua própria companhia — ou finja amar. Sozinha, esse ritual não tem graça nenhuma. E é por isso que eu acabei cometendo uma atitude completamente impulsiva, enquanto observava a última foto postada nos stories dela, há vinte minutos.

Eu não sei se foram as tranças recém-feitas ou a pele negra levemente avermelhada pela praia de ontem, mas alguma coisa me deixou um pouco hipnotizada. Então... eu respondi. Eu respondi aquela foto da Mile segurando uma long neck com a localização marcando um bar chique/descolado quase na esquina da minha casa.

Tá aqui perto de propósito ou é só coincidência?

Ok. Acho que eu poderia ter sido um pouco menos convencida. Essa coisa toda de site que encontra sua alma gêmea acabou mexendo comigo mais do que eu gostaria. E uma dúvida começou a martelar minha cabeça incessantemente: e se eu já tivesse encontrado a minha e deixado escapar por bobeira? Acho que valia o teste.

Se for de propósito você vem tomar uma comigo?, ela respondeu, na lata, possivelmente devido ao álcool que já havia ingerido.

Tô aí em 20

— Para. Você sabe que fez de propósito, Camile. — Nós duas estávamos fingindo uma discussão porque a garota afirmou, assim que eu cheguei, que, ao contrário do que poderia parecer, ela parou sozinha naquele bar por pura coincidência. E que *eu* fui atrás dela, não o contrário.

E ela tinha total noção de que eu estava ciente da jogada feita ali — e vice-versa! —, mas, ainda assim, afirmava insistentemente que *não* com um sorriso descarado, levando a long neck até a boca e, propositalmente, olhando bem nos meus olhos. Aquela era uma cena linda de se ver. Quase irresistível.

— Mile — corrigiu. Eu já conhecia sua reprovação com o nome, ela sempre preferiu o apelido, mas eu não conseguia me segurar e, quando o tom da conversa pedia, eu sempre acabava implicando.

— Bom, *Mile*, acho que vou ao banheiro. — Toquei de leve sua coxa antes de sair, deixando um sinal sutil para que ela fosse ao meu encontro.

Depois de três minutos encostada na parede daquele banheiro extremamente arrumado e cheiroso, Camile deu três batidinhas na porta.

— Tá aberto.

— Foi mal pelo atraso. Tava lá me perguntando se era isso mesmo que você queria. Seu sinal foi sutil demais. Mas como te conheço bem...

— Sorte sua que você aprendeu a interpretar o que eu quero dizer. — Me aproximei, passando o braço por trás dela, pura e unicamente para trancar a porta.

— E se alguém quiser entrar?

— Vai ter que esperar um pouco.

Agora, sim, foi o momento de pressionar o corpo dela contra a porta. A essa altura, a respiração já estava um pouco descompassada e, como boa leonina, eu adorava isso. Sempre gostei de demonstrações específicas em que ficasse claro que os meus atos estivessem mexendo com a pessoa. Ainda mais nesse contexto.

Mas a Camile não ficava muito atrás, então não hesitou em me puxar pela cintura e dar início a um beijo. Beijo esse que sairia um pouco do nosso controle. Quando percebi, sua mão já estava por dentro da minha blusa, enquanto a minha subia, nada delicadamente, a saia colada que ela estava usando.

Não era nenhum segredo que, nesse quesito, nós duas sempre combinamos muito. Talvez seja esse o motivo para eu não ter resistido a uma *simples e clássica* provocação. Provavelmente com o mesmo motivo e intenção, pensei.

Mas eu estava enganada.

Depois que saímos ofegantes do banheiro e voltamos a conversar, percebi que não passava disso: nós tínhamos uma química inegável. E mais nada. Infelizmente. Foi só ela tocar no assunto de sentir algo diferente por mim para que meu corpo ligasse na hora um campo de força intransponível. Não tinha explicação, justificativa e, muito menos, era racional. Esse sentimento diferente que ela citava não estava ali. Não para mim.

— Olha só... — eu a interrompi, pois não poderia permitir que ela dissesse as três palavrinhas mais apavorantes da minha vida, afinal jamais consegui dizê-las de volta.

Coloquei minhas mãos por cima das dela, vendo sua expressão mudar e sentindo meu coração se apertar por estar fazendo aquilo de novo. *Mais uma vez.* Por estar machucando uma pessoa incrível mesmo que eu preferisse ser machucada um milhão de vezes.

— Me desculpa por ter vindo aqui e acabar te dando esperança de algo que está fora do meu alcance.

— Ana... — Seus olhos se encheram de lágrimas. — Não faz isso, cara. Você viu o que acabou de acontecer. O que a gente sentiu lá dentro foi real — insistiu.

— São coisas diferentes, Mile. — Respirei fundo e fechei os olhos por um milissegundo antes de terminar de falar, me sentindo a pior pessoa do mundo. — O que a gente sente é muito diferente. Você é uma das mulheres mais espetaculares que eu já conheci e, sem sombra de dúvida, o problema tá em mim por não conseguir me apaixonar por você. Você é absurdamente apaixonante. Mas não rola, eu não consigo. — Suspirei. — A gente já conversou sobre isso e tanto eu quanto você ficamos achando que da próxima vez seria diferente. Mas não foi. E a culpa disso é inteiramente minha. — Pressionei as unhas contra as almofadas dos dedos dela, olhando para o chão. Tentei encará-la, mas não consegui. — Me perdoa, tá?

— Eu vou embora! — Mile se levantou, pegando a bolsa apoiada na cadeira ao lado. — Não consigo lidar com isso agora. E, por favor, se é isso mesmo que você sente ou — revirou os olhos — *não* sente, não me procura mais. Não deixa isso acontecer de novo. É tudo o que eu te peço. — Ela me deu um beijo na testa antes de sair, deixando a conta para eu pagar.

Bom, não posso julgar. Eu faria o mesmo.

Capítulo 2

Cheguei em casa me sentindo extremamente mal pela situação que eu tinha causado — consegui piorar o que já estava ruim —, por isso, fui direto para o quarto tomar um banho gelado a fim de esquecer um pouco a noite, a dor de cabeça e todo o remorso que pesava nas minhas costas. Já beirava meia-noite. Rolei na cama, suei, levantei, bebi água, rolei de novo... Por mais que eu tentasse, não conseguia dormir. O desgosto por ter machucado alguém pela milésima vez não saía da minha cabeça. O pior de tudo é que o desgosto vinha de mãos dadas com a frustração de não conseguir sentir nenhuma daquelas coisas que a Camile havia dito. Nem por ela, nem por ninguém.

Então, decidi fazer o que estava tomando conta dos meus pensamentos há algumas horas. Peguei meu computador e, como não lembrava do nome do site, abri a videoaula que eu tinha assistido mais cedo, torcendo para que o mesmo anúncio aparecesse novamente. Para minha sorte, em menos de dez minutos ele apareceu. Cliquei no vídeo e fui redirecionada para uma nova página. Ao que tudo indicava, isso não daria em nada, era mera curiosidade da minha parte, mas eu precisava testar.

Não iria perder grandes coisas tentando. Quem não tem nada não tem o que perder, certo?

Uma página escassa de informações apareceu na tela do meu notebook, mas com uma ótima identidade visual, design superbem elaborado, porém falava pouca coisa a mais do que eu já sabia. O nome do site era Amezzo e eles *realmente* prometiam encontrar o amor da minha vida; não um ótimo *match*, não um possível namoro ou um *date* ideal, mas sim a minha verdadeira alma gêmea.

Afirmavam que isso existia. E que aquela era a forma certa para encontrar. Admito que uma sensação estranha tomou conta de mim, mas foi acompanhada por um rápido revirar de olhos. Novamente, a ansiedade estava lá, mas, dessa vez, com uma pontinha de esperança.

De curiosidade.

Eu não podia me deixar levar. Ou podia?

À primeira vista, não passava de uma enorme brincadeira de mau gosto — não se mexe assim com sentimentos e expectativas — ou um épico charlatanismo. Mas essa coisa no meu peito, alguma coisa maior do que eu, dizia para ir até o final e pagar pra ver. Novamente, eu não iria perder nada tentando. Certo?

Então, decidi seguir meu sexto sentido, por mais que pudesse me arrepender logo em seguida. Cliquei em "participar".

Sem muitos detalhes, o Amezzo me pediu um simples dado: Nome completo e data de nascimento. Quando apertei o botãozinho verde no canto inferior escrito "avançar", esperei que mais alguma pergunta surgisse, mas nada além de uma página de confirmação apareceu.

Ana Alice Marinho, *agora é só aguardar* :)

Foi a partir dessa mensagem que percebi o tamanho da merda que eu tinha feito. Não pela possibilidade de qualquer consequência, mas porque eu sou uma pessoa um tanto o quanto ansiosa.

Ok. *Muito* ansiosa. Ansios*íssima*.

Tomar uma decisão impulsiva dessas às duas da madrugada foi, sem dúvida, uma loucura. Afinal foi só às 4h40, depois de pensar em todos os piores cenários possíveis (vírus que rouba todos os dados era o principal), que meu celular começou a tocar. Não era um número qualquer, mas, sim, um muito específico e, no mínimo, esquisito: 1212-1212. Ufa, ainda bem que eu coloquei o nome *quase* completo.

Devido à absurda quantidade de golpes, não sou o tipo de pessoa que atende ligações de números desconhecidos, muito menos de madrugada, mas, por ser algo tão estranho, resolvi atender. Um robô começou a falar comigo.

"Ana Alice Marinho, aqui quem fala é a Azzie, a inteligência artificial do Amezzo. Vim te dar um retorno sobre o seu cadastro." Nesse momento, meu coração acelerou consideravelmente e tenho certeza de que meus olhos ficaram três vezes maiores com o susto. Eu não havia cadastrado meu telefone em lugar algum. "Já temos todas as informações necessárias sobre você e sabemos que é uma pessoa real. Por isso, você está apta à próxima fase desta experiência. Aguarde novas notícias e esteja preparada para conhecer o amor verdadeiro."

E, então, a ligação caiu. Simples assim.

Acordei no dia seguinte me perguntando se tudo o que tinha acontecido na madrugada era uma espécie de sonho — ou pesadelo, dependendo do ponto de vista — ou se eu, realmente, havia tomado aquela série de péssimas decisões: clicar, cadastrar, atender. Porque, apesar da minha lua ser em áries, eu costumo refletir bastante antes de decidir sobre coisas que podem ter sérias consequências para a minha vida.

Eu sei, isso pode parecer um pouco hipócrita, insano na verdade, quando a gente olha para a lista infinita de quase relacionamentos que eu carrego nas costas, mas, em minha defesa, quando se trata de amor, a regra não se aplica perfeitamente. Como eu já disse, há uma romântica incurável aqui.

Assim que peguei o celular, percebi o quão tarde eu tinha ido dormir. Já eram dez da manhã e eu estava atrasada para iniciar o expediente. Abri o notebook na escrivaninha do meu quarto e precisei descer as escadas de casa correndo para procurar um pouco de café a fim de tentar me manter acordada.

Na segunda-feira, ô dia chato, eu costumava trabalhar de casa. Tanto pela costumeira ressaca alcoólica como, dessa vez, moral.

Meu emprego na *Melk* era bom o suficiente para que eu conseguisse ajudar meus pais em casa, mas não o suficiente para morar sozinha. Eu amava meus pais e meu irmão, mas não via a hora de ter minha independência e poder fazer minhas próprias coisas na minha própria casa. Embora o trabalho na revista exigisse bastante de mim e me tomasse bastante tempo, não pagava muito e eu ansiava todos os dias por um emprego melhor. Mas, para alguém com pouca experiência, praticamente uma recém-formada... quebrava um galho e tanto.

Ir ao escritório era uma boa oportunidade de jogar conversa fora com a Isabella, minha melhor amiga. E hoje, especificamente, era o tipo de dia em que eu precisava de um bom papo com ela. Mas, para completar tudo, era a folga da Isa. Para o meu azar, o *day-off detox*, como ela costumava se referir, era um dia sagrado, com muito yoga e pouca tela, porque ela era, ou tentava ser, uma daquelas pessoas mais naturebas. "Holística", ela sempre me corrigia.

Então, parecia que eu teria que lidar com minha crise sozinha.

Minha cabeça não parava de traçar inúmeras situações bizarras como, por exemplo, algum hacker ter invadido meu computador e roubado todos os meus dados. Só assim eles conseguiram meu número e fizeram aquela ligação digna de filme de terror. Bateu um pânico!

Decidi tirar aquilo da cabeça pois eu passava praticamente o dia inteiro sozinha em casa, com meus pais trabalhando na confeitaria — minha mãe era formada em gastronomia e, com o casamento, eles resolveram investir no empreendimento dela, mesmo que isso tenha feito meu pai largar a carreira de psicologia que tanto amava. Eles sempre foram felizes assim mesmo, do jeitinho que deu para ser.

Além disso, Pedro Antônio ainda estava na escola. Hoje seria sua fatídica prova de física e eu já sabia que o garoto iria alugar meus ouvidos contando sobre todas as estratégias de cola que a mamãe não poderia ficar sabendo nunca.

Só eu, pois sou uma ótima irmã mais velha e ele sempre fez questão de me contar tudo.

Comecei a trabalhar para tentar canalizar meu estresse em algum tipo de produtividade e voltar um pouco da minha preocupação para a matéria que precisava ser entregue amanhã.

Depois de duas horas e três xícaras de café, uma certa frustração por não ter saído do segundo parágrafo começou a bater com força.

Naveguei por algumas lojas online, adicionando vários produtos ao meu carrinho e não finalizando compra alguma.

Quando meu irmão chegou do colégio, me contando superanimado que conseguiu responder todas as questões da prova, fui aprontar algo para almoçarmos, escutando atentamente cada detalhe.

— Eu acho que a Elisa tá a fim de mim, Ana — soltou, absolutamente do nada. O rosto ficou pálido e ele se encolheu todo, como se aquela fosse uma confissão perigosa.

— A sua melhor amiga?

— Ã-hã.

Aos 14 anos, Pedro nunca havia beijado ninguém. Talvez porque era apaixonado pela melhor amiga desde a quarta série. Meu irmão é um gato. Alto para a idade, fortinho, cabelo claro um pouco mais para castanho-escuro e olhos castanhos que quase beiravam o verde. Isso sem contar aquele jeitinho descolado que o tornava ainda mais encantador. Por isso, sempre teve várias meninas correndo atrás dele.

Entretanto, como último romântico que é, Pedro Antônio sempre me prometeu, de pés juntos, que seu primeiro beijo seria por amor.

— O que aconteceu? — Eu me virei para ele, interessada, enquanto esperava o macarrão improvisado ficar pronto.

— Hoje, quando fui pra fila da cantina, ela tava falando alguma coisa com a Milena. Só que na hora que eu cheguei elas ficaram em silêncio e a Elisa ficou com a cara toda vermelha. — Ele olhava para baixo, brincando com os dedos. Meu irmão ainda era novo, mas eu sabia que tínhamos algo em comum: a ansiedade.

— Hum, e você acha que elas estavam falando de você?

— Acho, Ana. — Ele suspirou. — Porque um pouco antes da aula começar, ela tava deitada no meu ombro e, do nada, *juro*, do nada — sua empolgação aumentou, para dar ênfase —, ela me deu um beijo na bochecha. Sem motivo nenhum, cara!

Eu, particularmente, achava uma graça toda essa paixão em segredo que ele nutria pela Elisa. Há anos ela frequentava nossa casa e eu não tinha dúvida alguma de que o sentimento era recíproco. Então, sempre fiquei ali, ouvindo ele me contar todos os mínimos sinais que apareciam e o encorajando a tomar uma atitude.

— Pedro, por que você não fala com ela? — Me sentei perto dele, ali na mesa da cozinha. — Vocês são melhores amigos.

— Enlouqueceu? Justamente por isso! — Ele arregalou os olhos. — Se ela me der um fora eu vou perder minha melhor amiga, Ana!

— E se ela estiver esperando uma atitude? — Sorri. — Você pode estar perdendo tempo com o amor da sua vida. As meninas nessa idade costumam estar bem mais maduras que os meninos. Por isso esperam de vocês uma postura mais, digamos, proativa.

— Ana Alice, eu tenho só 14 anos. — Pedro fez cara de tédio.

— Desculpa, acho que projetei. — Ri pelo nariz, voltando a prestar atenção na comida. — Segue seu coração, que tal?

— Meu coração tá dizendo para eu ficar bem quietinho na minha até *ela* fazer alguma coisa. E é isso que *eu* vou fazer — ele disse, com absoluta certeza no tom da voz.

— Bom, você quem sabe, então.

Depois do almoço, tentei focar na matéria que eu precisava entregar, mas nada aconteceu. Produzi, no máximo, mais duas linhas, porque minha cabeça estava em outro lugar. Abri mais uma aba no navegador e digitei amezzo.com.br. A mesma página inicial apareceu, ainda sem qualquer informação relevante para mim. A espera por um sinal estava começando a me matar. Com as pernas se mexendo sozinhas e o coração palpitando numa frequência maior do que normal, já concluindo que tinha entrado numa roubada, decidi mandar uma mensagem para a Isabella, por via das dúvidas. Caso ela respondesse, ótimo. Se não, estava claro que medidas drásticas precisariam ser tomadas, como mandar mensagem para alguém que me julgaria ainda mais: Theo.

Andei de um lado para o outro pela casa, roendo as unhas, esperando alguma resposta da Isabella. Admito que não esperei muito, sei lá, uns quarenta segundos, e quando me dei conta de que ela não me responderia, liguei para ele, que atendeu em apenas dois toques.

— Amigo, acho que fiz besteira.

— Desde que seja uma besteira com aprendizado, tá valendo. — Theo já começou me validando, como sempre. Ufa! Só custava saber por quanto tempo essa defesa toda continuaria.

— Então, na verdade, não foi nada demais. Quer dizer, eu fiz uma besteira, grande, sim, foi demais, sim, mas não é dela que eu quero falar. — Me enrolei, pensando na situação da noite anterior com a Camile. — Acho que é uma coisa bem estúpida e boba, mas que tá me corroendo de tanta ansiedade — comecei a contar.

— Acha ou tem certeza, Ana Alice Marinho? — ele perguntou, me chamando pelo nome composto quase completo; um sinal claro de reprovação. Porém, logo em seguida, minha campainha tocou.

— Cara... — comecei, segurando o celular na orelha com o ombro, enquanto andava em direção à porta de casa — ontem, sei lá por que, apareceu pra mim um site que prometia encontrar o amor da minha vida e...

— Acho que não poderia começar pior. Acho, não. Tenho certeza.

— Pois é. — Ri pelo nariz, abrindo a porta e me deparando com um envelope vermelho escuro no chão, sobre o capacho. Abaixei para pegá-lo, tinha o formato de uma carta, como as antigas, fechada por uma aba triangular. — Eu meio que estava num momento caótico, se é que serve de alguma coisa, e... — comecei a explicar, rasgando o lacre do envelope e puxando um papel no mesmo tom, onde estava escrito "Amezzo" em letras brancas, e com a mesma logo do site.

Por um segundo, minha visão ficou turva e meu cérebro gritou: pegadinha!

— Não serve de nada! Quando é que você não está num momento caótico, Ana?!

— Cara, acabou de acontecer uma coisa *muuuito* estranha. — Respirei fundo três vezes, pensando no que falar. Então decidi não falar nada, inventei uma desculpa esfarrapada e desliguei, botando a culpa no sinal. — Alô, Theo? Alô?... Não tô mais te ouvindo...

— Ah, não, Ana Alice. Agora eu tô curio... — ele resmungou, pouco antes de eu apertar o botão vermelho na tela do celular.

Eu estava em completo choque. Já com a boca seca, fui obrigada a beliscar o braço para garantir que não era um sonho. Bom, talvez um sonho dentro de um sonho? Quem nunca?

Ana Alice Marinho

É com muita satisfação que nós, do programa Amezzo, te recebemos em nossa experiência. Esse programa foi desenvolvido com as mais modernas ferramentas de Inteligência Artificial para que o destino se manifeste com toda sua potência. Com o intuito de construir e preservar relações profundas, de amor verdadeiro. Não um amor que se constrói ou se manifesta, mas sim um amor que se conecta. Um amor que já existe, antes mesmo de ser descoberto. Predestinado, infinito e certeiro. Eterno! Um amor que, uma vez encontrado, não se perde de vista jamais. Um amor que sempre existiu. Sempre!
Estamos funcionando em mais de 19 países e nosso programa já gerou, aproximadamente, 87 mil casais feitos um para o outro.
O que você irá encontrar aqui valerá para o resto da sua vida.

Nós já encontramos o seu amor. Agora é sua vez. Não perca a chance. Esteja amanhã, às 12h12, na Rua Garcia Pedroso, 1212.

Capítulo 3

Aparecer naquele endereço parecia a maior loucura que um ser humano poderia cometer.

Tentei pensar em todas as explicações para essa empresa ter conseguido acesso às minhas informações e nada me pareceu plausível o suficiente. Ou esse papo de inteligência artificial era mesmo a grande revolução da humanidade? Não vou negar que, a essa altura, eu estava terrivelmente assustada com o rumo que tudo poderia tomar. Qual seria o próximo passo? Um sequestro relâmpago? Já tinha perdido as contas de quantas teorias da conspiração eu tinha aventado.

A coisa acabou acendendo uma característica minha: a curiosidade. Mais um problema! Prefiro ela sempre apagada. Repito, aparecer naquele endereço parecia a maior loucura que um ser humano poderia cometer. Ainda assim, eu estava, é claro!, considerando cometê-la.

Logo eu que sempre critiquei aquelas cenas, clichê puro, de filme de suspense B: "Que tal a gente invadir, de madrugada, aquela casa mal-assombrada, só para saber se mora mesmo um serial killer demoníaco no porão?" Mas isso aqui era vida real. "E daí que três adolescentes entraram lá em 1967 e nunca mais foram vistos?"

Além disso, eu poderia muito bem me disfarçar e observar a movimentação. Não queria correr o risco de deixar passar a oportunidade, afinal "*Valerá para o resto da sua vida*", e, de mais a mais, dentro de todas as minhas teorias, também estava a micropossibilidade de ser mesmo uma jogada do destino. E se o amor da minha vida aparece, por mais impossível que possa parecer? Eu realmente queria que isso tudo fosse real. Quem não joga não ganha. Sentada no sofá é que não vai acontecer.

"Mas vá com dez pés atrás, Ana Alice. Você não é tão idiota assim", gritou, lá do fundo, minha sanidade.

Fui acordada dos meus pensamentos com o toque de "Not my Fault", da Reneé Rapp, vindo do meu celular. Poucos minutos depois de ter desligado a chamada com Theo, ele estava me retornando.

— Oi...

— *Oi*, Ana Alice?! Você solta essa bomba e me atende com um oi? — Theo surtava no meu ouvido, mais preocupado do que qualquer outra coisa. — O que aconteceu de *tãããooo* estranho?

— Eu me inscrevi num site que prometia encontrar o amor da minha vida — abri o jogo.

— Tipo o Tinder?

— Não, muito melhor. Eles *garantiam* encontrar o amor da minha vida. *Mesmo*. Tipo, a metade da minha laranja, a tampa da minha panela, a chave do meu cadeado, o recheio da...

— Tá, tá, já entendi!

— E... — Respirei fundo, pensando uma, duas, três vezes. — Claro, eu me inscrevi.

— Esse seu bloqueio emocional não está te levando longe demais?

— Você nem imagina. — Cocei a cabeça e me sentei no sofá. — Ontem mesmo eles entraram em contato comigo e hoje enviaram uma carta passando um endereço meio esquisito lá no Centro. — Decidi esconder alguns detalhes, porque eu sabia que ele jamais iria me incentivar a fazer isso se eu falasse dos números.

— E que endereço é esse?

— Na carta está dizendo que é lá que eu vou encontrar o amor da minha vida, mas tô achando muito nada a ver isso tudo.

— Bom, se você quer *mesmo* fazer isso, não sou eu quem vou te impedir. Vou julgar, só um pouquinho, juro, mas tudo bem. Sei que você é teimosa o suficiente para simplesmente decidir ir escondida, sem falar nada com ninguém. Então me passa sua localização que eu fico de olho, qualquer coisa apareço lá e enfio a porrada em geral.

— Pior, Theo, e se eles me fizerem encontrar um homem?! — considerei, de repente, de olhos arregalados. Não tinha parado para pensar nessa possibilidade.

— Ué, você não disse que é lésbica na inscrição?

Engoli em seco.

— Digamos que eles não pediram tantas informações assim. — Dei uma enrolada.

— Bom, se mandarem um homem, aí você já vai saber de cara que eles são uma fraude.

Gargalhei com a resposta, mais de nervoso do que qualquer outra coisa. Ele tinha toda razão.

— Cara, cê bota fé? — Eu estava realmente considerando a opinião dele naquele momento, por mais que ele não soubesse da história toda.

— Claro que não! — Riu. — Mas acho que eu pagaria pra ver, sinceramente. Daria esse tiro no escuro.

— Pois é! — Agradeci por ele pensar como eu, no fim das contas. — Quem não arrisca... É o que eu digo, Theozinho, é o que eu digo.

— Depois me conta o que rolou, afinal, se for bom, vou querer me inscrever também.

De noite, quando meus pais chegaram em casa, eu já estava um pouco mais calma. Meu pai foi logo contando sobre uma situação engraçada que tinha acontecido na confeitaria.

O namorado de uma cliente habitual havia aparecido com uma aliança no dia anterior pedindo para que a colocassem dentro da xícara de capuccino da futura esposa. Meu pai se encarregou pessoalmente, para que nada desse errado, e assim o fez, mesmo achando o pedido de casamento um tanto inusitado, sem o noivo por perto. Quando a mulher percebeu o anel dentro do café, fez um escândalo, e meu pai demorou bem mais que o necessário para conseguir explicar a ela o que estava acontecendo, e quase o tiro saiu pela culatra.

Dona Adriana contou que ele tinha passado a tarde inteira comentando sobre isso e achando a maior graça, enquanto ela, àquela altura, já estava sem paciência. Ainda assim, dava para perceber que minha mãe adorava todas essas histórias, só estava cansada mesmo, o dia havia sido supercorrido.

Eu fiquei só observando a dinâmica dos dois — todo aquele amor no olhar e a cumplicidade trocada por mais de vinte anos — e me perguntando quando seria a minha vez.

Assistimos, em família, uma das trezentas comédias românticas da Jennifer Aniston com o Adam Sandler antes de dormir, o que, novamente, me trouxe esse pensamento insuportável. Lógico que fui deitar com o assunto martelando na cabeça, como se fosse um disco arranhado.

Nem eu mesma me aguentava mais.

Já passava da meia-noite quando recebi uma mensagem da Camile. Eu estava rolando de um lado para o outro na cama, e me assustei com a inesperada notificação.

Tá acordada?
Oi, tô sim! Tudo bem?
Não tô conseguindo dormir e você é a única pessoa que eu conheço que sofre de insônia

Duvidei um pouco de que, considerando nossa geração, eu fosse de fato a única pessoa, mas relevei. Eu também precisava de companhia, no fim das contas.

Tem certeza q quer conversar comigo, Mile?, decidi me certificar.
Aham, tá tudo bem

Ela continuou digitando, então esperei pela próxima mensagem. O sinal apareceu e sumiu algumas vezes, antes da mensagem ser enviada.

Você acha que um dia vai conseguir se apaixonar?

Alerta de tópico sensível.

Demorei cerca de cinco minutos para responder um simples *Espero que sim* e, surpreendentemente, o assunto seguiu de forma saudável. Falamos basicamente sobre antigos relacionamentos. Mile afirmou, ao que parecia, em tom de brincadeira, que, pelo meu histórico, eu não tinha salvação mesmo, mas eu torcia profundamente para que ela estivesse errada. Ficamos jogando conversa fora por umas duas horas, quando ela se despediu para dormir. Já eu, acabei ficando naquele dorme-acorda até as seis da manhã, quando decidi levantar e começar a me arrumar mais cedo para o trabalho.

Tomei um café da manhã reforçado, me preparando para o dia que estava por vir. Além disso, preparei uma marmita com a comida do jantar para almoçar no escritório.

— Madrugou, minha princesa? — meu pai me cumprimentou ao descer as escadas e me ver sentada no sofá assistindo ao jornal. Me deu um beijo na testa como sinal de bom dia e foi para nossa cozinha americana, ainda conversando comigo. — Dormiu bem?

— Mal consegui dormir, pai. Por isso já tô de pé.

Rogério me olhou, preocupado.

— Ainda isso, filhota? — Ele encheu uma caneca com o café que eu havia deixado na cafeteira. — Eu não preciso nem falar da terapia mais uma vez, porque você já não deve mais aguentar. Seu pai é psicólogo e você se recusa a marcar uma consulta. Isso não existe — ele brincou. — Mas tenta pelo menos ir ao médico ver isso, se os chás não funcionaram, talvez só mesmo um remédio resolva essa situação.

— Você sabe que eu detesto tomar remédio — resmunguei.

— Mesmo que seja algo natural, um fitoterápico, sei lá. Mas você precisa — ele insistiu. — Tem coisas que a gente aprende a gostar aos poucos, porque fazem bem. E se faz bem, é bom.

— Valeu, Dr. Autoajuda — brinquei com ele. — Se piorar, a gente vê isso, tá bom?

— Promete?

— Prometo. — Assenti com a cabeça sem tirar os olhos da televisão.

— Vai trocar de roupa que hoje eu te dou uma carona para o trabalho, anda. — Ele sorriu para mim, encostado na bancada da cozinha, enquanto levava a xícara até a boca e tomava o último gole.

Não perdi a oportunidade e subi as escadas correndo, animada por não ter que ir de metrô. O transporte público sempre foi meu pior inimigo das manhãs, e acabava fazendo o atraso ser inevitável, por mais cedo que eu saísse de casa. Afinal, meu lema era: gosto de acordar cedo para me atrasar com calma.

Dentro do carro, papai me direcionou mais um sermão sobre terapia e medicamentos, embora eu tenha passado o caminho quase inteiro tentando mudar de assunto. Essa luta durou cerca de vinte minutos, até ele me deixar na porta do enorme prédio empresarial onde ficava a redação da *Melk*.

Respirei fundo olhando o horário enquanto esperava o elevador. Ainda faltavam cinco horas para o grande momento. Aquele que *valerá para o resto da sua vida*. Com certeza, essa seria a manhã mais longa da minha vida.

Capítulo 4

Eu tive praticamente vinte e quatro horas para mudar de ideia desde que a carta chegou e, ainda assim, continuei com a mesma inclinação: aparecer naquele endereço aleatório de um site que, do nada, apareceu para mim, me convenceu a participar e me enviou um convite sem que eu sequer tenha fornecido qualquer informação relevante.

Definitivamente eu estava perdendo o juízo.

Deixei o Theo avisado e passei a manhã inteira evitando tocar no assunto com a Isabella durante o expediente, porque sabia o sermão colossal que viria pela frente. Talvez fosse o que eu mais precisava para largar de vez a ideia absurda. Contudo, alguma coisa me impedia de fazer isso. Maldito pressentimento.

Fui a primeira a chegar na redação, pois havia solicitado a tarde para a minha chefe, então encerraria o expediente depois do almoço. Tudo isso por um mero encontro. Ou, quem sabe, *O Encontro*!

Por mais inacreditável que fosse, eu tinha me arrumado mais do que deveria antes de sair para o trabalho. A ideia de encontrar uma pessoa por quem eu pudesse finalmente me apaixonar estava, cada vez mais, adentrando meus neurônios. E, não havia como negar, isso me deixava um tanto o quanto animada. Por isso, escolhi minha melhor blusa de botão, branca com finas listras pretas na vertical — minimalista — e a calça mais nova que eu tinha no guarda-roupa, uma cargo em tom bege. Coloquei um tênis recém-lavado e uma correntinha no pescoço. Passei meu perfume favorito e, depois de mandar a localização para o meu melhor amigo, saí da *Melk*.

O caminho inteiro foi de muita agonia, mas meu sexto sentido dizia que nada trágico estava por vir, mesmo com minha ansiedade tentando me convencer do contrário: Cuidado, a casa é mal-assombrada!!! Mas eu jurei para mim mesma que não passaria da sala e só perguntaria "tem alguém em casa" apenas uma vez. Descer uma escada de madeira com degraus que rangem, vasculhar o porão cheio de teias de aranhas só com um toco de vela na mão... ah, isso de jeito nenhum.

De dentro do táxi, eu observava os arranha-céus e o vaivém frenético do Centro da cidade. Naquele horário, era possível ver todo tipo de gente pelas calçadas. Algumas pessoas pareciam estressadas, apertadas de tempo, fazendo fila nos fast-foods da vida, outras estavam claramente já arrumadas para curtir o happy hour, com aquele brilho de juventude ofuscando o corre-
-corre.

Eu sabia bem como era. O happy hour com dose dupla de terça podia ser surpreendente.

Foi possível avistar também desesperança, gente andando completamente cabisbaixa, o caminhar arrastado, os ombros caídos, as lágrimas escorrendo... A vida não sorri para todos.

Mas o que mais chamava minha atenção era um pensamentozinho, daqueles bem pequenininhos, lá no fundo, que me fazia questionar se uma daquelas pessoas que andavam pela rua poderia ser a *minha pessoa*. A pessoa com quem eu, teoricamente, iria me encontrar em alguns minutos.

A pessoa da minha vida.

E, meu Deus, como eu esperava que essa fosse a verdade, e não um golpe ou uma câmera escondida de péssimo gosto. Como eu queria me iludir com isso sem nenhum peso na consciência ou sensação de estar sendo ingênua demais. Porque, sendo sincera, essa, sim, era a maior chance. Bem que eu te avisei, diria minha sanidade.

O táxi me deixou na esquina para não ter que dar uma volta enorme, só tive que andar mais uns trinta metros até chegar ao número 1212. Ainda achava muito estranha toda essa coisa com o número doze, mas preferi ignorar. Quando cheguei na frente daquele prédio, todo pintado de vermelho-escuro, no mesmo tom da carta que eu recebi, não soube o que fazer. Não sabia se deveria esperar por algo ali mesmo, na calçada, ou tocar o interfone e aguardar uma resposta. Se deveria entrar de uma vez e esperar por algum tipo de recepção no saguão.

Antes de tudo, decidi mandar uma mensagem para o Theo. Melhor.

Estou aqui. Viva por enquanto. Nada de sequestro

Depois disso, olhei o relógio e percebi que já eram 12h15. Respirei fundo, fechei os olhos, fiz o sinal da cruz, cruzei os dedos, ajeitei a postura, limpei a garganta, contei até três, falei *pensamento positivo* e toquei o interfone. Segurei a barra da minha blusa com força, como se a peça de roupa fosse meu colete salva-vidas. Depois de chamar seis vezes, uma voz adocicada me respondeu. Na sétima, preciso revelar, eu teria desistido. Mentira, na vigésima.

— Olá, Ana Alice Marinho! Que bom que veio. Estávamos esperando você. Vou abrir a porta. Atravesse o hall, caminhe pelo corredor vermelho, vire a primeira à direita e abra a última porta à esquerda, a de vidro jateado, está bem?

— Ok — respondi, pigarreando pela segunda vez logo em seguida.

Quando empurrei a porta de entrada, um ambiente vermelho e branco se apresentou, com dois sofás de aparência extremamente aconchegante e cara e um divã clássico entre eles. Nada a ver, pensei. Tinha também um balcão de atendimento, vazio. A iluminação era bem fraca, mas parecia que era apenas para dar um tom romântico ao ambiente, junto com um sutil cheiro de jasmim que pairava pelo ar.

Não sabia o que demonstrava mais o meu nervosismo naquele momento: o coração completamente disparado — qualquer um que se aproximasse ouviria a batucada —, a mão suada, a boca seca, a vontade de ir ao banheiro, uma vontade quase incontrolável de comer todas as cutículas ou a tremedeira que meu corpo havia iniciado há poucos segundos. Independentemente do que fosse, eu definitivamente estava surtando. E torcendo para uma crise de ansiedade não começar. Sempre dá para piorar. Tentei respirar fundo e, como instruído, caminhei até alcançar a tal porta de vidro jateado, segurei a maçaneta e, esperando pelo pior, empurrei a porta com certa parcimônia e estiquei o pescoço.

Mas o pior não veio.

Assim que entreabri a porta, uma música instrumental, puxada por um violino, penetrou suavemente meus ouvidos e acalmou um pouco meu nervosismo. Pensei duas vezes antes de abri-la completamente, com medo do que poderia estar por trás, mas quando tomei coragem, não fui capaz de sentir uma gota de arrependimento pela minha decisão.

Uma mulher que aparentava estar na casa dos trinta anos, ou algo muito próximo disso, estava sentada, de frente para mim, a uma mesa que parecia simular um jantar romântico. Sua expressão naquele momento era de espanto e, imagino eu, que a minha não estaria longe disso. Eu poderia ter idealizado várias coisas sobre essa situação, menos que daria de cara com uma das mulheres mais sexys que já vi. O cabelo preto e ligeiramente ondulado estava solto, batendo um pouco abaixo dos ombros. Tinha leve ascendência amarela e as sardas espalhadas pelas bochechas e nariz davam um charme a mais, um conjunto que definitivamente chamava atenção. Como era linda. Classuda. A mulher demorou um tempo me encarando, em completo silêncio. Então, decidi quebrar o gelo.

— Sabe, eu jurava que ia ser sequestrada — comecei. — Tô bem feliz que isso não aconteceu.

Ela deu um sorriso de lado.

— Você não pode ter tanta certeza disso... *ainda*.

Foi um pouco difícil para mim ouvir sua voz extremamente aveludada e não me encantar.

— Você não tem muita cara de sequestradora, embora a história toda pareça suspeita, de fato.

— E ineficaz? — completou rapidamente, com certa indiferença na voz.

Confusa, decidi desencostar da porta de vidro e caminhei até a cadeira à sua frente, me sentando e bebendo um pouco da água disponível em uma taça de cristal.

— Então... — Tentei pensar em algo para falar, a fim de quebrar o silêncio que havia se instalado enquanto ela olhava fixamente para baixo, brincando com o tecido de seu vestido preto colado ao corpo. Foi quando percebi que ainda não tinha me apresentado. — Meu nome é Alice. Ana Alice Marinho, na verdade. Prazer.

— Olá, Alice. — Ela abriu um leve sorriso e estendeu a mão. — Naomi Mori.

— Que nome bonito — comentei. — Diferente, acho que não conheço nenhuma Naomi além da Campbell.

— Minha *batchan* que escolheu. Nomes começando com N são basicamente uma tradição na nossa família.

— Nossa, que legal. No meu caso é um pouco mais chato. Minha mãe queria Ana e meu pai queria Alice. Tcharam! — Abri um sorriso largo, esperando alguma reação da parte dela, mas recebi apenas mais um leve sorriso, e lá estava ele de volta, o tal do silêncio constrangedor.

Olhei para os lados, tentando procurar alguma coisa naquela sala que pudesse dizer algo ou me ajudar de alguma maneira. E, neste exato momento, tudo que eu me perguntava era: como acreditar que a garota na minha frente, apesar de ter despertado em mim algo diferente, seria o amor da minha vida? Nem ao menos assunto nós tínhamos. Essa mistura de inteligência artificial com obra do destino estava se mostrando uma cilada.

Até porque, pelo menos da parte dela, não parecia ter muito interesse rolando nessa mesa de jantar. E a tal da química? Será que apenas escolhiam aleatoriamente? Ou será que Naomi fazia parte da equipe do site e era tudo um grande experimento?

Sorria, você está sendo filmada. Era só o que me faltava.

Voltei meu olhar para ela, que parecia um pouco distante. Talvez estivesse pensando o mesmo que eu — também não fazia parte daquela farsa. Ou talvez eles estivessem certos, porque meu coração acelerou de uma maneira esquisita quando ela abriu a boca para dizer algo, mas desistiu no meio do caminho. Eu a observava, esperançosa de que algo extraordinário fosse acontecer.

Quando finalmente parou de encarar as mãos sobre as coxas, ela levantou o rosto na minha direção, parecendo pronta para dizer o que tinha tentado começar... mas foi interrompida pela mesma voz do interfone, vinda de algum lugar daquela sala.

"Ana Alice e Naomi, estamos muito felizes que tenham se encontrado! Sejam bem-vindas ao Encontro Rápido da Amezzo, onde é possível, finalmente, ficar cara a cara com sua alma gêmea e conhecê-la melhor." A voz deu uma pequena pausa. "Aproveitem esse tempo juntas, saboreiem o momento, muitos outros virão pela frente. Em cinco minutos, o almoço será servido."

Naomi agora olhava para os lados, parecendo mais nervosa do que eu, apesar de, na minha cabeça, isso parecer quase impossível. Eu percebi uma perna agitada embaixo da mesa, um olhar que escaneava tudo naquela sala, mas não me encarava. Ela evitava, a todo custo, trocar olhares comigo.

— Alma gêmea — comentei, rindo pelo nariz. — Você acredita nisso?

Ela demorou alguns segundos antes de me olhar e responder em tom ríspido:

— Claro que não.

— Hum, eu acho que não acredito cem por cento também, mas a ideia me conforta um pouco, sabe? Eu não costumo me dar muito bem em relacionamentos. — Aproveitei a chance e mantive meu olhar em seu rosto, tentando captar alguma expressão, mas ela apenas levantou as sobrancelhas, assentindo. — Se você não acredita, por que se inscreveu? — Mantive o tom mais leve possível, para que ela não levasse como ofensa.

Quando Naomi decidiu falar alguma coisa, fomos interrompidas, novamente, por um garçom que entrava com um prato coberto por um cloche em cada mão.

— Estrogonofe de camarão, o prato preferido das senhoritas — afirmou ao nos servir. Fiquei um pouco desconcertada com mais uma informação sobre mim que eles possuíam, sem que eu a tivesse fornecido. Além de achar ligeiramente cômico o fato de eles terem escolhido alguém que tivesse o mesmo prato preferido que eu, o que era verdade, pelo olhar de perplexidade que Naomi carregava.

Será que esse era o critério escolhido? Alguém que gostasse das mesmas coisas que eu? Porque, para mim, parece um critério extremamente duvidoso a se seguir. Um relacionamento não poderia se sustentar apenas por gostos em comum.

Depois que o garçom encheu nossas taças de vinho tinto e saiu, decidi tentar quebrar o silêncio constrangedor que teimava em se formar.

— Então, eles acertaram? — perguntei.

Naomi apenas revirou os olhos, respirou fundo, e se levantou da cadeira, saindo pela porta de vidro a passos rápidos, sem dar qualquer explicação.

Capítulo 5

Sem pensar duas vezes, me levantei e fui atrás dela. Naomi já estava passando pela porta de saída, seguindo pela calçada. Tinha pressa, mas evitava esbarrar nas pessoas que encontrava pelo caminho.

— Naomi! — gritei, segurando a porta antes que batesse e parti para alcançá-la. — Naomi, espera, por favor!

Ela continuava andando rápido demais, sem olhar para trás, e eu poderia ter desistido ali. Mas decidi correr e quando finalmente consegui, me postei bem na frente dela. A mulher apertava os braços contra o corpo e parecia segurar um choro guardado na garganta.

— Naomi, por favor. Eu te fiz alguma coisa? — perguntei, com um desespero mais aparente do que deveria em minha voz falhada, antes de desenfrear a falar. — Por que você saiu correndo? Eu entendo que é uma experiência mais do que estranha e eu também fiquei assim desde o início. Mas, fala sério, poderia ser pior. Eu tô me esforçando aqui! Fiquei encantada por você e, eu juro, achei que você estaria, no mínimo, disposta a bater um papo e me conhecer melhor, sei lá, porque eu tô aqui de verdade, de coração aberto, por mais que não acredite tan...

— Eu estou noiva, Alice — ela me interrompeu. Engoli em seco, digerindo aquela informação com um olhar de espanto. — E vou me casar em breve.

— O que você foi fazer lá, então?

— Eu achei que seria ela. — Fiquei confusa.

— Ela...?

— O amor da minha vida. Eu queria uma confirmação, então fiquei pesquisando sobre essa merda toda e encontrei vários depoimentos de pessoas que participaram da experiência. E todas, TODAS!, estavam extremamente felizes e afirmavam ser algo verdadeiro. Então eu me inscrevi, pronta para encontrar minha noiva lá!

Caraca, essa nem eu podia imaginar!

— É... bem... Eu não sabia, Naomi. — Respirei fundo. — Me desculpa, eu...

— E quem entrou foi você, Alice. — A cara se fechou, o maxilar trincado. — E mais, se esse tal de Amezzo estiver certo, eu não faço ideia do que fazer agora. Como eu vou ter coragem de seguir com isso sabendo que não é ela? Sabendo que *eu* estraguei meu casamento?

Senti algumas pessoas esbarrando em mim conforme passavam, também apressadas.

— Naomi, será que a gente pode conversar antes de você ir embora? Se dê uma chance, poxa. *Me* dê uma chance — insisti.

— Você está se ouvindo, Alice? — Ela parecia incrédula. — Acabei de te dizer que te conhecer arruinou o meu futuro e você tá me pedindo pra te dar uma chance?

— Não, não foi isso que eu quis dizer — tentei continuar, sentindo meu rosto queimar de nervoso. Meus olhos também ficaram cheios d'água e uma angústia terrível se formou na minha garganta. Eu estava me sentindo a pessoa mais idiota do mundo.

— Eu não tô nem aí pro que você quis dizer, Alice. — Ela desviou de mim e seguiu em frente, fazendo sinal para o primeiro táxi que passou.

Senti algumas lágrimas escorrendo, sem entender muito bem o motivo. Eu tinha acabado de conhecer aquela mulher e ela não havia sido legal comigo nem nos primeiros cinco minutos. Ainda assim, eu me encontrava extremamente frustrada pela forma como tudo tinha acontecido. Por quê? Como uma pessoa que eu acabei de conhecer surtiu mais efeito em mim do que todas as outras que passaram pela minha vida? Tinha alguma coisa aí, e eu precisava descobrir.

E se todos aqueles depoimentos de pessoas que passaram pela experiência e estavam felizes existiam de fato, por que tudo deu errado logo na minha vez?

Voltei em direção ao prédio, caminhando devagar. Me arrastando, na verdade. Eu não sabia se deveria entrar lá novamente e tentar encontrar alguém que pudesse me dar respostas ou se deveria simplesmente ir para casa e fingir que nada disso tinha acontecido. A segunda opção parecia mais sensata, mais fácil, mas não estava dentro do contexto mais sensato da minha difícil vida amorosa, então toquei o interfone.

— Oi, Ana Alice! Está feliz com a sua experiência? Conta um pouco para a gente sobre o que achou da sua alma gêmea — a voz quase robótica falou, me irritando de uma forma...

— Eu quero é que vocês vão para o inferno!!! — Soltei toda a minha frustração de uma vez. — Eu não faço ideia de como vocês conseguiram os meus dados, mas eu quero que vocês apaguem todas as informações sobre mim que tiverem. Tudo! Agora! Eu não quero saber disso aqui nunca mais! Nunca mais. E se vocês me procurarem de novo, eu chamo a polícia, processo vocês, quebro essa merda toda...

— Ana Alice, seu desejo é uma ordem, não iremos lhe procurar nunca mais. Entretanto, é impossível deletar suas informações, pois elas não estão em um banco de dados. Nós da Amezzo, digamos assim, *apenas* sabemos. Mas fique tranquila, o amor da sua vida ainda vai te encontrar. É impossível fugir do destino. — A voz carregava um irritante ar de tranquilidade, como se tivesse total certeza daquilo. A *minha* certeza agora era de que nada daquilo era real. E de que não passava de um trambique, uma maluquice sem precedentes. Maluquice essa que eu nem era capaz de entender. — Pode avaliar nosso atendimento de 0 a 10?

Soquei o interfone fazendo a voz, que já iria voltar a falar mais baboseiras, se calar. Grunhi de dor logo em seguida, segurando meu punho, e ao invés de fazer algo sobre isso, decidi andar em direção a lugar nenhum. Para melhorar o cenário de filme catástrofe, uma chuva desabou sobre a minha cabeça. Ou melhor, sobre a *minha* cabeça, desabou foi uma tempestade. E eu desejei, com todas as minhas forças, ser carregada por uma enxurrada histórica.

Depois do quinto litrão que bebi num boteco no caminho de casa, já não me encontrava em boas faculdades mentais. Não que eu estivesse em perfeitas condições antes disso tudo, ou mesmo algum dia, para ser sincera.

A questão é: fui impulsiva mais uma vez.

Beirava meia-noite e é claro que considerei mandar mensagem para a Camile, afinal, o nosso, nosso... nosso sei lá o que estava muito recente, mas ainda tinha noção o suficiente para saber que não seria justo com ela. Nem comigo. Consequentemente, ao invés disso, mandei mensagem para outras duas pessoas. Eu precisava contar o que tinha acontecido ou só pegaria no sono no ano que vem.

Uma delas, porque eu estava com a cabeça fora do lugar, a outra, porque eu precisava colocar minha cabeça no lugar.

— Ana Alice, o que você aprontou dessa vez? — Isabella abriu a porta de casa, liberando pouco espaço para que eu pudesse entrar sem que o Foguinho, seu gato preto, saísse.

— Você não vai acreditar. — Sentei no sofá, esperando a Isa chegar perto o bastante de mim para que eu pudesse deitar no colo dela. Quando ela se aconchegou, apoiei minha cabeça numa almofada sem respeitar em nada seu espaço pessoal.

— Em nome de todos os deuses que existem, não me fala que você foi atrás da Camile de novo? — Isabella perguntou, com um desespero aparente na voz.

— Ah, amiga, antes fosse só isso! — Bufei.

— *Só isso?!* — Ela aumentou o tom, incrédula, mas se lembrou do horário e voltou a falar baixo para não incomodar os vizinhos. — Ana Alice, tem doze horas que a gente não se vê, o que você pode ter feito de tão ruim em tão pouco tempo? — Fiquei calada por alguns segundos, olhando para ela, e não demorou nada para que percebesse. — Ana Alice, você passou o dia todo mentindo pra mim?! — Isabella se exaltou de novo, colocando a mão na testa. — Por isso você tava toda estranha? Cara, eu vou te matar.

— Tecnicamente falando, omitindo — retifiquei minha amiga, tendo que lidar com seu revirar de olhos seguido de uma bufada. — Isa, é que se eu te contasse, você ia me convencer a desistir!

— *Taquiupariu!* Lá vem. Você foi em frente, então?

— Fui.

— Claro que foi. Eu sei. Caso contrário a gente não estaria aqui com você surtando uma hora dessas, não é mesmo?! — Ela falou com uma obviedade absurda na voz.

— Ok, você tá certa. Mas pode me fornecer algum doce antes de eu começar a te contar?

Isabella levantou e foi fazer um brigadeiro de panela enquanto eu contava tudo que tinha acontecido nos últimos dias. Desde Camile até Naomi. Sua expressão variava de desespero para incredulidade — e vice-versa — a cada palavra que saía da minha boca. No final, eu estava admirada de não ter tomado umas boas chineladas da minha melhor amiga. Creio que fui salva pelo leite condensado.

— Pelo menos você não precisa de ninguém para te foder, né? Afinal, você se fode sozinha. — Isabella começou, séria, olhando no fundo dos meus olhos. Assenti, esperando o resto. — Cê tem noção da roubada, do perigo que você se colocou? Que doideira, hein, amiga? — Assenti novamente.

Amor em 12 Meses sem Juros

— Não preciso nem dizer que você está proibida de ir atrás da Camile também, né?

Dessa vez, demorei um pouco mais para assentir, querendo me defender e explicar que a Camile já veio falar comigo depois do nosso *date* no banheiro e que foi uma conversa tranquila.

— Não é, Ana Alice? — Ela foi mais firme, mas não assenti com medo de me provocar uma lesão por esforço repetitivo no pescoço. Mas meus olhos responderam. — Isso mesmo, que bom que entendeu tudo. Agora vamos lá. O que você tá sentindo com tudo isso?

— Acho que eu tô com um pouco de raiva... de mim. Embarquei de novo numa canoa furada. A tal da Naomi me deixou sozinha, e eu fiquei sem entender nada. Ela não deu a mínima para o que eu estava sentindo.

— Você não acha que ela poderia estar ainda mais confusa do que você? — Dei de ombros. — Porque é importante considerar isso. A sua frustração é válida, com certeza, mas a dela também. Empatia, amiga. E você não pode crucificar a garota pela forma como agiu num momento tão confuso. — Ela respirou fundo. — Eu juro, tô tentando agir com naturalidade quanto a esse site que supostamente encontra o amor da sua vida, ok? Não sei até quando, mas tô me esforçando.

Soltei uma risada.

— Você sabe que eu sou desesperada.

— E doida! — exclamou.

— Pelo menos eu não sou a única doida. A Naomi tava lá também. Eu não estava sozinha.

— Talvez ela realmente seja o amor da sua vida, as duas se inscreveram, afinal. Se a coisa é de fato séria, ninguém além de vocês cairia. Pelo amor de Deus! — Isabella balançava a cabeça negativamente.

— Ok! É tudo realmente muito estranho, mas, sei lá, Isa. Agora, com a cabeça fria, eu realmente sinto algo sobre isso. Sinto *mesmo*. Não um pressentimento ruim, mas alguma coisa aqui dentro me faz acreditar que esse programa funciona.

— Eu acho que isso é o seu desespero falando, Ana. Você quer tanto encontrar alguém, né? E, acima de tudo, encontrar uma justificativa para não ter se apaixonado pelas meninas maravilhosas com quem você já se relacionou.

— É, é. Eu acho que pode ser isso, sim. — Suspirei. — Eu realmente me culpo bastante por ter machucado tanto todas elas.

— E tantas vezes — disse Isa, colocando uma mecha atrás da minha orelha. — Mas você precisa se perdoar, amiga. — Ela sorriu de leve para mim. — Além disso, se elas precisarem de carinho, eu tô aqui. — Brincou e me lançou uma piscadela. Com certeza estava se referindo à Rafaela, uma gatinha que ela quase namorou logo depois de eu ter terminado com a menina.

Passamos mais algumas horas conversando, até eu perceber que estava tarde demais e que eu deveria voltar logo para a minha cama. Então saí da casa da Isa, às três da manhã.

Quando entrei no Uber, abri minhas mensagens para verificar se tinha alguma, se meus pais haviam falado algo, mas fui surpreendida.

Clara, minha primeira ex-quase-namorada, tinha respondido a uma mensagem que mandei mais cedo, quando eu ainda estava absolutamente embriagada. Ou preferia acreditar que estava, para justificar minhas cagadas.

Oi, Ana! Sim, terminei com o Diego há umas semanas. E eu também tô com saudade de você. Quer tomar um café amanhã?

Capítulo 6

O mês tinha voado. Eu não sabia se era porque eu estava um pouco mais leve, ignorando tudo o que havia acontecido, só aproveitando meu tempo livre com a Clara, ou se o universo queria muito destruir minha teoria de que meus relacionamentos não passavam de três meses e, por isso, estava fazendo com que o tempo passasse na velocidade da luz.

Também segui o conselho da Isabella e minhas únicas interações com a Camile eram respostas bobas em postagens mais bobas ainda nas redes sociais. Acho que somos só amigas agora. Pelo menos, é o que parece. Melhor assim.

Poucas pessoas sabem sobre Clara e eu. Apenas a Isa, o Theo, algumas amigas e os pais dela. Entretanto, eles estavam cientes de que não temos nada sério, mas sempre gostaram muito de mim porque nos conhecemos ainda bem novinhas. A primeira vez que ficamos eu tinha 14 anos, e ela, 15.

— Aninha — Pedro me chamou. Nossos pais haviam acabado de sair para jantar, uma espécie de ritual que eles tinham aos domingos.

— Oi, chuchu. — Olhei para ele, pegando um punhado de pipoca de dentro do balde temático de uma coleção que eu tinha desde os 9 anos de idade. O pote já estava velho e desbotado, mal dava para reconhecer o tema.

— É que eu... — começou — eu...

— Fala! — exclamei, dando pause no filme.

— Tô com vergonha, calma! — Ele suspirou, ficando com a bochecha toda vermelha.

— De mim?! Ah, para. Desembucha, anda! — Ri da expressão dele.

— Eu perdi o bv — ele soltou, de uma tacada só, tapando o rosto com as mãos.

Soltei uma gargalhada.

— Como assim? — Joguei uma almofada nele. — Com quem? Me conta!

— Com a Elisa — respondeu, ficando ainda mais sem jeito, se encolhendo no sofá com o balde temático no meio das pernas e escondendo o rosto numa almofada.

— Pedro Antônio de Deus, quando foi isso? — Coloquei as mãos na cintura, incrédula.

— Quarta-feira. — Ele me olhou preocupado. — Não conta pro papai nem pra mamãe, por favor! Eles vão me zoar pro resto da vida.

— Eu tô chocada! Como é que você conseguiu esconder isso de mim por... — Comecei a contar nos dedos. — Quatro dias! Quatro dias, Pedro Antônio! — Minha voz só aumentava, morrendo de rir com a cara de culpa do moleque. Subi em cima dele no sofá e comecei a fazer cosquinhas.

— Ana, para! Para! — Ele gritava, ao mesmo tempo que morria de rir. — Para, para, para, por favor!

Quando parei, encarei-o no fundo dos olhos e falei com a maior seriedade.

— Isso é pra você aprender a nunca mais esconder nada da sua irmã mais velha.

— Pode deixar, nunca mais! — Pedro estendeu o dedo mindinho para mim e eu entrelacei o meu junto. — E você e a Clara?

— Que que tem eu e a Clara? — Olhei pro teto, me fazendo de confusa.

— Você acha que eu sou bobo, né? — ele disse, estreitando os olhos na minha direção. — Eu sei que vocês duas estão "ficando". — Ele fez aspas com os dedos, tirando o total sentido da coisa. Ri pelo nariz.

— Como assim "ficando"? — Imitei o gesto.

— Se pegando — esclareceu, tentando mostrar que já era um perfeito adolescente.

— Tá saidinho, hein?

— Mas tão ficando ou não? — perguntou com mais ênfase, ganhando uma bela revirada de olhos em seguida. Quando fui responder, meu celular tocou e era exatamente o assunto do momento.

"Oi, Clara", atendi, fazendo careta para que ficasse quieto, enquanto ele ria sozinho.

"Oi, Ana! Tá a fim de fazer alguma coisa?", perguntou.

"Poxa, eu tô cuidando do Pedrinho, meus pais saíram pra jantar", expliquei para ela, que hesitou um pouco antes de responder.

"E se eu for praí?", Clara sugeriu, meio que já implorando por um *"pode vir, claro!"*. Suspirei, pensando na possibilidade. Foi minha vez de hesitar um pouco. Não queria que chegasse naquele ponto ainda, mas acabei aceitando. "Beleza, chego em trinta."

E ela realmente chegou... em vinte e três. Nesse horário, meus pais ainda não estavam perto de voltar; suave. Não é como se eu precisasse fazer algo escondido, mas ainda achava precoce reapresentar a Clara para eles. Principalmente, acredito eu, porque isso daria uma esperança a ela de algo que ainda não está acontecendo entre a gente. Longe disso, para falar a verdade.

Até porque eu nem achava que a Clara estivesse tão envolvida assim, o que era bom. Ela terminou com o namorado há pouco tempo, e eles namoraram por dois anos e meio, então, acredito eu de novo, que ainda fosse um pouco cedo para ela se "entregar" dessa forma.

Estávamos apenas aproveitando esse tempo juntas. Tipo amizade colorida.

Clara brincou um pouco com o Pedro Antônio sobre o quanto ele tinha crescido desde a última vez que se viram, uns quatro anos atrás. Me ajudou a fazer mais pipoca, doce dessa vez, e ficou com a gente para terminar o filme. Um anime que estava bombando, do Studio Ghibli.

O filme acabou e conforme os minutos foram passando, minha ansiedade foi... nem preciso dizer, né? Eu não queria pedir que ela fosse embora, seria completamente antiético da minha parte, ou mesmo inventar uma desculpa esfarrapada, tipo, tá na hora da minha meditação transcendental, mas também não queria que rolasse nada. Tentei focar o papo no filme, mais especificamente no porquê daquele final, e esquecer um pouco da situação, torcendo para que ela, muito em breve, decidisse ir para casa. Falei que ainda tinha um texto para finalizar, isso até que era verdade, mas ela não se tocou. Ao contrário, me pediu algo para beber.

— Claro — falei —, já trago.

Poucos minutos depois, meus pais chegaram. Eles a cumprimentaram e minha mãe, que saca tudo logo de cara, me lançou um olhar brincalhão.

— Então, Clara... — O show de horrores estava prestes a começar. — Quer dizer que vocês estão namorando de novo? Que coisa, hein?

Clara automaticamente engasgou com o copo d'água e eu fuzilei minha mãe com o olhar.

— A gente não namorava da primeira vez, dona Adriana — Clara respondeu, sem graça.

— Quer dizer então que *agora* estão? — mamãe questionou, brincando e falando sério ao mesmo tempo, como ela era mestre em fazer. Antes que pudéssemos responder qualquer coisa, o aspirante a sem noção do meu pai se intrometeu na conversa.

— Nossa, que notícia maravilhosa! — exclamou, com total inocência. O coitado não tinha percebido que minha mãe estava fazendo aquilo tudo só para me constranger. Arregalei os olhos para ele, tentando chamar sua atenção, já prevendo totalmente o que viria na sequência. — Se você quiser, Clarinha, pode dormir aqui hoje! Já está supertarde para voltar pra casa. — Enquanto ele falava, eu tentava sinalizar de todas as formas possíveis para que parasse, mas não adiantou. Mais um pouco e ele me perguntaria se eu estava tendo um treco.

— Ah, claro! — Ela se animou. — Já é quase meia-noite. Acho que eu aceito, então... Se a Ana não se importar, seria um prazer. — Ela olhou para mim, um pouco preocupada.

— Sem problemas, imagina! — foi tudo que eu consegui dizer.

Como às segundas eu ficava de home office, acordei às 8h30, um pouco mais tarde do que o normal. Pude levantar com calma, sem correria. Clara estava dormindo na pontinha da minha cama de casal — eu nunca tive costume de dormir agarrada com ninguém, por isso coloquei um travesseirão de corpo entre a gente — e parecia estar ainda em sono profundo.

Desci as escadas e fui preparar um café da manhã para nós duas. Os meus pais já tinham saído para o trabalho e o Pedro estava na escola. Coloquei alguns pães de queijo no forno, separei um potinho com requeijão e passei um café. Quando estava pronto, coloquei um pouco de leite e açúcar para ela. Para mim seria um puro mesmo, triplo, sem açúcar.

Quando voltei pro quarto, ela já estava acordada, mexendo no celular. Clara olhou para mim, com a cara ainda amassada de sono e os cabelos castanhos um pouco mais ondulados do que o normal, e abriu um sorriso leve ao ver a bandeja de café da manhã.

— Bom dia. — Ela me deu um beijo na bochecha quando me aproximei. — Se ficar me mimando desse jeito eu vou acabar me apaixonando. — Eu não sabia dizer se ela estava brincando ou não.

— Bom dia, Clarinha — respondi, rindo de nervoso. — Botei açúcar no seu, tá? — Entreguei a xícara dela, que assentiu, agradecendo.

— Eu estava pensando aqui, Ana... — começou, enquanto fazia um coque e se espreguiçava toda. Fiquei aflita com o que ela poderia dizer em seguida. — Você já foi ver meus pais, eu já vim aqui ver os seus... — Clara suspirou, pensando no que iria dizer em seguida, enquanto minha tranquilidade se esvaía, e não lentamente, à espera de uma pergunta que eu não sabia se poderia corresponder. — Será que a gente pode ir um pouco mais devagar?

Admito que me assustei com a sugestão. Não era algo tão comum assim. Quem estava sempre nesse lugar era eu. Não que eu fosse contra a ideia, lógico, na verdade eu era totalmente a favor.

— C-claro. — Pigarreei. — Eu também acho, pra ser bem sincera. Você acabou de terminar e eu... — Parei um pouco para pensar. — Bom, eu sou eu. — Seja lá o que isso quer dizer.

— E eu te conheço como a palma da minha mão — retrucou. — São anos de Ana Alice na minha vida.

— A gente não ficou por tanto tempo assim, Clara.

— Não é sobre ficar, é sobre amizade. Eu fui... eu sou sua amiga há tempo o suficiente!

Ela deu uma risada gostosa, impossível de não acompanhar. O clima mudou, ufa!

Eu precisava sair para resolver uns assuntos pessoais. De verdade. Então expliquei a ela, que me pediu para acompanhá-la até em casa. Tudo bem, ficava mesmo no caminho do meu destino. Depois disso, andei até o mercado, repassando algumas vezes a lista de compras na cabeça. Eram coisas básicas para a casa e alguns ingredientes para o bolo de aniversário do meu irmão, que estava próximo.

Comecei selecionando frutas, verduras e legumes, depois passei para a sessão de frios e, claro, também peguei uns congelados para os dias de correria. Alguns chocolates também foram parar no carrinho. Eu e o Pedro costumávamos devorar uma barra sempre que estávamos sozinhos, o que a mamãe, extremamente cuidadosa com a nossa alimentação, não era muito a favor. Mas ela também não era a favor das comidas congeladas e, assim mesmo, eu as trazia para casa.

Quando terminei de pegar todos os ingredientes para o bolo, decidi ir para os itens de festa. Bolas de encher brancas e pretas — o tema da festa seria Vasco da Gama, visto que futebol era uma obsessão do meu irmão —, algumas forminhas para os doces e, ah!, peguei também um balão vermelho para encher de balas, chicletes e pirulitos.

Enquanto procurava as velas, fiquei um pouco perdida, envolta em meus pensamentos. Achei o número 1, era o que mais tinha e, quando me dei conta, havia apenas uma número 5. A última! Ao que estiquei a mão para pegá-la, um braço entrou na minha frente. *Que porra é essa?!*, pensei na hora. Alguém estava segurando uma das pontas da embalagem, enquanto eu segurava a outra, com força o suficiente para arrancar o display inteiro. Levantei os olhos, com raiva, pronta para criar o maior barraco e brigar por aquele valioso tesouro, mas nem em um milhão de anos imaginaria tamanha coincidência.

Naomi Mori segurava a vela de número 5, aparentando estar tão perplexa quanto eu.

Capítulo 7

— Perdeu, Ana Alice. — Ela puxou a vela mais para si, com um tom de diversão. Era a primeira vez que eu a via sorrindo, e pude perceber que suas bochechas ganhavam covinhas.

— É aniversário de 15 anos do meu irmão, Naomi — tentei defender meu comportamento.

— E é aniversário de 25 da minha namorada. — Ela deu de ombros.

— Não era noiva? — Franzi as sobrancelhas, em deboche.

No fundo, eu queria ouvir que poderiam ter terminado.

— Era, não. É. — Ela revirou os olhos. — Agora solta.

— Por que eu soltaria? — Puxei mais para mim.

— Porque você me deve essa. — Não consegui ter outra reação que não soltar... uma ruidosa gargalhada.

— De onde saiu isso? Tá doida?

— Ué... — Ela deu de ombros novamente. Aquilo já estava começando a me irritar. — Você foi completamente sem noção quando a gente se conheceu naquele programa maluco. — Então, Naomi puxou a vela, com mais intensidade dessa vez.

— Ah, e você não foi, não? — Ela deu de ombros pela terceira vez. Na quarta eu... — Não vou desistir da vela, Naomi, esquece. — Apertei a embalagem com toda a minha força, puxando-a para mim, o que a fez vir junto, ficando perto demais.

— Que dia é o aniversário do seu irmão? — Cara a cara agora, ela perguntou, séria, como se estivesse pronta para fazer um acordo que selaria a paz mundial. Nesse momento, ela olhava bem dentro dos meus olhos.

— No sábado. — Senti meu corpo ficar todo arrepiado.

— O da Lelê é na quinta. — Naomi, enfim, soltou a embalagem, desviando o olhar. — Vamos fazer assim: eu levo a vela, coloco no bolo e só acendo o número 2. Aí, na sexta, eu te entrego e você usa no bolo do seu irmão.

— Por que você simplesmente não vai em outro lugar e compra uma vela? — perguntei, confusa. — Isso não faz sentido.

— Porque eu quero essa, Ana Alice. — Ela cruzou os braços. — Eu peguei primeiro, ora bolas!

— E como eu vou saber que você vai me entregar a vela mesmo, Naomi? — Respirei bem fundo. — Quer saber? Pode ficar com ela. Eu vou comprar outra, até porque essa tá bem feinha mes...

— Eu te dou meu número — ela me interrompeu, estendendo a mão em minha direção, como se estivesse à espera de algo. Olhei confusa para a mão e depois para os olhos dela. — O celular, Ana Alice — pediu, meio sem paciência, como se fosse a coisa mais óbvia do mundo.

Levantei as sobrancelhas, me ligando no que estava acontecendo, e entreguei meu celular a ela, que anotou seu telefone e salvou nos meus contatos.

— Se eu não te entregar até sexta, pode me ligar e infernizar minha vida. — Ela colocou de volta o aparelho na minha mão, pegou a vela e saiu andando, calmamente.

Agora era oficial: eu não tinha a menor dúvida de que a garota não batia bem da cabeça. Mas... espera.

— E como você vai me entregar, exatamente? — perguntei, indo atrás dela. Naomi parou na fila do caixa rápido e olhou para mim, por cima do ombro.

— Tá de carro? — Neguei com a cabeça. — Então eu te levo em casa, aí vou saber onde é para, sabe, te entregar — ela disse, calmamente, com um sorrisinho maroto. Suspirei antes de aceitar aquela ideia completamente surreal. Já era para eu estar sentada no computador, o pessoal da revista devia estar preocupado com meu sumiço. Eu precisava voar para casa.

Contei meus itens e verifiquei se havia menos de quinze para que eu pudesse permanecer na fila com ela. O processo foi lento, com o bipe do caixa preenchendo o silêncio entre nós duas. Quando Naomi passou as compras e as empacotou, esperou pacientemente para que eu fizesse o mesmo processo.

Depois disso, apenas se virou, andando em direção ao estacionamento. Fiquei parada por uns segundos, considerando se eu faria de fato aquilo, porque se eu a seguisse agora, depois dessa cena toda, me sentiria como um cachorro abandonado indo atrás do primeiro ser humano razoavelmente simpático que passasse.

Quando ela estava na metade do caminho, olhou para trás e fez um gesto com a cabeça de "junto", sinalizando para que eu andasse mais rápido e mais perto dela, e, obediente, assim o fiz.

Daria para ouvir meu latido de alegria do outro lado da cidade, afinal.

Naomi apertou a chave, fazendo um Honda Civic preto piscar os faróis com um barulhinho indicando que o carro estava destrancado. Ela abriu o porta-malas, colocou as compras e olhou para mim, de cima a baixo. Demorei para entender que estava esperando as minhas também, então entreguei as três sacolas, uma a uma, enquanto ela organizava tudo ali dentro.

Entramos no carro, ainda seguindo aquele ritual silencioso que havia sido estabelecido em comum acordo. Colocamos o cinto de segurança em sincronia e Naomi deu partida no carro com cheirinho de novo.

— Certo — Naomi disse assim que saímos do estacionamento. — Aonde eu te levo?

Ela parecia concentrada, prestando atenção no trânsito. As mãos seguravam o volante com um equilíbrio perfeito entre destreza, força e leveza. Por um segundo, ela desviou a atenção do caminho para me olhar, esperando uma resposta. Fiquei desconcertada assim que percebi que ainda estava em silêncio.

— Segue como se estivesse indo pra praça, lá na principal te digo o que fazer — pedi. Ela confirmou, mexendo a cabeça positivamente, e eu estava pronta para ficar em silêncio até lá.

— Então, Alice — Naomi tentou puxar assunto, me fazendo sentir algo estranho. Ninguém tinha o costume de me chamar só de Alice. — Já conseguiu encontrar o amor da sua vida?

— Sério, Naomi? — Ri pelo nariz, mordendo o lábio inferior. — Você quer *mesmo* entrar nesse assunto? Nessa zona perigosa?

Ela olhou na minha direção, também soltando uma risada.

— Perigosa? — Seu tom era, ao mesmo tempo que debochado, desafiador. — Perigosa por quê? — Estreitou os olhos, se fazendo de desentendida, antes de voltar a atenção para a rua.

— Eu preciso mesmo explicar?

— Acho que precisa, sim. — Sua mão veio em direção à minha perna, parando antes, no console que divide os espaços. Soltei um suspiro involuntário. Percebendo meu olhar naquele movimento, ela abriu um sorriso divertido, que parecia carregar um pouco de malícia também. — Vai, Alice, me explica.

— Esquece isso. — Dei de ombros. — Não foi você quem disse que essa coisa toda de alma gêmea não existe? — Olhei para ela, que riu.

— Verdade, tá aprendendo, hein?

— E você? — Para contra-atacar, entrei no jogo dela. — Tá feliz com o amor da sua vida?

O semblante mudou na hora. *Touché!* De um sorrisinho levemente sarcástico para uma feição mais sisuda.

— Feliz até demais. — Naomi pisou fundo e deu uma bela acelerada pela avenida que estava sem trânsito, cortando alguns carros e, consequentemente, o assunto.

Passamos o resto do caminho em silêncio, que foi quebrado apenas para que eu pudesse sinalizar o trajeto que ela deveria seguir. Quando o carro parou na frente da minha casa, peguei as compras no porta-malas e parei na janela do motorista.

— Valeu pela carona.

— Imagina — ela respondeu. — Obrigada pelo acordo.

— Não esquece de me entregar a vela.

— Vou tentar lembrar seu endereço — foi o que ela respondeu, com um sorriso cínico, antes de abaixar os óculos escuros que estavam segurando seu cabelo, e arrancar com o carro.

Capítulo 8

Amanheci pronta para me estressar. Já era sábado e eu precisava organizar a festa do meu irmão. O problema era que, até agora, Naomi não tinha dado sinal de vida para me devolver a *porcaria* da vela. Ficou combinado para ontem. Liguei três vezes na sexta, por volta das 21h, e depois uma quarta vez, às 22h, mas só dava caixa postal.

Como se já não bastassem todos os preparativos para a festa pelos quais fiquei responsável, eu ainda teria que sair para encontrar uma vela com o número 5. O problema era que aqui perto de casa não tinha um lugar sequer com cara de que vendia vela. Eu teria que me deslocar de carro? Pegar um ônibus? Só para comprar uma vela de aniversário? Essa não! Esse contratempo ia matar todo o meu esquema. Liguei para a minha mãe, mas dona Adriana explicou que passaria o expediente inteiro na confeitaria com o papai, entre outras encomendas, confeccionando o bolo de aniversário temático.

Tive que convocar o Theo que, em uma hora, chegou para me ajudar a encher as bexigas. Pedro estava no quarto, proibido de transitar pela casa até a hora da festa. Aqui, aniversários eram momentos sagrados. Sempre planejamos uma boa festa com todas as pessoas próximas, e o aniversariante tem o direito de passar o dia sem fazer nada, só aproveitando e desfrutando de tudo que é proporcionado a ele. Com tradição não se brinca!

— Então, como estão as coisas com a Clara? — Theo puxou o assunto, enquanto enchia uma bexiga preta e eu começava a preparação do brigadeiro.

— Ela vem hoje — respondi.

— Você está desconversando. — Ele riu, amarrando a bola e jogando na minha direção.

— Eu te respondi!

— Não, você me deu uma resposta — retificou —, mas não respondeu a minha pergunta.

— Dá no mesmo, Theo. — Revirei os olhos.

— Claro que não dá!

— Estamos bem, tá? Se é isso que você quer saber. — Levantei uma das mãos, em redenção, enquanto mexia o brigadeiro com a outra. — Indo com calma.

— Que novidade — disse ele, ironicamente.

— Ela quem sugeriu.

— Sério? Isso sim é novidade! Será que Ana Alice Marinho está perdendo seus encantos? — Theo brincou.

Terminei o brigadeiro, passando o conteúdo para uma travessa, lavei a panela e comecei o beijinho enquanto Theo dava início às bexigas brancas.

— E você, amigo, alguma novidade no radar? — perguntei, tentando sair da berlinda.

Ele ficou calado por alguns segundos.

— Tô saindo com uma menina há um tem...

— E você nem me contou?! Rolou algum problema?

— A gente já saiu três vezes — respondeu —, mas eu ainda não contei que sou trans.

— Ai, meu bem. — Suspirei. — Como você tá com isso? Com o fato de não ter tido coragem de contar ainda.

— Não sei direito. Você sabe, ter essa conversa antes dos encontros deixou de ser uma questão há muito tempo. — Theo encarou o chão. — Mas, como ela é lá do trabalho... E é, tipo, a garota mais cis-hétero que eu já saí... Eu fico um pouco receoso de...

— Ela acabar sendo uma transfóbica filha da puta — completei.

— Isso, falando o português claro. — Ele riu, meio sem jeito. — Mas eu gosto dela, ela é *beeem* legal. Já decidi que vou contar na próxima vez que sairmos. Odeio ter que ficar *explicando* quem eu sou, sabe? É cansativo. Eu não queria ter que me assumir sempre que conheço alguém. — Ele começou a fazer alguns arranjos com as bolas pretas e brancas, enquanto desabafava.

— Eu nem imagino o quão desconfortável isso seja pra você, mas você sabe que eu tô aqui, certo? — Olhei para ele. — É só me ligar e desabafar. Ou pedir um colo e um cafuné. Mas se precisar comer ela na porrada, deixa comigo também — brinquei.

— Eu tenho até medo de deixar você chegar perto das meninas que eu saio.

Theo jogou uma das bexigas para o alto e deu uma cortada na minha direção.

— Ridículo. — Devolvi a cortada enquanto prendia a risada.

Eu tentei ligar novamente para a Naomi, mas o celular tocava, tocava... e entrava na caixa postal. Como da última vez, esperei quase uma hora para uma última tentativa, contudo, dessa vez, a chamada foi recusada já no primeiro toque. Minha paciência se esvaiu: o que eu faço agora, faltando menos de uma hora para a comemoração?

Theo tinha se mostrado um parceiraço, me ajudado a enrolar os docinhos e aprontar as decorações, mas agora precisou ir para casa voando para se arrumar. Já estava quase na hora. Isabella viria mais tarde, junto com ele. Às vezes, eu desconfiava de que o Pedro Antônio gostava mais dos meus amigos do que de mim, visto que ele sempre ficava hiperempolgado quando um deles aparecia lá.

A única pessoa que poderia me ajudar naquele momento era a Clara. Então, mandei um áudio pedindo uma vela branca ou preta de número 5 para quando estivesse a caminho. Terminei de ajeitar alguns microdetalhes e fui me arrumar.

Lavei meu cabelo e o prendi num rabo de cavalo alto, que dava destaque aos fios loiros e cacheados que se estendiam até pouco abaixo do ombro. O macacão que escolhi era preto e eu me sentia bem confortável com ele, apesar de deixar à mostra a pele que estava descascando do sol que tomei no final de semana passado.

Coloquei um brinco de prata, quase simbólico de tão pequeno, uma correntinha no pescoço e um relógio. Calcei um tênis branco e lá estava eu, prontinha. Sem muita cerimônia.

A sala estava toda decorada de Vasco: um escudo de isopor enorme colado na parede com uma caravela em MDF, uma réplica da taça da Libertadores com um 1998 embaixo, um cordão de bolas pretas e brancas, brigadeiros, casadinhos e beijinhos na mesa e, junto disso, um bolo em forma de Cruz de Malta no centro de tudo, que meus pais passaram o dia produzindo. Estava linda a decoração.

Quando meu irmão foi liberado do quarto, surgiu vestindo uma bermuda preta, que eu havia comprado de presente, e uma blusa oficial do time com um 10 nas costas e escrito Dinamite. Tinha penteado o cabelo e estava todo cheiroso. Ele ficou extasiado vendo a arrumação e me deu um superabraço em agradecimento.

— Elisa chega que horas? — perguntei.

— Ela me disse que já tava saindo de casa — respondeu, demonstrando nervosismo. — Ana, por favor, não me faz pagar mico na frente dela.

— Pedro! — Gargalhei. — A Elisa vem aqui em casa há anos.

— Mas agora é diferente — ele disse, a voz quase falhando.

— Relaxa, bebê — pedi, abrindo um sorriso travesso —, eu só vou puxar um *com quem será*, nada demais.

— Ana Alice! — Ele entrou em desespero. — Pelo amor de Deus! Ela vai ficar chateada comigo!

— Tô brincando. — Sorri. — Seu segredo está a salvo comigo, chuchu.

Amor em 12 Meses sem Juros 53

Nossa família não era muito grande, então tinha espaço na casa para todos os parentes e amigos. Minha tia, irmã do meu pai, veio com a esposa e a bebê delas. Eu sempre ficava babando naquela criança, me perguntando quando seria a minha vez. Isa e Theo também vieram e passaram boa parte do tempo ensinando ao Pedro e aos amigos dele uns macetes do Uno.

Pedro sempre teve muitos colegas, mas poucos ele considerava amigos de verdade, e como era uma festa mais família mesmo, só tinha convidado quatro amigos: o Arthur, o Dedé, o Claudinho e o Gui. Dedé ligou avisando que estava com febre e não tinha como ir. Então, naquele momento, só a Clara ainda não havia chegado.

Jurei para mim mesma que não faria, mas acabei tentando contatar a Naomi mais uma última vez, por via das dúvidas, pois, além da preocupação com a vela de aniversário do meu irmão, existia, no fundo, bem no fundo mesmo, um sentimento de frustração. Eu estava esse tempo todo acreditando que ela tinha feito tudo aquilo para me ver mais uma vez, mas, pelo jeito...

— Ana. — Pedro veio em minha direção. — Por que eu tô fazendo um ano?

Olhei para a cara de confusão dele e ri de nervoso.

— A história é longa, mas a Clara já tá chegando com o 5.

Assim espero.

— É que a Elisa precisa ir pra casa às nove — ele avisou, sussurrando no meu ouvido. — Será que a gente pode adiantar um pouco o parabéns?

Respirei fundo, tentando pensar numa solução.

— Você se importa de fazer um ano só? — perguntei, enquanto piscava para ele, me sentindo frustrada por não entregar para o meu mano o aniversário perfeito.

— Desde que *ela* ainda esteja aqui na hora do parabéns... — meu irmão respondeu, se mostrando o maior romântico de todos os tempos.

Passados uns vinte minutos, eu me levantei, chamando todo mundo para perto da mesa. Peguei um fósforo e pedi para meus amigos apagarem a luz. Na hora que eu estava prestes a acender a vela, a campainha tocou. Meu pai abriu a porta e a Clara entrou correndo, sem fôlego, levando uma embalagem na direção da mesa.

— Eu juro — ela arfava — que a partir de hoje eu *odeio* o número 5.

Não pude deixar de dar uma boa risada e achar aquela cena extremamente fofa. Dei um beijo na testa dela e sussurrei um obrigada em seu ouvido, abrindo a embalagem e colocando o 5 naquele bolo que, além de lindo, com certeza estava delicioso.

Elisa ficou à esquerda do Pedro, lado a lado como sempre fizeram em todos os aniversários desde que são melhores amigos, e nós começamos a cantar parabéns. Ao final, Elisa deu um selinho tímido no meu irmão. O beijo desencadeou uma série de *uhuuus* e ele ficou tão vermelho que parecia que iria explodir. Olhei para a Clara, que, naquele momento, me observava com um sorriso diferente. Nós duas tínhamos a idade deles quando ficamos pela primeira vez e quase namoramos, então um pouco de nostalgia acabou tomando conta de mim. Senti que dela também.

No fim da festa, quando todo mundo já tinha ido embora e meus pais já haviam subido para o quarto, fiquei sozinha dando uma geral na bagunça. Em algum momento, entre as dez e meia e onze da noite, minha campainha tocou. Para aproveitar a viagem, fui até a porta carregando dois sacos de lixo cheios. Quando espiei o olho mágico, não acreditei no que estava vendo.

Respirei o mais fundo que consegui e abri a porta, mais séria do que nunca, me concentrando em não perder a calma.

— Fala, Naomi.

Capítulo 9

— Oi — ela disse. — Posso entrar?

Percebi a vela em sua mão.

— Não, Naomi. Não pode entrar.

Ela, então, estendeu a vela em minha direção.

— Eu trou...

— Não precisa mais.

— Desculpa, Alice, eu...

— Quer saber, Naomi? Você nem precisa me explicar nada — interrompi novamente. — Eu, sinceramente, não tenho o menor interesse no que você tem pra me dizer. A gente tinha um combinado e você não cumpriu, mesmo que tenha sido *você* quem apareceu com essa ideia totalmente sem cabimento.

— Ana Alice, posso falar sem ser interrompida? — Naomi fechou a cara.

— Não, não pode. — Olhei no fundo dos olhos dela, com a cara tão inexpressiva quanto o Exterminador do Futuro. — Você não tem esse direito, Naomi, de ir embora e aparecer quando bem entender. De me convencer a fazer o que *você* acha que deve ser feito. Eu tô perdendo tempo só de estar aqui conversando contigo, porque eu tô me importando demais com algo que não vai pra lugar nenhum nem vai dar em nada. — Assim que terminei a última palavra já havia me arrependido de ter me estendido tanto.

Naomi me encarou, quieta, por mais alguns segundos, enquanto eu fazia o mesmo. Nossos rostos estavam próximos, pois, enquanto eu me exaltava, fui chegando cada vez mais perto dela. De uma hora para outra, seu semblante mudou. Naomi abriu um sorriso cínico e *deixou* a vela cair no chão, que bateu no meu pé.

— Tá bom — respondeu ela simplesmente, antes de se virar e voltar para o carro, que estava estacionado bem em frente à minha casa. — Tenha uma boa noite.

Passei o domingo inteiro dentro de casa por causa da chuva e aproveitei para adiantar uns trabalhos. Precisava ocupar minha mente. A segunda-feira correu terrivelmente lenta. A chuva não dava trégua. O dia foi se arrastando entre uma sucessão de nada para fazer com afazeres sem nenhuma utilidade. Foi o típico dia de sobrevivência, em que você faz somente o necessário: escova os dentes, checa as redes sociais, trabalha meia horinha, lê um livro, checa as redes sociais, almoça, tira um cochilo, faz um café, checa as redes sociais, bebe água, mais meia horinha, checa as redes sociais, mais um cochilo... Nem mesmo um papo furado com a Isabella: provavelmente me faria pensar demais.

Tinha a leve sensação de que aquele não era um dia apenas de preguiça. Eu estava triste também. Magoada. E, pelo pouco — bem pouco — que me conheço, imagino que a Naomi tenha algo a ver com isso. Provavelmente, o fato de eu ter criado alguma expectativa de que ela poderia ter se interessado por mim tenha feito o tombo ser ainda maior. Querendo ou não, isso configura rejeição. E, modéstia à parte, não é algo com que eu esteja acostumada.

Em algum momento do dia, cogitei voltar para a terapia. Meus pais me convenceram a fazer terapia quando eu estava descobrindo minha sexualidade, porque eles queriam que eu tivesse toda a ajuda possível para lidar com as questões que surgiriam. Para eles, mas principalmente para o meu pai, nunca foi um problema, mas morriam de medo dos enormes desafios que eu teria que enfrentar.

Enfim, esse foi um pensamento passageiro, visto que minha tristeza estava sendo facilmente curada enquanto assistia ao personagem da série sendo um completo idiota e, ao mesmo tempo, um ótimo detetive.

— Ana Alice Marinho — minha mãe bradou ao chegar em casa e se deparar comigo deitada no sofá, ainda de pijama, devorando um pote de sorvete napolitano de jantar, enquanto terminava de assistir a primeira temporada inteira em um único dia —, você está proibida de ficar mais um minuto sequer nesse sofá.

— Ai, mãe — resmunguei.

— Não tem "ai, mãe" pra você. Anda. Levanta daí antes que esse sofá te engula igual aquele comercial antigo de Nescau.

— Sofá é vida, dona Adriana.

— Não me faça perder a paciência — ela avisou, com um pé da rasteirinha na mão e tentando não rir.

Levantei com meu pote de sorvete praticamente vazio e fui para o quarto, afinal, por mais que eu soubesse que ela não estava falando sério, era preferível não cutucar a onça. Dona Adriana brava se tornava um bicho feroz, então ninguém se arriscava a tirá-la do sério.

Alguns minutos depois, meu pai entrou no quarto.

— Aqui entre nós... Eu vou ignorar o fato de que você apenas mudou de cenário.

— Obrigada, pai — respondi.

— O que tá acontecendo?

— Nada. — Coloquei a última colher de sorvete na boca. — Tá tudo certo.

— Ana Alice, eu por acaso sou um pai negligente? — ele perguntou, me despertando uma certa confusão.

— Claro que não. Nunca.

— Então não aja como se eu fosse. — Ele passou a mão no meu cabelo, fazendo um carinho gostoso. — Vai, me conta. Chega disso.

— Sério, pai. Não é nada demais. — Dei um riso fraco. — Você tá se preocupando sem necessidade. Só acordei um pouco triste hoje.

— Aconteceu algo entre você e a Clara? — perguntou, com um olhar apreensivo surgindo em seu semblante cansado.

— Não, tá tudo bem entre a gente.

— Já entendi que você não quer me contar agora, filha. Eu vou respeitar seu tempo. Mas você pode, pelo menos, procurar alguma ajuda?

— Não quero voltar pra terapia, pai — respondi, já sabendo sobre o que ele ia falar. — Eu juro, não tem nada demais rolando.

— Filha — ele começou —, eu te conheço há mais de vinte anos e confio totalmente na sua capacidade de se cuidar. Só que eu sei também que você age com o coração o tempo todo. — Fiz uma careta, tentando entender como ele pretendia me convencer com aquele discurso. — Talvez, seja por isso que você acredita não precisar de ajuda para lidar com as coisas aí dentro. — Ele colocou o dedo indicador na minha cabeça, me fazendo rir. — Você acha que tem total domínio dos seus sentimentos. Só que eu observo aqui de fora, e consigo saber quando tá tudo bagunçado pra você. E sei que esse é um desses momentos.

Papai ficou em silêncio, me observando por um tempo, na expectativa de uma resposta.

Respirei fundo, tomando uma colher vazia de sorvete.

— Eu não tô deprimida, pai.

— Não mesmo? — Ele espremeu os olhos.

— Nem ansiosa. Foi só uma decepção boba.

— Ok, decepção boba passa. Mas lembre-se de que você não precisa estar deprimida nem ansiosa para se cuidar. É uma forma de manutenção também. — Assenti, não sabendo mais o que falar. — Pensa com carinho, filha.

— Tá. Pode deixar.

— Com carinho. É só o que te peço agora.

Ele me abraçou e me deu um beijo, mais longo do que de costume, na testa. Ao sair do quarto, suspirou alto e deixou a porta entreaberta.

Capítulo 10

Passei o domingo na casa da Isa, comemorando o aniversário dela. Fomos para um barzinho com alguns dos milhares de amigos que minha melhor amiga colecionava e, em seguida, eu e Theo dormimos na casa dela, maratonando animes e comendo muita besteira.

Isa e Theo haviam se conhecido por intermédio meu. Theo e eu somos melhores amigos desde sempre, mas a Isabella apareceu quando eu entrei como estagiária na *Melk*, há três anos. Nossa amizade foi quase instantânea e, de tanto sairmos os três juntos, os dois ficaram grudados também.

Quando eles se conheceram, acabaram ficando de primeira, mas no fim das contas perceberam que funcionariam melhor sendo apenas amigos. Bom, pelo menos, o *Theo* percebeu. Foi ele quem, à época, quis ter essa conversa.

— Não, sério, a gente precisa arranjar um amigo gay — Theo insistia, de madrugada, enquanto comíamos palha italiana e tínhamos crises de riso.

— Lá vem merda. — Eu não conseguia parar de rir, parte por conta do sono absurdo que eu estava sentindo, mas muito pela quantidade de besteira que a gente estava falando.

— É pra começar a completar a sigla!

— Que sigla, garoto? — Isa questionou, também rindo.

— Ué! — Theo estava se segurando para não rir antes de terminar a gracinha que tinha começado. — LGBTQIAPN+! O G é a letra que falta.

— Ai, Theo. — Joguei uma almofada nele, com a barriga já doendo. — Vai dormir, pelo amor de Deus! Você tá é parecendo uma loira cis-hétero siliconada que se entope de whey, malha três horas por dia, sonha em ser BBB, tem um Renegade branco comprado em sessenta vezes e precisa de um amigo gay pra usar de chaveirinho.

— É sério! — ele insistia, mas o quanto sério... aí já duvido que muito pouco.

— Fazer o quê, se parece.

— Pegou pesado na comparação! Eu nunca tomei whey.

— Ah, *essa* foi a parte que te ofendeu?! De *tudo* com o que eu te comparei?

— Tem o Felipe — lembrou Isabella, entrando na onda.

— Ele é um péssimo gay — retrucou ele. — Não me peçam motivos, só acho ele péssimo.

— Agora, falando sério *de verdade*. Estão todos confirmados pra peça da Clara amanhã?

— Vai depender da minha vontade, amiga — Theo respondeu, me gerando uma careta.

— Se não aparecer nenhuma demanda absurda pra entregar amanhã, pode ser — Isa disse.

— Vocês vão realmente me abandonar? — resmunguei, fazendo Foguinho vir, na mesma hora, me dar uma salvadora dose de carinho. Eu sempre dizia que ele era um gato muito sensitivo em relação aos sentimentos das pessoas. — O que cês têm contra ela?

Eles se entreolharam.

— Contra, nada, amiga. — Theo deu de ombros. — Só não temos nada a favor também.

— Ela é legal, vai — insisti.

— O problema nem é ela, na verdade — foi a vez da Isa explicar. — Ela sempre foi ótima. O problema é você.

— Eu?! O que foi que eu fiz agora?

— Nasceu — Theo brincou.

— Você não gosta dela, Ana Alice — Isa mandou, enfática.

— Eu gosto dela, sim! — Cruzei os braços. — Não é porque eu não sou apaixonada que não gosto dela!

Os dois se olharam novamente, rindo.

— Mas vocês dois aí, ah... vocês dois com certeza eu odeio!

A gargalhada foi geral e deliciosa.

Na segunda-feira, depois do almoço, decidi dar uma volta pelas redondezas para matar o tempo. Na parte da manhã eu havia entregado uma reportagem bem legal sobre *healing fiction* de autores orientais que deixou meu coração quentinho, então eu tinha a tarde livre. E o melhor: amanhã é o Dia Internacional da Mulher! A *Melk* libera as manhãs para todas as colaboradoras e o almoço será por conta da revista, numa churrascaria top, só para nós mulheres!

Inspirada por um dos livros, fui visitar uma cafeteria descolada que havia sido inaugurada há umas semanas, perto de casa, para experimentar o cappuccino enquanto lia um livro pois, apesar de não combinar tanto com a minha personalidade, eu também sabia ser *cult* às vezes. *Beeem* às vezes, para ser sincera. Eu fui uma daquelas crianças que devorava livros e implorava para que os pais a levassem numa livraria nos finais de semana.

Passei um bom tempo lá, lendo um novo clássico da literatura brasileira de quase mil páginas que eu estava enrolando há meses para terminar. Como esperado, não consegui finalizar. Com o dia ainda tranquilo — a ponto de me deixar entediada e, ao mesmo tempo, ansiosa com o tédio —, busquei o Pedro Antônio e fomos ao cinema assistir a um filme que ele vinha me enchendo a paciência para ver. Ele se mostrou a criança mais feliz do mundo quando comprei o combo de pipoca com refri para ele. E um Mentos, claro.

Eu precisava superar uma coisa, e não era de hoje: meu irmão não era mais uma criança. Só que era muito difícil para mim virar essa chave e entender que era ruim para esse ser humano continuar a ser tratado de forma infantilizada — ele apenas precisava de companhia, atenção e compreensão, não de uma segunda mãe.

Depois do cinema, teatro à noite. Provavelmente o maior banho de cultura que eu tomei nos últimos tempos. Pelo que a Clara me contava dos ensaios, a peça era uma releitura um pouco macabra de *Cinderela* em que a princesa era, na verdade, a vilã, e no final matava as irmãs quando elas ameaçaram contar para o príncipe, dias antes do casamento, todas as vilanias que Cinderela fazia com elas. Me parecia uma releitura de contos de fadas inspirada no que os irmãos Grimm faziam.

Clara sempre dizia que o interessante dessa narrativa era mostrar que as pessoas nem sempre são o que elas externam ser e que nem todas as histórias, assim como a vida, são justas. Ela seria a Cinderela e passou tanto tempo falando sobre a peça que eu estava extremamente ansiosa para vê-la atuando nessa releitura superdiferente do que ela própria se mostrava na vida real.

Clara faz teatro desde que nos conhecemos e, por incrível que pareça, eu nunca tinha ido numa peça dela até hoje. Na primeira oportunidade, terminei com ela na semana de estreia e, ao longo dos anos, apesar de variarmos entre colegas e amigas, eu sempre acabava tendo algum compromisso quando recebia o convite.

 Hoje, pela primeira vez, eu estaria sentada na plateia. E na primeira fila.

Ao fim da peça, corri para o camarim para dar um abraço na Clara e parabenizá-la pelo trabalho incrível. Ela estava hiperansiosa nos últimos dias e eu não podia estar mais feliz pelo sucesso.

 — Deu pra perceber que eu errei duas falas? — Ela me fitou com olhos arregalados assim que cheguei.

 — Você foi perfeita.

 — Mas eu errei duas falas, deu pra perceber? — insistiu.

 — Aposto que nem os atores perceberam, você se saiu incrivelmente bem. — Sorri, puxando-a pela cintura para um abraço. — E se eu te esperar pra gente tomar uma mais tarde?

 — Eu ainda tenho mais uma sessão às dez, vou sair tarde. Tem certeza?

 — Absoluta.

 Pisquei para ela, ganhando um selinho rápido, mas com uma sensação boa, de gratidão genuína.

 — Você é a melhor.

 Apertada, precisei ir ao banheiro antes de voltar para o saguão. Como a peça era curta, eu ficaria à espera da estrela da noite para que pudéssemos comemorar, mas parei no meio do caminho para responder uma mensagem do Theo me dizendo que estava se arrumando para conhecer os pais da Beatriz, sua, agora, quase namorada. Dei uma resposta clichê, mas verdadeira, "seja você mesmo, que tudo correrá bem".

 Eu estava lavando as mãos e ajeitando o cabelo no espelho quando fui surpreendida por uma pessoa, que eu já era capaz de reconhecer mesmo a quilômetros, abrindo a porta e olhando no meu olho com a mesma expressão de incredulidade que eu carregava.

 A descarga de energia que percorreu meu corpo arrepiou cada parte de mim.

Capítulo 11

Quando nossos olhos se desencontraram, tipo umas quatro horas depois — pelo menos foi a impressão que eu tive —, o silêncio tomou conta do ambiente. Mas, sendo realista, duvido que tenha sido só o silêncio que tomou conta. Ficamos algum tempo paradas, um pouco em choque.

— O que você tá fazendo aqui?! — ela perguntou, dessa vez sem entrar na defensiva. Soava como curiosidade genuína.

— Estreia da Clara, minha... — engoli em seco — minha amigona. Ela fez a Cinderela.

— Dê meus parabéns a ela. — Naomi abriu um sorriso tímido. — Meu melhor amigo também está na peça, faz o mensageiro do príncipe.

— Ele mandou muito bem — comentei. Estava um pouco desnorteada, desviando meu olhar o máximo possível e tentando encontrar um jeito de me livrar daquele silêncio constrangedor que surgia entre uma fala e outra.

— Bom, eu vou indo. — Tomei coragem e caminhei em direção à porta, fazendo um leve desvio para não esbarrar nela. Antes que eu saísse do banheiro, senti a mão dela segurar meu braço.

— Alice — ela chamou e eu, instantaneamente, me virei e a encarei. — E se a gente... sei lá... sair para fazer alguma coisa?

Os olhos dela estavam dentro dos meus e pareciam carregar uma gotinha de esperança. Um olhar bem diferente do que de costume, sem toda aquela prepotência e segurança que a Naomi carrega.

— Agora? — perguntei e ela assentiu, sorrindo de lado. Um sorriso que formou uma covinha apenas na bochecha direita e, não posso mentir, mexeu comigo. — Pode ser. — Mordi o lábio inferior demonstrando uma certa ansiedade, surpresa com aquele convite.

Naomi dirigia por uma rua mal iluminada da cidade. O silêncio pairava pesado entre nós, mas tinha deixado de ser algo desconfortável e estava, agora, fazendo um papel de quase cúmplice. Nós duas atentando para o caminho, mas, às vezes e da forma mais discreta possível, observando uma a outra. Eu não fazia ideia de onde ela estava me levando e, no fundo, admito: estava gostando disso.

Dava para ver, pelo sorriso escondido em seu semblante, que ela sentia o mesmo.

Depois de um tempo, ela tomou a iniciativa e decidiu puxar assunto.

— Meu amigo, o da peça, se inscreveu também.

Fiz uma careta tentando entender do que se tratava.

— No Amezzo — explicou. — Eu conheço algumas pessoas que já usaram. Acho que tá ficando conhecido.

— Eu vi vários anúncios esses dias — inventei, pois não sabia o que dizer, mas com zero entusiasmo na voz, lutando para que minhas mãos parassem de suar.

— Pois é. — O carro parou num sinal fechado e ficamos em silêncio por alguns segundos enquanto ela me fitava como se tivesse olhos de raios x. Para diminuir a sensação de nudez, cruzei os braços sobre os seios. — Ele tá bem feliz com o resultado.

— Quem? — Repeti a cara de confusão, um pouco desnorteada demais.

— Meu amigo.

— Que amigo? O que se inscreveu no Amezzo?

— Não é disso que estamos falando? — Naomi deu de ombros, me olhando por um breve momento, pois o sinal abriu. Ela com certeza percebeu que eu estava com a cabeça nas nuvens. Já euzinha aqui percebi que estava mordendo agora o canto da boca e me perguntei se aquilo se tratava de alguma nova mania. — Eles se conheceram no mês passado e já teve até pedido de namoro.

— Nossa! Que coisa mais lésbica da parte deles — brinquei, arrancando uma risadinha nervosa de nós duas.

— Eu fico me pergun… — começou.

— O quê? — Olhei na direção dela. Lá na frente, o sinal ficou amarelo, ela precisaria parar o carro muito em breve.

— O que aconteceu de errado com a gente.

— Você está noiva — óbvio —, acho que já é motivo o suficiente. Ou não?

Achei que ela iria furar o sinal dessa vez, pois não senti o carro sendo freado ou mesmo desacelerando.

— Eu *estava* noiva. — Ao dizer isso, meteu o pé no freio com força e o carro praticamente parou no ato. Se não fosse o ABS acho que a freada acordaria a vizinhança inteira.

Meu corpo retesou. Seria mais realista dizer que eu petrifiquei. Reagindo àquela freada — quer dizer, àquela notícia de forma extremamente exagerada e desnecessária, como se eu não tivesse passado os últimos meses fantasiando sobre esse momento — todos os meus músculos ficaram tensionados. Eu pensei que poderia acontecer de inúmeras maneiras, mas *essa* acabou me pegando totalmente desprevenida. Meu coração deu um solavanco e minha boca instantaneamente secou. Precisei esfregar as mãos na calça, tentando secá-las. Eu não fazia ideia do que dizer.

Naomi estacionou o carro num posto de gasolina, tirou o cinto de segurança e olhou com calma para a estátua que se encontrava no banco do carona.

— Não vai dizer nada? — perguntou.

— É… que… eu… O que você quer que eu diga?

— Nada. Não importa. — Ela deu de ombros. — Só vem comigo.

Saímos do carro e eu a segui, a passos rápidos, em direção à lojinha de conveniência praticamente vazia, a não ser por um rapaz sentado a uma mesinha na entrada com uma latinha de cerveja na mão, que, claramente bêbado e desiludido, cochilaria a qualquer momento. Ao ver Naomi, o caixa abriu um breve sorriso protocolar.

— Boa noite. Eu quero dois desses aí da casa, por favor.

— Completo?

— Como sempre! — Ela misturava uma incisividade de mulher segura com certa ternura.

Naomi pagou o pedido sem me dar opção. Eu ainda estava uns três passos atrás dela, confusa e um pouco desnorteada. Assim que finalizou a compra, Naomi se virou para mim com um sorriso travesso, parecendo animada. Uma novidade. Eu experimentava um inédito mix de emoções: expectativa, medo, apreensão e curiosidade. Não havia como negar, ela era demais.

— Você vai amar.

— Como você sabe? — Levantei as sobrancelhas.

— Afinal... sua comida favorita... não é a mesma que a minha? — As duas pausas foram deliberadamente feitas para testar minha reciprocidade.

Naomi fez um sinal com a cabeça, apontando na direção das três mesas ao canto da lanchonete. Então, a segui e me sentei. Em frente a ela, claro.

— Mas isso não significa que eu vá gostar de *todas* as comidas que você gosta — rebati, nervosa, brincando com os sachês de ketchup e mostarda em cima da mesa.

— E se significar? — Ela arqueou uma das sobrancelhas. — Talvez signifique.

— Então — pigarreei, tentando voltar ao planeta Terra —, quando você pretendia me contar?

— Eu te contei cinco minutos atrás. — Naomi pegou um sachê de ketchup da minha mão, abriu a pontinha com o dente e começou a comer o conteúdo do sachê, colocando um pouco no dedo indicador e depois na ponta da língua.

— Puro? — Fiz uma careta em reprovação, um pouco melindrada com a cena. E intrigada, claro, com o jeito que ela estava me olhando naquele momento. Naomi parecia extremamente confortável na minha presença. Livre. — Viu? Não significa. Eu detesto ketchup — revelei, antes de chegar ao ponto que realmente queria. — Se eu não tivesse tocado no assunto, você não teria me contado. — Chequei o celular, que estava com apenas três por cento de bateria, fingindo, com certeza pessimamente, um desinteresse que não existia.

— Talvez. — Naomi deu uma risada, olhando para a geladeira de cerveja. Ela então voltou os olhos para mim e se apoiou na mesa com os cotovelos, ficando um pouco mais próxima. — Mas se você não tivesse sido péssima da última vez, eu já teria te contado.

Digeri a informação com cuidado, engolindo em seco e morrendo de medo de dar a resposta errada. Apertei as almofadinhas dos dedos, respirando fundo. Amava e odiava, na mesma proporção, as sensações que ela era capaz de causar em mim.

— O que que eu fiz?

— Não vem ao caso. — Ela recostou na cadeira novamente, voltando à postura normal, e respirou fundo.

— Você teria me contado naquele dia?

Me inclinei para a frente, encostando quase sem querer minha mão na dela.

— Isso já não interessa mais.

— Acha que eu te devo um pedido de desculpas, então. É isso?

— É, acho que sim. Talvez... — Agindo como uma exímia jogadora de xadrez, Naomi tirou uma mecha do cabelo ondulado de trás da orelha, tentando não deixar transparecer alguma emoção ainda guardada. — Eu é que com certeza te devo desculpas, pela vela do seu irmão e tudo mais.

— Ah, esquece. Acabou dando certo. É que eu fiquei bem puta no dia.

— Percebi. — Ela riu pelo nariz. Mas os olhos diziam: adorei.

O cachorro-quente chegou, fazendo com que ficássemos um bom tempo em silêncio, saboreando o que deveria ser o melhor dogão que eu já comi na vida, com uma margem de erro baixíssima. Naomi fazia questão de esfregar na minha cara que havia sido ela quem tinha feito essa escolha e que o paladar *com certeza* era *o* critério naquela merda de programa.

Quanto mais tempo passava, mais ela se aproximava e se afastava de mim no sentido físico e no figurado, num jogo de implicância e sedução quase maligno. Ia lá longe para logo em seguida se aproximar de tal forma que o hálito invadisse meus pulmões. Naomi queria que eu a respirasse. Ditava os passos e eu só seguia a dança executando, dentro do possível, os mesmos movimentos. Aproveitei cada olhar enigmático que ela me lançou e cada riso frouxo que deixou escapar, ou com os quais me brindou. Deixá-la nos conduzir pelo salão de baile era a minha forma de jogar.

Enfim, era a primeira vez que eu via a versão mais leve de uma Naomi que ainda não tinha se revelado por inteira, claro, então decidi que o melhor a se fazer era aproveitar. E eu aproveitei. E como aproveitei. Assim que os sanduíches terminaram, o clima se transformou. Enquanto ela falava, eu não conseguia tirar os olhos de seus lábios. Enquanto eu falava, ela se segurava, de alguma maneira, para não transparecer nada que fosse entregar o que de fato estava passando pela cabeça. E eu tinha certeza de que era o mesmo que passava pela minha. Certeza absoluta.

Aquela implicância estava se transformando na mais completa tensão. Altíssima tensão.

E das boas.

— Naomi — chamei —, vamos nessa?

Seu semblante mudou, e eu podia jurar que tinha um pouco de melancolia ali. De fim de festa.

Mas não sabia se realmente tinha, ou se eu queria que, de alguma maneira, tivesse.

— Por quê? — Ela franziu o cenho. — Não são nem onze horas.

Mirei os olhos dela, traçando uma linha para a boca e, em seguida, para os olhos novamente.

— Acho que eu preciso ir pra casa. — Olhei o Cassio dourado no meu pulso para confirmar o horário. 23h04. — Amanhã eu acordo muito cedo.

— Ah — grunhiu, levantando as sobrancelhas e abrindo um sorriso debochado —, pensei que estava com medo de virar abóbora. A madrugada pode ser perigosa mesmo. — Suspirou. — Eu te levo. Bora!

Naomi levantou primeiro, segurou firme minha mão e saiu, me levando junto. Ao chegarmos no carro, ela não pensou duas vezes. Me encostou contra a porta do carona e me cercou com os braços, apoiando as mãos no vidro. Eu teria sido pega desprevenida... se não tivesse previsto — imaginado, sonhado, desejado — cada movimento antes mesmo de sair da loja.

— Eu tô pensando nisso há um tempo — admitiu, prendendo uma mecha bem clara do meu cabelo atrás da orelha.

Eu seria uma grande mentirosa, uma das maiores, se dissesse que, mesmo prevendo e querendo, meu coração não acelerou absurdamente. Se eu dissesse que minha respiração não falhou. Que minhas pernas não tremeram. Que um arrepio fulminante não correu pelas minhas costas da nuca até a lombar. Precisei molhar os lábios com a língua para disfarçar a boca seca. Não foi preciso analisar cada poro do rosto da Naomi, que me devorava com os olhos, para ter certeza do próximo movimento.

— E tá esperando o quê?

Nossas respirações se misturaram e as mãos dela começaram a passear, da minha cintura ao pescoço. Até que segurou vigorosamente meu braço e, com a outra mão, enterrou, sob meus cabelos, os dedos na minha nuca. Logo em seguida, aproximou descaradamente sua boca da minha, mas, ao que fechei os olhos, ela se afastou, me fazendo suspirar num pedido de socorro. Quando abri, ela sorriu de novo. Bancando a malvada, pensei. Mas aí... já era, não consegui me conter e a beijei com urgência. Eu preferia que *ela* tivesse me beijado, mas no estado em que eu me encontrava... A mão voltou ao meu pescoço e segurou um pouco de cabelo na minha nuca, porém, dessa vez, com uma ternura indescritível, me fazendo sentir sua força e sua delicadeza, tudo ao mesmo tempo. A urgência era tanta que meu corpo respondeu como se estivesse em chamas. Seus lábios grossos sugaram o meu lábio inferior, com uma leve mordiscada, antes de, finalmente, tomar conta de mim. Minha cabeça estava a mil, adrenalizada, endorfinada. Minha mão apertava a cintura dela enquanto a outra a segurava pelos cabelos da nuca. Senti uma mão passeando pela minha bunda. Opa, hora de parar ou...

Era como se um incêndio tivesse começado e se alastrado numa velocidade incontrolável. Em mais alguns segundos, seria impossível apagá-lo.

Capítulo 12

O caminho até minha casa foi bastante silencioso e relaxante. Como se tivéssemos nos recuperando do que acabara de acontecer, eu não conseguia conter o sorriso bobo que carregava na alma. Abri a janela, tentando manter meu olhar focado no lado de fora e deixando o vento gelado da madrugada esfriar minhas bochechas. Nas poucas vezes que virei o rosto para admirá-la, ela normalmente estava perdida em pensamentos, enigmática. Divagando sobre nós duas? Arrependida ou eufórica?

Quis puxar conversa, mas percebi estar sentindo um nervosismo singular dentro de mim, como aqueles momentos que vão decidir o rumo da nossa vida, em que a ansiedade toma conta antes de fazer a grande escolha. O silêncio se mostrava uma bênção. Puxar assunto com a Naomi não deveria ser uma escolha tão difícil. Mas, naquele exato momento, era. Dificílimo. A inquietação ainda estava ali.

No meio do caminho eu me lembrei que estava sem bateria e perguntei se poderia dar uma carga no meu celular. Encaixei ele no cabo, mas deixei ali, sem ficar checando. Foi quando o aparelho tocou e vi *Clara* estampado na tela. Não acredito! Esqueci completamente de dar uma satisfação. Que vacilo, afinal o convite tinha partido de mim mesma. Fechei os olhos e resmunguei, enquanto o celular tocava no meu colo. Percebi que a Naomi olhou para a tela, curiosa.

— Não vai atender?

— Eu tinha combinado de tomar alguma coisa com ela depois da peça e... — comentei.

— Por que não explica que saiu comigo? — perguntou, havia uma certa fragilidade no tom de voz.

Respirei fundo, sentindo o desespero tomar conta de mim.

Não sabia como explicar sobre a Clara para a Naomi e não sabia como contar da Naomi para a Clara.

— É que... — gaguejei — é que a gente meio que... — suspirei — nós não somos *só* amigas.

O semblante dela automaticamente mudou. Minha casa já estava à vista, então ela ficou em silêncio até a hora que encostou na minha calçada.

— Acho que não entendi muito bem, Alice. — Ela cruzou os braços. — Vocês são o que então?

— Ela é minha ex e nós... — comecei, mas fui interrompida.

— Que susto! — Respirou aliviada, rindo.

— E nós estamos ficando desde que eu te conheci. Quer dizer, ficamos só... — tentei completar, com os olhos fechados, preparada para o que estava por vir, mas ela voltou a me interromper.

— Puta que pariu, Ana Alice! — Naomi segurou com força o volante, encostando a cabeça no banco do carro e respirando fundo. — Não tô acreditando nisso. Você tá de sacanagem, né?

— Naomi, com todo respeito, mas você não pode ficar brava comigo por causa disso. Não pode, mesmo. Não tem o direito, para ser mais exata — eu me atrevi a dizer.

— Ah, não posso?! — Naomi reagiu, de maneira retórica, voltando a olhar para mim. Seu tom de voz carregava incredulidade e seus olhos me fuzilavam. — Por que não, exatamente?

— Naomi, você tinha uma noiva! — exclamei, bufando.

— E por acaso eu te beijei enquanto estava com ela, Ana Alice? — Ela cruzou os braços mais uma vez, aumentando o tom e desligando o rádio do carro. Abaixei a cabeça em resposta. — E mais: quem é você pra dizer o que eu *posso* ou não sentir?

Naomi esticou os braços como se estivesse empurrando o volante, forçando as costas contra o encosto e olhando para o alto. Então, respirou fundo em resposta ao meu silêncio.

— Vai lá, Ana Alice.

— Eu realmente acho injusto que...

— Vai lá, Ana Alice — ela repetiu, categórica, me interrompendo. — Não piora a situação.

Saí do carro batendo a porta e entrei em casa me sentindo a pior pessoa do mundo. Se eu dissesse que essa mulher não mexe comigo, seria, novamente, uma mentira das boas, como todas que não me atrevi a contar quando o assunto era nós duas. Eu vi aquela mulher três vezes na vida, mas, mesmo assim, ela conseguia me deixar... sei lá, eu nem mesmo sei descrever como eu me sinto na presença dela. E, definitivamente, isso não era algo comum.

Acho que por isso eu ficava tão cismada com a situação. Ela mexia demais comigo.

Decidi tomar um banho quente para espairecer e passei todos os trinta minutos embaixo do chuveiro repassando a noite na cabeça. Eu poderia dizer que me arrependi de ter beijado a Naomi, dadas as circunstâncias, mas, nesse caso, eu também estaria mentindo. Quaisquer defeitos que porventura eu tentasse colocar no que rolou entre a gente seriam só desculpas esfarrapadas. Se eu pudesse voltar no tempo, tomaria a exata mesma decisão, repetidamente, *ad eternum*... Era impossível beijar Naomi Mori e se arrepender.

Tive a impressão de que tocaram a campainha. Ainda não eram nem nove horas. Será que eu estava sonhando? Pouco tempo depois, meu pai entreabriu a porta do meu quarto.

— Filha, a Clara tá lá embaixo. Ela quer falar com você. Eu já estou saindo, vou dar uma passadinha na sua tia e depois vou para a confeitaria. Te amo.

Coloquei o travesseiro na cara, resmungando, e fiz meu pai soltar uma risada. Levantei da cama, ainda morrendo de sono, e desci para a sala, carregando *um amontoado* de culpa nas costas.

— Bom dia — desejei, assim que a avistei na sala. Ela estava sentada no sofá e levantou quando me viu.

— Tá tudo bem com você?

— Tudo, tá. Tá, sim — respondi confusa. — Por quê?

— Você desapareceu ontem. — Clara olhou para baixo. — E não atendeu nenhuma das minhas ligações. Fiquei superpreocupada. Mandei mensagem, várias. Achei que tivesse acontecido alguma coisa séria.

Percebi que o vacilo que eu tinha dado era ainda maior do que eu imaginava. Cocei a nuca, pensando em como explicaria tudo para ela. Mentir, definitivamente, não era uma opção.

— Acho que a gente precisa conversar.

Nos sentamos no sofá e, quanto mais eu contava sobre a Naomi para a Clara, mais ela parecia estar em choque. Quanto mais eu contava sobre a Naomi para a Clara, mais culpa surgia. Mais eu apertava os dedos, mais minhas mãos suavam, mais meu corpo reagia.

— Então esse tempo todo que estamos juntas você literalmente conheceu *o amor da sua vida*? E não tocou no assunto em momento algum? — questionou.

— Juntas, juntas nós nunca estivemos, né? — Dei de ombros, sem graça. — E ela provavelmente não é o amor da minha vida, esse site é uma brincadeira de mau gosto, uma enganação.

— Não acho que seja, Ana — retrucou. — Pelo que está me contando, vocês duas agora têm um ímã que faz com que se encontrem de tempos em tempos. Isso me parece o tal do destino. — Ela suspirou. — E eu também conheço umas duas ou três pessoas que entraram nesse site e estão mais felizes do que nunca.

— Mais uma prova de que ela provavelmente não é o amor da minha vida. Se o Amezzo funciona, o que eu ainda acho uma insanidade completa, deve ter tido alguma falha. Nada na vida é cem por cento. — Fiz uma pausa, observando seus lábios contraídos. — Se todas as histórias dão certo, por que eu e Naomi sempre estamos em pé de guerra? — Olhei para baixo, em direção às minhas mãos, que transpiravam, e apertei a unha no meio delas. Também tinha um nó na minha garganta que sequer deveria estar ali. — Quem sabe funciona com noventa e nove vírgula nove e o zero um sou eu?

— Bom, seja lá o que trouxe vocês duas até esse ponto — disse Clara e suspirou —, não sou eu quem vai embarreirar a relação. Até porque não vim aqui para isso.

Franzi as sobrancelhas, um pouco confusa.

— Como assim?

— Meu Deus, Ana, você realmente tá com a cabeça nas nuvens. — Clara riu, mexendo no cabelo. — A gente não vai mais ficar, só isso. E tá tudo bem. De coração. Espero. — A última palavra saiu quase inaudível.

— Mas a gente pode continuar sendo amigas?

— Você beijou alguém enquanto a gente estava meio que ficando sério. — Ela fez careta. — Acho que preciso de um tempo por enquanto, *amiga*.

Capítulo 13

O último mês tinha sido o mais longo e deprimente da minha vida. E olha que eu não sou de exagerar. Um dos únicos meses em que passei absolutamente sozinha, sem energia para noitada, ir para barzinhos, flertar... ficar então, nem pensar. Fechei a lojinha para obras. Uma boa reforma se mostrou imprescindível. Agora que o Pedro Antônio e a Elisa estavam oficialmente namorando, tive que ficar de babá do casal a mando dos nossos pais.

Quando não estava de vela no cinema com o casal de adolescentes, ou tomando conta dos dois dentro de casa — essa idade é fogo! —, matava o tempo com meus amigos, novamente segurando vela, mas para Theo e Beatriz. Sim, isso mesmo. Agora era oficial. De ficantes a namoro sério em três segundos. O pior de tudo é que eles eram o casal mais apaixonado que eu já vi na minha vida inteira, o que me deixava cada dia mais mexida.

Pelo menos nesse caso eu não segurava vela sozinha, visto que a Isabella estava sempre conosco.

O Amezzo só crescia, esfregando casais felizes em todas as redes sociais na minha cara — maldito algoritmo! Colegas de trabalho entrando em relacionamentos perfeitos e anúncios por todos os lugares. Estava cada dia mais difícil manter meu ceticismo quanto a isso. Eu realmente tinha sido a azarada nessa brincadeira toda. E, sinceramente, a essa altura do campeonato, eu já tinha perdido as esperanças.

Portanto, decidi passar o final daquele domingo em família me deprimindo. Já ouviram falar da Síndrome do Domingo? Não, eu não iria assistir aos programas de debate futebolístico, isso era light demais. Tampouco checar meu extrato bancário. Para ter certeza de que lograria êxito total, subi para o quarto e comecei a ler os depoimentos extremamente felizes na página inicial do site que tinha acabado com a minha sanidade três meses atrás.

Estava prestes a chorar quando meu celular apitou, indicando uma mensagem. Era a Mile.

Oi, Ana! Como vc tá? Então, meu aniversário tá chegando e vou dar uma festa essa semana. Vai ser na cobertura da minha mãe, quarta às 19h. Decidimos tudo meio que em cima da hora mas eu queria muuuito que vc fosse :) Beijinho!

Depois de mais um doído vice-campeonato do meu Vascão, fiquei animada com aquele convite, tentando ao máximo não dar atenção para a parte de mim que gostaria de ficar com a Mile pelo menos uma última vez. Mas prometi a mim mesma — e a Isa — que não faria isso.

Claro! Estarei lá, Mile :), foi a minha resposta.

— Ih, nem te contei, amiga. Você não vai acreditar! Sabe quem me mandou mensagem me chamando pro aniversário? — comentei, toda animada, com a Isa na quarta-feira de manhã, quando cheguei no escritório.

— Elementar, minha cara. Considerando que já estamos em abril e que com esse seu sorriso na voz... *com certeza* foi alguma ex. E como você só abriu exceção para *uma* ariana, foi a Mile. — Fiz cara de tédio para ela, revirando os olhos.

— Por que você tem que ser tão Sherlock Holmes? — Bufei.

— Basta botar o tico e o teco pra trabalhar, amiga. — Isabella esticou o braço por cima da mesa e tocou na lateral da minha testa, para então tocar na própria. Nessa hora, nossa editora-chefe passou por perto e nos deu uma piscadinha que significava: *"Vejam como sou inclusiva, vocês dariam um belo casal"*.

Desde que entrei na *Melk*, ela insiste que eu e a Isa fomos feitas uma para a outra — "vocês têm tudo para dar certo", nas palavras dela —, muito provavelmente por sermos as únicas pessoas que, declaradamente, fazem parte da comunidade LGBTQIAPN+ na empresa. Volta e meia, a Kelly mandava pra gente aquele clássico "Nossa, tenho uma amiga superfeminina que gosta de mulher. Você precisa conhecer ela, quem sabe, né?", quando, na verdade, o que temos em comum se restringe exclusivamente à sexualidade.

Chato. Apenas chato pra cacete.

Isabella revirou os olhos assim que a Kelly voltou para a sala dela e sibilou um "é muito sem noção" na minha direção.

— Então, voltando ao assunto... — começou — só queria ressaltar a promessa que você fez de não ficar com a Mile nunca mais. Você jurou de pés jun...

— Eu sei, eu sei. — Suspirei. — Juro!

— Bom, *eu* não confio em você. Vou junto.

— Meu Deus, você não perde uma oportunidade de me infernizar com isso.

— Isso o quê? Não faço ideia do que você está falando. — Isa deu de ombros, rindo. — Passo na sua casa que horas?

— Eu te odeio, Isabella. — Bufei. — Às 19h. Em ponto!

Quarenta minutos antes do combinado, Isa tocou a campainha lá de casa. Ela estava com uma mochila que carregava umas duzentas peças de roupa e me arrancou muitas gargalhadas com sua indecisão na hora de escolher o *look* da festa. O meu já estava prontinho na cabeça desde que recebi o convite. Acho que ter passado o último mês celibatária estava me deixando mais empolgada do que o normal com a possibilidade de encontrar a Camile — e eu sabia que a chance de fazer merda era gigante.

Saímos de casa, finalmente! Isabella deixou o carro lá em casa e pegamos um Uber. A cada sinal vermelho minha aflição aumentava. Não entendia, exatamente, porque meu corpo estava reagindo daquela maneira, com tanta ansiedade, mas também com tanto entusiasmo. É só um aniversário. É só a Camile. Nada extraordinário poderia acontecer.

Mas, como de costume, *eu estava errada*.

Capítulo 14

Chegar à cobertura da mãe da Camile foi até mais tranquilo do que eu imaginei, apesar de ser num bairro mais afastado. Eu não moro no subúrbio, mas também não moro na zona nobre.

Por falar nisso, coisas chiques demais sempre me deixaram um pouco intimidada, tipo ficar parada na portaria enquanto um senhor de terno e gravata verifica uma lista de três páginas para encontrar nossos nomes.

Felizmente, Mile tinha me colocado com um acompanhante, então conseguimos entrar sem problemas.

— Acho que eu nunca entrei num elevador tão grande — Isabella comentou.

— Eu com certeza. Se eu fosse dar uma festa só para os mais íntimos, bastaria botar um globo espelhado aqui no teto. — Fiz pose olhando para o espelho enquanto ela tirava uma foto de nós duas.

— Eu vou beijar *muuuito* na boca hoje, tô gata demais, né não? — falou, forçando o sotaque.

— Espero que eu não tenha que segurar vela. Já deu pra mim esse mês — avisei.

— Você com certeza vai se dar bem. — Ela revirou os olhos, rindo e botando a língua pra fora. — Quem é minha garota?! — zoou e bagunçou meu cabelo.

— Segura a onda que amanhã ainda é quinta.

As portas do elevador abriram direto para a sala ao chegar no décimo sétimo andar. A primeira coisa que percebi foi que a música estava bombando e havia uma quantidade absurda de pessoas estilosas e extremamente bem arrumadas. Agradeci por ter gastado uma roupa top para o evento.

Passei os olhos à procura da Mile, mas não encontrei de primeira.

— Acho que vou ter que beber um pouco demais pra conseguir pegar gente aqui — comentou uma animadíssima Isa. — Não sabia que a Camile tinha tanto dinheiro.

— A empresa da mãe dela tá bombando.

A decoração estava deslumbrante, tinha DJ, pista de dança, garçons para todo lado, uma mesa com um bolo enorme, bar... Todo aquele glamour acabou mexendo comigo. Como não havia tempo a perder, avançamos em direção ao bar. Só mesmo assim para poder justificar qualquer atitude precipitada e mal calculada que eu pudesse vir a tomar — e, pelo visto, tomaria!

— Dois shots de tequila pra gente, por favor! — Mile chegou de surpresa, gritando para o bartender por conta da música alta e, acredito eu, da quantidade proporcional de bebida já ingerida. Ela me puxou para um abraço e depositou um beijinho na minha bochecha. — Tô muito feliz que você veio! — falou perto do meu ouvido.

— Feliz aniversário! — Abri um sorriso tímido. — É bom saber que estamos bem.

— Eu nem me lembro por que fiquei chateada contigo, sério — ela brincou. — *Isaaa!* Agora que te vi. Quanto tempo! Três, por favor — retificou o pedido ao rapaz do bar, que mais parecia um modelo, e correu para um abraço, deixando Isa vermelha de vergonha porque, por incrível que pareça, minha amiga tinha ficado meio intimidada com a coisa toda. Esse negócio de ser *livre, leve e solta* era apenas uma personalidade inventada que existia muito mais na teoria do que na prática. Eu, particularmente, amava essa peculiar característica dela.

Elas conversaram um pouco, mas nada que eu conseguisse ouvir por conta da música, antes da anfitriã se virar para mim de novo.

— Achei que fosse trazer alguém... sabe... — ela fez uma careta — romanticamente falando.

— Não tem ninguém... sabe... — pigarreei, sorrindo de leve — romanticamente falando.

— Chocante gatona — Mile debochou, mordendo um pouco a boca. Se ela já estava nesse estado agora no início...

— E você, tá com alguém? — perguntei, já sabendo qual seria a resposta e o rumo que essa conversa tomaria.

— O que você acha, bobinha? — Mile abriu um sorriso largo, jogando todas as minhas expectativas no chão e as pisoteando logo em seguida. Fui pega meio que desprevenida. Foi quase impossível disfarçar a surpresa no meu rosto. — Ela ainda não chegou, mas vou te apresentar, claro. Acho que você vai gostar dela!

— Tomara — respondi, tentando esconder um sorriso amarelo e entrar no clima. A não ser que algo extraordinário, de fato, acontecesse, beijar na boca não estava nos meus planos. Contudo, como meus planos costumavam ser atropelados pelo extraordinário...

Mile pediu mais uma rodada tripla e, após todo o ritual de *arriba, abajo, al centro y adentro*, a festa começou de verdade. A aniversariante pediu licença e foi conversar com outros convidados que haviam acabado de chegar. Era muita gente para dar atenção, então eu duvidava bastante que ainda teria um tempo a sós com ela durante a noite.

— Deixa eu adivinhar — Isa começou, logo que encontramos um canto com sofás e almofadas para sentar. — Você, logicamente, pretendia ficar com a Camile, apesar de ter jurado de pés juntos que não e de eu ter te pedido trezentas vezes para não ficar. E aí, graças a sua cara, eu posso concluir que a fila andou.

— É, andou.

— Ficou surpresa, amiga? E não é que as pessoas conseguem superar Ana Alice e seguir em frente? — zoou, me dando um beliscão em seguida.

— Ai — resmunguei.

— Alguém precisa te puxar para a realidade de vez em quando, amiga. E esse alguém se chama *Isaaa*. — Ela riu, já com algumas boas moléculas de álcool no sangue. — Agora vem cá, hora de focar em mim. Tenho quase certeza que o bartender me deu mole — falou e virou o resto do sex on the beach que tinha pedido no bar.

— Já? — Olhei em direção ao bar e o moreno alto, tatuado e musculoso estava, definitivamente, olhando em nossa direção enquanto sacudia a coqueteleira de uma forma estranhamente sexy. — Ok. Ele tá mesmo — concordei rapidamente. — Mas vai ser um pouco complicado ficar com ele, não? O cara é um profissional, tá trabalhando. Onde se ganha o pão, não se come a carne!

— Que pão? Que carne? Como assim?

— Esquece. Tô dizendo que fica difícil...

— Essa palavra não existe no meu vocabulário. — Bem discretamente, pelo menos na avaliação deturpada pelo álcool, Isa o encarava de volta, se fazendo de tímida e desentendida. Nada sutil, pois ele entendeu o recado. E essa era a melhor parte da singular personalidade que a Isa tinha inventado com o tempo: agir sem querer querendo. — Lamento, mas não terei como esperar a festa acabar para dar uns pegas nele. Tem muita gente aqui e, obviamente, hoje teremos Isabella pra quem der e vir, e vice-versa — disse esse final de frase de forma lasciva. — Ah, o que seria da vida sem tequila.

Depois da frase de efeito, Isa se levantou, avisando que iria ao banheiro, provavelmente retocar a maquiagem ou algo do tipo. Decidi pegar uma bebida e dar uma boa escaneada na festa, reparar nas pessoas e balançar o esqueleto um pouquinho na pista de dança.

O mojito desceu que nem água. Já era hora de pegar mais uma bebida no bar. Ao voltar para a pista de dança meio que correndo — minha música favorita começou a tocar —, pensei em como era ótima essa sensação de estar numa festa totalmente desimpedida, cercada de gente interessante e já bêbada o suficiente para não me importar com o que as pessoas ao redor estariam pensando.

Quando abri os olhos, sorrindo e tomada pela libertadora sensação de liberdade — ok, pelo álcool, mas, foda-se, a sensação é minha e eu acho o que eu quiser! —, percebi uma menina me olhando. Ela estava na sacada da cobertura. Seus cachos ruivos voavam com a brisa que soprava do mar e seus olhos, talvez verdes, quem sabe azuis, estavam vidrados em mim. Abri um sorriso... e ela retribuiu.

Eu provavelmente não deveria, mas...

Capítulo 15

— Ana Alice, prazer. — A garota ruiva perguntou meu nome e eu respondi, sendo surpreendida com um abraço caloroso.

— Muito prazer, Ana Alice — ela sussurrou no meu ouvido. — Helena.

— Eu posso estar equivocada, Helena — comecei, com um sorriso ingênuo —, mas acho que você estava me olhando como se já me conhe...

— Eu? Te olhando? Creio que você esteja de fato equivocada — respondeu com ironia.

— Ah, me perdoe, já vou, então. — Quando fiz menção de voltar para a sala, ela me segurou pelo braço.

— Acho que não nos conhecemos, mas, sim, óbvio que eu estava te olhando. Você está chamando mais atenção do que qualquer pessoa nesta festa — disse, enquanto me examinava de cima a baixo de uma maneira... — Pelo menos a minha, com certeza, chamou.

Fiquei sem graça de uma forma estranha, inédita até, eu diria. Não fico intimidada tão facilmente, mas algo naquele abraço e depois naquele olhar... me causou um certo melindre.

Ou será que a questão maior estava *em mim*?

Apenas sorri.

— Topa dançar essa música? — convidei para quebrar o silêncio que surgiu. O DJ estava arrebentando. Parecia que o set havia sido feito sob medida para mim.

— Com certeza.

Fomos para a pista e, empolgada pela música, segurei Helena pela cintura, tentando dançar uma imitação desengonçada de valsa. Tequila com mojito... Ah, bendita combinação. Ela parecia se divertir com aquela escolha surpreendente e sua risada acabou me contagiando, mudando o clima.

— *Amigaaa!* — Ouvi Isabella me chamando. — Você não vai acreditar. — Ela cutucava freneticamente meu ombro com um copinho de shot vazio, ignorando totalmente a minha, por enquanto, parceira de dança. — Esbarrei com a namorada da Mile! Ela acabou de chegar.

— Sério?

— Seríssimo!

— Bora lá! Essa eu quero conhecer... — Ao fazer menção de pedir licença a Helena...

— Namorada, não! — Percebi uma voz conhecida rindo atrás de mim. — Olá. Tudo bem?

— Prazer, Helena. — Helena esticou a mão para ela, com um sorriso genuíno. A garota fitou sua outra mão, ainda parada na minha cintura.

— Naomi — dissemos em uníssono, eu e a própria.

— V-vocês já se conhecem? — Percebi o rosto da Isa perdendo o brilho um segundo depois de ter aberto a boca, quando se deu conta do que estava acontecendo ali. — Puta merda.

Enquanto isso, sem entender nada daquela situação, Helena continuava sorrindo, a mão continuava, também, na minha cintura, e ela ainda se balançava um pouco com a música. Aqueles segundos pareceram anos. Enquanto Naomi fitava meu rosto, agora totalmente séria, Isa parecia querer se enfiar num buraco.

Eu não sabia exatamente que sentimento deixar aflorar. Se é que isso ainda estava no meu controle. A situação estava sendo digerida devagar, não tendo se encaixado perfeitamente na minha cabeça. Eu não contava com mais essa peça. Afinal, o quebra-cabeça da minha cabeça se encontrava razoavelmente embaralhado. Não só pelos drinques, mas como de costume.

Amor em 12 Meses sem Juros 83

Ao mesmo tempo que eu estava prestes a explodir de raiva pela Naomi estar ficando com a Camile, também sentia um pouco de desconforto por ela ter me encontrado dançando com outra garota. Tipo um te peguei no flagra recíproco. Sendo *beeem* racional, eu sabia, no fundo, que nenhuma das duas estava fazendo algo errado, mas, ao perceber que Naomi fuzilava a mulher ao meu lado, de um jeito *beeem* irracional, eu também não consegui deixar de imaginar as duas juntas e me sentir, no mínimo, enjoada.

— Amor, qual o seu nomezinho mesmo?! — Isabella perguntou de uma forma que poderia ser para qualquer uma das duas.

— Helena — respondeu a ruiva, já que a morena não mexia um músculo sequer da face. Helena continuava com um sorriso protocolar, sem ter a menor ideia da tensão que tinha se instalado naquele ambiente que, apesar de enorme, havia ficado pequeno e apertado demais. Claustrofóbico até, eu diria.

— Vamos ali buscar uma bebida comigo, *Heleninha*? — Isabella convidou, ou melhor, pegou a garota pela mão com firmeza, querendo nos tirar daquela enrascada que, sem querer, ela havia nos enfiado.

— Claro! — ela respondeu, sentindo que outra alternativa não havia sido posta em cogitação.

Elas saíram de mãos dadas em direção ao bar e Isa olhou para trás sobre o ombro, na minha direção, fazendo coraçãozinho com o polegar e o indicador enquanto soltava um "boa sorte" sem som com os lábios. Respirei fundo e me virei para a Naomi, que estava encarando fixamente o chão.

— Então...

— Acho que já caracteriza crime de stalking o que tá rolando aqui — ela fez uma piada, me fazendo liberar boa parte da tensão que petrificava meu corpo. Felizmente, voltei a respirar.

— Vai me algemar, delegada? — tentei entrar na onda, mas ela fez uma careta de reprovação.

— Não teve graça nenhuma, Alice. — Naomi balançou a cabeça.

— Tentei. — Sorri, fechando os olhos e respirando fundo, antes de tomar coragem. Estiquei o pescoço e mirei a cabeça em direção a um chiquérrimo sofá chaise curvo, meio que escondido num canto pouco habitado, a convidando discretamente. Preferi não colocar em palavras para, em caso de rejeição, eu poder inventar que estava apenas me alongando, me sentindo, assim, um pouco menos humilhada.

Naomi demorou para avaliar a proposta, mas, sem dizer nada, decidiu aceitar e me acompanhou, sentando tão próxima de mim que parecia que estávamos dividindo uma poltrona.

De fato nós compartilhávamos de muitas coisas em comum. Muitas mesmo. Camile, infelizmente, era uma delas.

— Então... — agora foi a vez dela tentar.

— Que situação, né?

— Nem me fala. — Naomi abriu um sorriso forçado.

Eu ainda não tinha me acostumado a vê-la de guarda baixa. Não assim. Não dessa forma.

— Nunca imaginei que a minha amiga pudesse fazer seu tipo. — Ri. — Sabe, no quesito autoconfiança... Uma batalha de titãs — falei sem nem saber por quê.

— Eu nunca imaginei que ruivas insuportavelmente sorridentes faziam seu tipo — ela rebateu, com deboche na voz. — Mas, sabe, pelo menos vocês duas não parecem combinar no quesito *irritância*. Uma batalha de opostos.

— Mas, sabe, ela não me pareceu ser uma pessoa irritan...

— Não, é?

— É. Mas... como acabamos de nos conhecer...

Naomi gargalhou da situação, a ponto de bater palmas, como se aquela fosse a coisa mais engraçada do mundo. Ou teria sido de nervoso?

— Não acredito que fiquei com ciúmes à toa! — Agora ela tentava conter as risadas.

— Você com ciúmes, Naomi? — provoquei, sentindo o jogo virar e fazendo com que ela ficasse instantaneamente mais séria. Não pude deixar de notar suas bochechas levemente coradas.

— Me poupe, Alice. — Revirou os olhos.

— Suas palavras, não minhas.

— Suas palavras, não minhas — ela repetiu, com voz de deboche. Tentei não rir, mas não consegui.

— E como estão? — Respirei fundo. — Você e a Mile?

— De boa, ela é ótima... — Naomi suspirou. — Falando sério. Ela é *realmente* nota dez. Só que eu não sou a pessoa mais aberta do mundo, e aí dificulta bastante as coisas. Não quero nada sério também. Céus, eu acabei de sair de um noivado!

— Pois é, às vezes eu fico me perguntando como a sua noiva te aguentava. Você não parece ser muito fácil mesmo — alfinetei.

— Será que você pode se esforçar só um pouco para não ser tão insuportável, Alice?

— Poder eu até posso, mas com você eu acho um pouco difícil.

— Ah, é comigo?

— Sim, é contigo. E tá nas suas mãos agora.

Capítulo 16

Proposta feita, proposta aceita! Eu e Naomi estávamos apostando quem conseguiria beber *todos* os drinques disponíveis no cardápio da festa primeiro. Eram oito — "shot e cerveja não vale", ela mesma havia dito: caipirinha, mojito, gim-tônica, Aperol spritz, bloody mary, marguerita, cuba libre e sex on the beach. Cacete, nunca achei que diria isso, mas encontrei alguém ainda mais competitiva que eu. Cada vez que eu partia para o próximo drinque antes dela, escutava uma série de resmungos e palavrões.

— Tá reclamando de quê? O certo era você ter virado dois shots, que nem eu fiz. E olha que eu nem vou contar os dois mo...

— Nem vem, Ana Alice. Ninguém mandou você não me esperar chegar. Então avisei:

— Beleza. Vou repetir o mojito para dar tempo de você me alcançar, fraquinha.

Quanto mais os drinques desciam, mais difícil era me manter a uma distância adequada dela. A gente variava entre dançar um pouco, sentar para descansar e comer uns salgadinhos, e voltar para a pista. De vez em quando, Mile se aproximava, nos lembrando de que não éramos só nós duas ali. Nesses momentos, eu me esforçava ao máximo para disfarçar a maneira como — eu via que era recíproco, por isso me esforçava tanto — eu sorria para ela.

E por mais que em todos esses meses a atitude tenha partido dela, me deu uma vontade enorme de pegá-la pela mão e sair já daquela festa.

Então, ao chegar no oitavo drinque...

Nossas gargalhadas eram altas e desreguladas enquanto corríamos — quase caímos umas três vezes — de mãos dadas pela rua. A sensação de liberdade que eu havia sentido na pista de dança, enquanto estava sozinha, estava ali novamente, só que agora bem maior e bem ao meu lado. E isso mudava tudo!

Eu poderia até dizer que a liberdade naquele momento era *ela*.

Nós corríamos como se tivéssemos feito alguma besteira ou estivéssemos fugindo de alguém, mas as gargalhadas entregavam que sequer nos importávamos.

Eu parecia ter esquecido todos os desencontros que tivemos, e eu realmente queria esquecer. Queria "re-conhecer" a garota ao meu lado, começar do zero e apagar todas as partes ruins. Formatar a máquina e instalar uma nova versão do sistema operacional. Voltar para o dia um, para aquele primeiro encontro, aquele dia que mudou a minha vida — para melhor e pior ao mesmo tempo; sim, isso é possível! — e, como prometia o Amezzo, viver com minha alma gêmea uma maravilhosa história de amor eterno como todas as pessoas que se inscreveram naquele site desejavam.

Infelizmente, a realidade havia se mostrado diferente disso. Eu não podia fazer, como num passe de mágica, com que a Naomi se apaixonasse por mim ou com que eu me apaixonasse perdidamente por ela. Daria para relevar, mas esquecer os desentendimentos que tivemos... na prática é mais complicado. Não deu match em certas ocasiões. Fato.

Mesmo assim, naquele momento, eu tinha como, então *decidi* ignorar. Naqueles poucos minutos em que tudo parecia bom demais era fácil. Por que não aproveitá-los? Quando o cheiro de perfume adocicado voou dela e me inundou a alma, mãos unidas como se soltar a outra fosse um crime, eu entendi. Aqueles minutos em que eu experimentava a certeza de que, sem sequer ter um destino, quando eu decidisse parar, seria para beijá-la.

— Aonde você tá me levando? — ela perguntou, já sem fôlego.

Aquela foi a deixa, impossível de ignorar.

Parei de correr e empurrei seu corpo, de leve, contra a parede de uma casinha amarela de muro baixo. Acariciei seus lábios com os meus, abrindo um sorriso em seguida. Naomi passeava seu olhar entre meus olhos, nariz e boca, me segurando firme pela cintura, fazendo um arrepio fluorescente, um raio de luz neon, percorrer minha coluna.

Posicionei minha mão em uma das faces dela, puxando-a para mais perto. Eu queria me demorar ali. Só não sabia como. Passar um tempo com nossos rostos colados e olhos fechados, encharcadas de suor, conhecendo o cheiro, o hálito apimentado sabor bloody mary... Mas a urgência que eu sentia me impossibilitava, então... Nossas línguas se misturaram com o gosto de todas as oito bebidas fundidas em uma única coisa. Em um único sentimento.

O excesso de álcool que corria no meu corpo fazia com que minha vontade de levá-la para longe dali, naquele segundo, fosse algo enlouquecedor. Naquele segundo, que parecia rastejar e acelerar na mesma frequência, na mesma proporção. Eu sentia uma adrenalina diferente, única, enquanto percorria minhas mãos por ela. Sentia meu coração palpitando como se pudéssemos ser pegas em flagrante, como duas adolescentes prontas para saltar clandestinamente de paraquedas de um arranha-céu.

Tudo se intensificava a cada vez que nossos corpos se encostavam, a cada vez que nossos movimentos se encontravam, a cada vez que meu sorriso bobo, entre um beijo e outro, descobria o dela de volta.

Meu ar faltou quando senti mãos delicadas passeando por dentro da minha blusa.

— Você fica ótima de verde. — Ela sussurrou, com um sorriso sacana estampando sua beleza única. — Mas tenho certeza de que sem nada fica ainda melhor.

Senti minha pele arrepiar do dedo mindinho ao pé da orelha e, por pouco, não perdi minha sanidade ali, quando meu corpo foi tomado por um nervosismo completamente inédito.

Nossas respirações não combinavam e nossos toques se transformavam em contrações intensas.

— Acho que é melhor a gente voltar — ela soltou, me pegando desprevenida. — Ou amanhã estaremos *famosas* no mundo inteiro — avisou, indicando com a cabeça uma câmera de segurança na lateral da casa.

— Sim, eu acho que... — falei, passando as mãos no cabelo, tentando organizar meus pensamentos e voltar para a realidade — acho que pode ser.

Ela assentiu, apenas concordando.

Quando fiz menção de pegá-la pela mão, Naomi hesitou, colocando-a no bolso de sua calça de alfaiataria. E, então, caminhamos em silêncio de volta ao prédio onde a festa acontecia.

Ao entrarmos no elevador, saíram três pessoas terrivelmente bêbadas, que conversavam alto entre línguas enroladas e risadas escandalosas. Assim que a porta fechou, tentei trocar olhares com ela, para rirmos juntas daquilo. Sem sucesso. Ela retirou da pequena bolsa a tiracolo um lencinho de papel e um batom. Naomi olhava fixamente para o espelho como se eu não estivesse presente. Quando a música ficou alta e a porta abriu, ela disparou em direção a Camile, segurou-a pelo braço e deu-lhe um beijo daqueles. Mile pareceu surpresa e tudo que consegui acompanhar foi sua gargalhada, antes de sentir meu estômago dar um nó.

O banheiro estava ocupado, então fui em direção ao lavabo, que ficava no lado oposto. O caminho até lá foi muito mais longo do que deveria. Não deu tempo nem de fechar a porta. Enquanto eu colocava tudo o que tinha bebido para fora, senti que estava sendo observada. Era a Helena, a garota ruiva, que havia aparecido de repente, segurando o meu cabelo e molhando a minha nuca, enquanto eu chegava muito perto de perder a consciência.

Consegui perceber poucas coisas depois disso, mas lembro, vagamente, de ser colocada num carro e lembro, também vagamente, de ter segurado a mão de uma pessoa durante o caminho inteiro, chorando compulsivamente.

Aquela foi a primeira vez que chorei de verdade por alguém.

Capítulo 17

Nada como um dia após o outro. Tudo passa. A vida dá voltas. Amanhã há de ser um novo dia. Essas frases clichês foram uma espécie de boia de salvação.

O último mês tinha sido bom. Bom de verdade. As coisas pareciam estar indo bem, caminhando devagar, mas voltando aos eixos. Eu estava rendendo bem mais que o normal no trabalho — inclusive, conseguia sentir um clima de promoção surgindo — e, ao mesmo tempo, saindo bastante para me divertir.

Adorava ver meus amigos felizes e eles estavam melhores do que nunca. A Isa estava saindo com um rapaz que, a meu ver, parecia ser um querido e o Theo tinha acabado de oficializar as coisas com a Beatriz, fazendo um pedido de namoro incrível. Conversei com meus pais para conseguir convencê-los a deixar Elisa e Pedro Antônio saírem sozinhos, e ele não podia estar mais carinhoso comigo, em agradecimento.

Ah, eu também comecei a terapia. Sim, meu pai foi insistente — água mole em pedra dura... — e marcou uma consulta com a esposa de um velho amigo de faculdade. Acabou que deu tudo certo e tenho ido constantemente.

Neste exato momento, na casa da Helena, a menina ruiva da festa da Camile, enquanto eu assistia à dupla Theo e Helena se requebrando com *Just Dance* da forma mais desengonçada que eu já vi, me contorcendo de tanto rir junto com a Isa, pensava em como fui boba de me inscrever naquele site e por que a gente tem uma mania terrível de complicar a vida, de querer sempre mais, quando o que já temos é o suficiente. Pode até não ser ótimo, mas é bom o bastante.

Eu estava numa maré de sorte, sem dúvida.

— Sério, Ana, agora é sua vez — Helena insistia.

— Eu já disse que só sei dançar sob efeito de uns bons drinques. Sóbria me sinto patética! — Fiz um biquinho de tristeza para tentar convencê-la.

— Até parece. Você acabou de ver a coisa mais horrível de todos os tempos! Não dá pra ser pior que isso. — Ela segurou meu rosto e deu um beijinho na minha testa.

— Ei! — Theo fingiu estar ofendido.

— Desculpa, Theozinho, mas, verdade seja dita, a gente manda muito mal.

— Fale por si, dona Helena. — Ele cruzou os braços, antes de ir sentar ao lado da Beatriz no chão e cair na gargalhada, ofegante de tanto dançar. — Diz pra ela, amor.

— Ah, sim, claro. — Beatriz tinha o tom mais irônico do mundo na voz. — O Theo nunca contou pra vocês, mas ele é formado na Royal Ballet, por isso tem essa malemolência inglesa!

Morremos de rir da piada. Beatriz era ótima. Ela sempre tinha uma sacada espirituosa e com *muuuita* frequência conseguia arrancar altas gargalhadas de nós todos.

— Não vou aceitar mais desculpas! — Helena exclamou e me puxou pela mão, roubando um selinho assim que fiquei de pé. — Você vai dançar comigo, *sim*.

Ela passou a lista de seleção e escolheu "Me and My Broken Heart", uma dança em dupla. A música começou e, apesar dos passos não serem os mais fáceis do mundo, eu estava conseguindo me sair bem. Isso porque a Helena fazia questão de me desconcentrar todas as vezes que precisávamos nos encostar, olhando no fundo dos meus olhos e lançando um sorrisinho malicioso.

— Quer ficar? — Helena me perguntou quando estávamos todos nos despedindo para ir embora.

— Poxa, bem que eu queria, mas a Isa me convidou para dormir na casa...

— Nesse caso — Isa me interrompeu —, já desconvidei!

Helena sorriu, olhando na minha direção, com uma carinha de cachorro pidão.

— Tá bem, eu fico.

Ela bateu palminhas e me abraçou forte em seguida, me fazendo sorrir. Nos despedimos do pessoal e eles foram juntos para casa, no carro da Isa.

Eu e Helena começamos a ficar há uns dez dias, apesar de já termos nos conhecido há quase um mês, no aniversário da Mile, quando ela me trouxe para a casa dela durante aquela crise de choro-barra-ansiedade-barra-ciúme-barra porre homérico devido ao cenário horroroso que eu vivi.

As ressacas haviam batido forte em mim.

Ficamos superamigas logo de cara. Saindo sempre juntas, ficando sozinhas uma na casa da outra. Em algum momento ela tomou a iniciativa. Desde então, estamos ficando. Fiz questão de deixar a Helena detalhadamente ciente acerca da minha situação de Potenciais Almas Gêmeas Sem Muita Credibilidade, com a Naomi, e, também, de que eu ainda não consegui tirá-la da cabeça. Ela entende tudo isso e tem respeitado bastante meu espaço.

Falando em Naomi, ela e Camile ainda pareciam estar juntas, pelas coisas que eu via nas redes sociais. Ainda não tive coragem de stalkear a Naomi, então minhas conclusões eram inteiramente tiradas pelos posts misteriosos da Mile.

Eu tentava, genuinamente, fingir não ligar, mas o que tinha acontecido da última vez em que *nos esbarramos* realmente mexeu comigo. E de uma forma que nunca havia mexido antes. Concluindo: acho que isso foi praticamente um divisor de águas para eu entender que, talvez, gostasse mais da Naomi do que imaginava. O porquê disso ainda era uma grande interrogação na minha cabeça.

Bom, tópico para a terapia eu tinha de sobra.

Eu e Helena nos deitamos e, depois de zapear uns vinte minutos, decidimos assistir a uma temporada daqueles realities gastronômicos comendo a metade da pizza de frango com catupiry que tinha sobrado. Nós duas temos uma sincronia incrível quando o assunto é *julgamento*, e lá estávamos nós, dando uma de juradas, avaliando todos aqueles profissionais como se fôssemos do Guia Michelin.

— Acho que chega, né? — Helena desligou a televisão quando reparou que eu estava fechando os olhos e batendo cabeça, e se aninhou no meu peito. — Tô feliz que você ficou.

Suspirei, pensando sobre o que ela tinha acabado de falar.

— Eu também, Helena. Eu também. — Dei um beijinho na testa dela e a abracei. — Boa noite, foi tudo ótimo.

— Boa noite, Ana.

Acordei por volta das quatro e pouco da manhã, apertada para fazer xixi. Ao retornar para a cama, meu celular estava aceso sobre a mesinha de cabeceira; uma notificação. Pensei em ignorar, mas algo me fez olhar mesmo assim. Peguei o aparelho tentando me mexer o mínimo possível para não acordar a Helena e desbloqueei a tela.

Naomimori começou a seguir você.

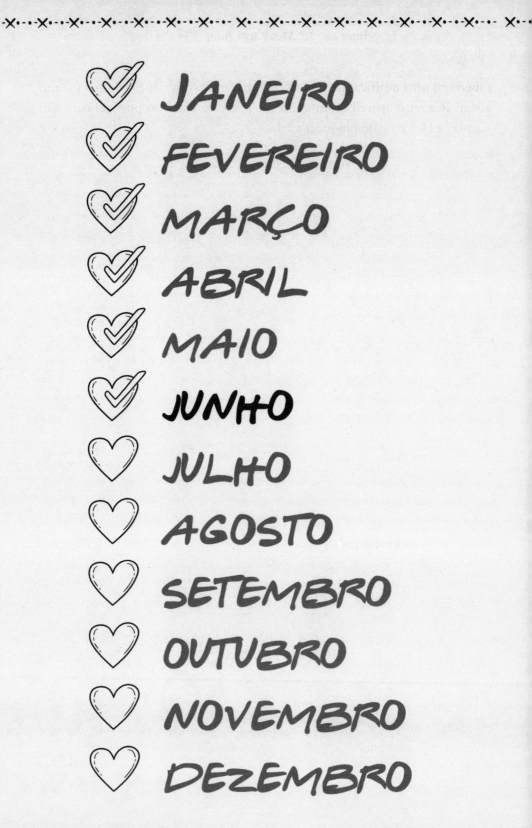

Capítulo 18

— E como você se sentiu com isso? — Mariane Klein, minha psicóloga, mantinha o mesmo semblante calmo de sempre, enquanto eu balançava uma das minhas pernas freneticamente. Fiquei um tempo pensando, sem conseguir responder. — Ansiosa? — Ela já sabia a resposta.

— Acho que sim. — Respirei fundo, pegando o copo d'água na mesinha ao lado da poltrona na qual eu me sentava.

— *Acha* que sim?

— Acho. — Fixei o olhar numa pequena mancha na parede enquanto o silêncio pairava... e tomei coragem. — Eu tenho a sensação de que não consigo ter muitas certezas, por mais óbvias que elas pareçam. Então também não tenho certeza de como me senti.

Mariane assentiu, mas continuou em silêncio, com as pernas cruzadas e os braços repousando no colo, me olhando. Era um jogo. Ela sempre fazia isso porque sabia que eu não suportava o silêncio, contudo, eu sempre tentava ficar em silêncio o máximo que eu conseguia, para não ceder. Eu sempre perdia, claro.

— Eu não tenho certeza, sabe... se quero ter algo com ela. E eu sei que ela não está cobrando uma resposta, mas... — Joguei a cabeça para trás, observando o ventilador de teto que girava com absurda lentidão, tentando organizar minhas palavras. — Quando ela disse que se enxergava construindo um sentimento mais forte por mim, eu meio que fiquei sem chão. Senti que eu tinha voltado à estaca zero, para o momento em que eu não conseguia me apaixonar por ninguém. E ela sabe... ela sabe que eu...

Acabei travando e não consegui terminar a frase.

— Que você está apaixonada por outra pessoa.

— Ã-hã.

— Quer falar sobre isso?

— Não. — Mordi o cantinho da boca, ansiosa. Ainda não tinha conseguido falar sobre a Naomi na terapia. Eu acho que, no fundo, sentia que quanto mais adiasse, menor seria o sentimento quando decidisse colocar para fora.

Era nada mais, nada menos, que uma aposta. E eu torcia muito para estar certa.

Já fazia mais de um mês que eu não esbarrava com a Naomi. A última vez havia sido mesmo na festa da Mile e, desde então, só tenho suposições que criei sozinha enquanto fui juntando as peças que apareciam para mim. Acho que elas ainda estão juntas, e só digo isso porque vejo os comentários nas fotos uma da outra. Nada muito romântico ou explícito, mas estão lá. Quando eu dormi na casa da Helena, teve aquele lance: a Naomi me seguiu de madrugada, e decidi ignorar. De qualquer forma, no dia seguinte a notificação não estava mais lá. Ainda me pergunto se foi alguma alucinação, um sonho, ou se ela simplesmente mudou de ideia. Eu bem sei que a bebida e as redes sociais causam enormes arrependimentos, então fiquei supondo que poderia ser o caso, afinal já passava das quatro da manhã.

Ontem, domingo, tomei coragem e passei a stalkear o perfil dela. E claro, mais uma coisa para a lista de arrependimentos, porque quando estou pensando muito nela entro no perfil e, sinceramente, olhar as fotos não me ajuda em nada. Me sinto uma masoquista, me autossabotando, sei lá.

Descobri que a Naomi é muito próxima da família, principalmente da avó, a quem ela dedica inúmeros textos e chama carinhosamente de *batchan*, que significa avó, em japonês. Pelo que vi também, ela tem uma irmã mais velha, mas os pais não costumam aparecer. Naomi sempre faz questão de postar fotos com a família e todos parecem se amar bastante. Isso, de alguma forma, me fez ficar ainda mais apegada à ideia de tê-la por perto. Ideia essa que eu estava fazendo de tudo para me desapegar.

— Ana Alice — Mariane me chamou a atenção, me fazendo voltar do transe em que me encontrava —, quer compartilhar o que está pensando?

— Ainda não, Mari. — Eu achava estranho chamá-la pelo nome completo. Sou daquelas pessoas que acreditam que só se chama pelo nome completo quando há uma briga em curso, o que me torna uma grande apreciadora de apelidos. Acho que é pela coisa de ter nome composto.

— Certo. Quando estiver preparada...
— Obrigada.
— Acho que terminamos por hoje. Te aguardo na próxima sessão?
— Com certeza. Até semana que vem.

Levantei para um abraço desajeitado e, depois que Mariane abriu a porta do consultório para mim, fui em direção aos elevadores. Apertei o botão e peguei o celular para conferir as mensagens. O Theo estava indo me encontrar numa cafeteria ali perto, durante seu horário de almoço do trabalho.

Uma coisa que ficou marcada em mim desde que conheci a Naomi é o padrão dos encontros. Há mais ou menos duas semanas, quando eu estava assistindo a uma série que falava de sincronicidade, me veio um insight, como um clique, e eu comecei a desconfiar de que aquilo tudo não podia ser uma simples coincidência. Desde então, passo todos os meses me perguntando — e, para ser sincera, no fundo, esperando — como e quando será o próximo. Isso me faz andar na rua imaginando que, quando eu virar a próxima esquina, vou esbarrar com ela como acontece naquelas comédias românticas que assisti milhares de vezes.

Eu já havia desistido de pensar que Naomi Mori poderia ser o amor da minha vida. Ok, poderíamos nos encontrar sem querer e rolar algumas coisa até, mas O *Amor da Minha Vida*... esquece. E conforme o tempo passava, mais forte eu acreditava ser o nosso suposto match a grande falha do Amezzo. Contudo, o aplicativo seguia crescendo, muitas pessoas seguiam se conhecendo, expondo os relacionamentos nas redes sociais com a hashtag deles... até hoje, eu não ouvi falar de *um casal sequer* que tenha dado errado, além de nós duas.

E já culpei absolutamente todas as coisas possíveis por isso. O universo, o destino, o karma, as estatísticas, os astros, o maldito inventor desse aplicativo, a IA (que apelidei de BA), a ex-namorada da Naomi por ter feito um pedido de noivado hiper-romântico — sei disso porque vi nas redes sociais, por que não apagam? —, e só Deus sabe onde e em quem mais fui capaz de jogar essa culpa. No fim, como tenho feito a minha vida toda, só não deixo a culpa inteira recair sobre mim. Ah, isso, não!

Depois do que pareceu uma eternidade, a porta de um dos elevadores abriu. Entrei, dando boa tarde para a senhorinha que controlava os botões, e fiz que sim quando ela perguntou se eu estava indo para o térreo.

O silêncio se manteve conforme o elevador parava nos muitos andares que ainda faltavam, sendo quebrado apenas por "Descendo, boa tarde". Eu tinha os olhos focados no celular, enquanto digitava uma mensagem para o Theo, indicando que já estava a caminho. "Térreo, por favor, tenham um ótimo dia."

Foi quando a porta do elevador abriu e eu estava prestes a sair que meus olhos encontraram os dela e, no entra e sai, seguindo em sentidos opostos, mantivemos a impessoalidade de duas mulheres que nunca se conheceram.

Capítulo 19

Era um sábado de céu azul. Não um sábado qualquer de sol, mas sim um sábado ensolarado. Zero nuvem. Uma clássica manhã em que você acorda, abre a janela e percebe que se não for à praia será um dia perdido. Aqueles dias que pedem pé na areia, caipirinha, água de coco e cervejinha.

Por isso, assim que acordei, não pensei duas vezes antes de fazer uma chamada de vídeo com a dupla Theo e Isa implorando para que fossem comigo. O Theo topou e disse que levaria a Beatriz, então chamei a Helena, que combinou de nos encontrar lá, em frente à Barraca da Beth.

Eu estava empolgada. Dias ensolarados sempre foram os meus preferidos, porque dias nublados e chuvosos me deixavam ainda mais ansiosa que o normal.

Me arrumei com calma ao som de Reneé Rapp. Dançando, caprichei no protetor, vesti meu biquíni favorito, um preto de cortininha, pus um short branco de tecido, uma blusa verde de botão aberta por cima e finalizei o look com um boné branco. Quando olhei as horas, levei um susto com a quantidade de tempo que eu já havia perdido dentro de casa. Desci a escada praticamente correndo, direto para a cozinha onde peguei uma xícara de café ainda no mesmo ritmo. Pedro Antônio e Elisa estavam agarrados no sofá da sala assistindo a alguma série teen na televisão. O volume estava alto demais, então, achei melhor sinalizar que eu estava chegando para evitar qualquer tipo de constrangimento. Para isso, perto da porta que divide os ambientes, deixei cair de propósito uma travessa de alumínio que eu havia usado para assar uns pães de queijo na véspera.

— Bom dia, pombinhos.

— Bom dia, cunhada. — Elisa levantou correndo para me dar um abraço e depositei um beijo em sua testa, com todo carinho. Era muito bonito ter acompanhado os dois crescerem juntos e, agora, apaixonados. A Elisa sempre foi uma menina muito doce e eu sempre adorei a forma que ela estava evoluindo e formando sua personalidade, construindo seu caráter…

— Bom dia, irmã. Que agitação é essa?

Pedro não se deu ao trabalho de se levantar, apenas fez a pergunta e me mandou um beijo de longe.

Aos sábados, por ser o dia com mais movimento, meus pais saíam bem cedo e passavam a manhã e a tarde todinhas na confeitaria. Portanto, era eu quem estava encarregada de cuidar do casal de adolescentes cheios de hormônios. Mas eu não abriria mão da praia por nada nesse mundo.

— Crianças, seguinte: — Após escovar os dentes, voltei para a sala torcendo para não me arrepender dessa decisão. — Eu vou dar uma colherzona de chá pra vocês.

Pedro Antônio logo pausou a série, interessado no que eu iria falar. A verdade é que de bobo esse garoto só tinha a carinha e o jeito de andar.

— Eu vou precisar deixar vocês um pouco sozinhos, ok?

Deu para perceber os olhinhos brilhando um para o outro e, nesse momento, quase repensei minha decisão, por saber que eles fariam justamente o que estou encarregada de impedir. Mas eu também já fui uma adolescente apaixonada e sei que de nada adiantaria proibir esse tipo de coisa. Por isso decidi dar esse voto de confiança para o meu irmão e deixá-lo ter uma tarde de chamegos com a namorada.

— Meus pais deixaram? — Pedro perguntou, empolgado.

— Não. — Coloquei meu dedo indicador na frente dos lábios, indicando que aquilo era um segredo. — E não podem saber em hipótese alguma. Eu saio agora e volto, no máximo, às seis. Pra chegar antes deles, sacou?

Ele balançou a cabeça positiva e energicamente, enquanto Elisa ria meio que de nervoso, mas fingindo indiferença. Eu sabia que ela estava tão feliz e cheia de expectativas quanto ele.

— Tenho alguns avisos. — Pigarreei teatralmente. — Número um: comportem-se e tenham juízo, não façam nada que possa arruinar seus futuros. Número dois: não deem absolutamente *nenhum* motivo para nossos pais descobrirem. E número três: *qualquer* coisa que acontecer é pra me ligar correndo. Posso confiar?

— Claro! Pode confiar. — Ele levantou num pulo só e me deu um abraço, seguido de um beijinho na bochecha. Ao abrir a porta, prestes a sair, decidi dar um último aviso.

— Ah, e se não der mesmo para segurar a onda, usem camisinha!

No meio da caminhada rumo ao metrô, eu senti minha barriga roncar, me fazendo lembrar de que não tinha comido nada. Puxei pela memória tentando me lembrar se havia alguma lanchonete bacana nas redondezas da estação, mas nada me vinha à cabeça. Não iria consultar o celular, afinal, eu havia decidido seguir a ideia do dia espontâneo e parar de premeditar as coisas — Que venham a mim! — que eu iria fazer. Meu lema hoje seria: deixa a vida me levar!

Quando saí do metrô, decidi permitir que a força do destino se manifestasse. Eu iria por outro caminho, mais longo, um que eu nunca tinha feito. Quem sabe esbarrar com... uma nova cafeteria? O dia estava de fato deslumbrante. Apesar do sol forte e do céu limpinho, ainda assim eu podia sentir uma brisa fresca batendo no meu rosto. Alonguei o corpo e respirei bem fundo.

Dito e feito. Ao dobrar uma esquina, lá estava ela: uma pequena cafeteria, bem pequena mesmo, com aparência retrô/vintage, chamada Chavenah, toda num tom pastel azul-marinho e branco. Haviam apenas dois clientes lá dentro (cabiam uns seis no máximo). De um lado, uma menina sentada num canto lendo um livro. Ao olhar bem, identifiquei que se tratava de uma edição comemorativa em capa dura de *O sol é para todos*, um dos meus livros favoritos. Do outro, um senhor de idade lendo um jornal. Além deles, o atendente, solitário, me observava com um sorriso superamigável, esperando que eu fosse até ele fazer meu pedido.

O som ambiente estava ligeiramente alto, um jazz metido a modernoso, sei lá. Mas era agradável.

— Bom dia, querida. Posso ajudar?

— Pode, sim. Obrigada. Vocês têm um cardápio para eu dar uma olhada?

— Tá na mão. — Ele estendeu um pires branco com um QR code impresso em azul-escuro na própria cerâmica (que ideia genial!), mas pude sentir uma certa frustração por isso. Dei uma risada, pois também prefiro cardápios físicos.

— Não têm...

— Só assim mesmo, é a vida.

Então, como não tinha jeito, abri a câmera do celular e escaneei.

— Ok, deixa eu ver... vou querer... esse Mocha com Laranja, achei megadiferentão — comecei o pedido e ele respondeu com uma cara positiva, indicando que era, apesar de ousada, uma excelente escolha. — E... um croissant de... não, uma torrada Petrópolis com guacamole e bacon.

— Forte e refrescante! Belíssima combinação! Você não vai precisar nem almoçar depois desse café da manhã — avisou e deu uma piscadinha para mim.

— Fiquei preocupada com esse Mocha só, será que não é muito exótico? Fechei o cardápio virtual e guardei o celular no bolso do short.

— Olha, eu sou suspeito pra falar porque é literalmente a minha bebida favorita *no mundo*. — Ele digitou alguma coisa bem rápida num tablet e voltou a atenção para mim. — Pedido feito, linda! Ah, e o acompanhamento? — Só não encarei aquilo como uma cantada porque, como lésbica, é minha obrigação moral reconhecer uma pessoa da comunidade.

— Acompanhamento?

— Sim, para o café. Pode ser casca de laranja cristalizada, mini palmier ou rosquinha de gengibre.

— O que você sugere?

— Eu amo todos, mas você tem cara de que vai gostar mais do palmier. *Ummm*, tá fresquinho. Pode sentar em alguma mesinha que assim que estiver pronto eu levo. Qual seu nome?

— Meu nome é Ana Alice!

Agradeci o ótimo atendimento e decidi sentar mais perto da menina. Tentei resistir, mas o vício — *foooda* isso! — falou mais alto. Então, abri uma das minhas redes sociais para matar o tempo assistindo a alguns vídeos de bichinhos. Em menos de dez minutos, meu café da manhã já estava servido. Quando o atendente colocou tudo na mesa, consegui ler o nome no uniforme: Daniel.

— Espero que você goste do café, Ana Alice! Se não gostar, não fui eu que indiquei, hein?

— Pode deixar, Daniel. — Dei uma risada da gracinha.

Provei primeiro o café que, devo dizer, era de fato delicioso, e depois mordi a torrada. Uau! Tudo estava impecável e eu comecei a ficar preocupada: teria que voltar muito em breve para experimentar todo o cardápio. Entre uma mordida e outra... ding-dong. Escutei o sino da porta que ficava às minhas costas tocar, indicando que alguém estava entrando, mas venci minha curiosidade de espiar tudo o tempo inteiro. Não obstante, meu ouvido continuava à espreita, afinal, uma ansiosa da gema consegue utilizar todos os seus sentidos.

Apesar de falar baixo e do som ambiente, consegui ouvir uma voz feminina pedir um espresso e uma porção de pão de queijo. Clássico. Lembrei da Isa e botei meu Sherlock Holmes para trabalhar, deduzindo: ela é bem sem graça, careta ou conservadora demais, o que dá no mesmo.

Daniel seguiu o atendimento com extrema simpatia, o que me deixou com um pouco de ciúmes daquele amigo que eu havia acabado de fazer. Aparentemente, ele era simpático dessa forma com todo mundo mesmo.

O problema veio assim que ele perguntou o nome da cliente.

Nesse momento, pega entre um susto e uma surpresa, acabei me virando de forma brusca... e lá se foi meu Mocha pro chão.

Capítulo 20

Na minha última sessão de terapia conversamos sobre o medo constante que tenho sentido de encontrar a Naomi em uma situação, digamos, desfavorável. Especifico dessa forma porque já entendi que vou encontrá-la em algum momento, de tempos em tempos, querendo ou não. É um padrão e, por mais que eu goste da ideia de evitá-lo, parece ser maior e mais forte do que eu. Do que nós. Maior e mais forte do que nós?

Mariane perguntou, na semana passada, por que eu achava que estava me sentindo dessa maneira. Recentemente, vi, de costas, uma menina muito parecida com ela e tive uma crise de ansiedade no meio da rua. Concluímos que eu estava com medo de encontrá-la porque, com a presença da Naomi vinha, também, a rejeição que eu nunca havia experienciado até então.

No fim, por mais que eu esteja sempre pensando na possibilidade de nos esbarrar, nunca estou preparada para o momento. Isso porque, da última vez, o fato de termos passado "despercebidas", como se não nos conhecêssemos, foi estranhamente dolorido para mim. Fiquei com o coração apertado.

Agora, cá estou eu, cercada por cacos de vidro, café e... os olhos dela congelados em mim. E eu, genuinamente, gostaria que não fosse como da última vez. Gostaria que a gente assumisse a existência e a permanência inevitável de uma na vida da outra, por mais que assumir isso seja assustador. Gostaria que os olhares trocados não viessem acompanhados daquele silêncio dilacerante. Gostaria de sentir algo que não se parecesse com dor. Gostaria de muitas coisas, mas dentre todas elas, gostaria de encarar isso e encarar ela e dizer *alguma coisa*, fosse lá o que fosse, que mudasse tudo isso.

Acho que durante os primeiros segundos Naomi estava em estado de choque, como eu, porque assim que me mexi minimamente para começar a catar o que restou da xícara no chão, ela teve um estalo, como se tivesse saído de um transe, e veio em minha direção fazer o mesmo.

Foi quase como aquelas cenas de filme em que o casal se abaixa ao mesmo tempo para pegar o livro caído no chão e suas mãos se encostam fazendo pintar um clima. A diferença é que, nesse caso, eram cacos de vidro e eu, nervosa como estava, senti a dor aguda do vidro transparente entrando na minha pele.

— Meu Deus, Alice, cortou muito? — Ela segurou minha mão e cobriu o corte com um guardanapo na mesma hora, o que não adiantou de nada, porque o papel encharcou segundos depois. Ela pegou mais um e notei sua preocupação. Naquele momento eu ainda estava assustada demais para falar qualquer coisa. — Ok. Tudo bem. Mesmo que você não fale nada comigo, a gente vai precisar ir para um hospital. Tem que dar ponto nisso aí. — Permaneci em silêncio, tentando buscar mais ar e me acalmar. — Alice, eu preciso que você pelo menos me diga se eu *posso* te levar.

Balancei a cabeça positivamente.

— Mas eu queria terminar minha torrada, pelo menos. Está deliciosa.

Ela riu de leve, como se atingida por uma onda de alívio, enquanto se certificava de enrolar minha mão com um paninho que prontamente o Daniel havia acabado de trazer.

— Que susto que eu levei! — Naomi se virou para o atendente, que estava atrás dela olhando tudo com preocupação, assim como as outras duas pessoas ali presentes, mostrando as mãos trêmulas. — Amigo, você pode colocar esse lanche dela pra viagem?

Daniel logo pegou meu prato e correu em direção à cozinha para fazer o que ela havia pedido. Eu já tinha visto a Naomi de muitas formas diferentes, mas nunca tão concentrada e preocupada. Conseguia notar a testa franzida e o olhar apreensivo enquanto ela arquitetava os passos a seguir.

Aos poucos, comecei a dar razão à tamanha preocupação, pois o corte não parava de sangrar, a minha pressão já estava caindo drasticamente, a testa suando frio e a vista ficando turva, muito mais pelo nervosismo da situação como um todo, do que pela perda de sangue. Então, comecei a respirar fundo, bem fundo.

— Que bela forma da gente se encontrar, hein?! — exclamou, tentando prender o cabelo com a mão livre. O tom de voz era um misto de brincadeira com bronca e com algo que parecia berrar "que falta de sorte!".

— Sempre inesquecível. — Ri pelo nariz.

Segurei o paninho, já totalmente encharcado, pressionando o corte com bastante força, conforme o senhor que estava lendo o jornal me instruiu, enquanto ela prendia de vez o cabelo rapidamente e voltava a se agachar diante da minha cadeira.

Daniel voltou da cozinha com uma sacola de papel.

— Desculpe a demora, fiz o mais rápido que pude.

— Obrigada, querido! — Naomi pegou minha quentinha, agradecendo. Em seguida, tirou o quimono que vestia por cima da roupa, deixando o corpo exposto ao revelar que estava usando um shortinho jeans e uma blusa branca de alcinha, sem sutiã, e deu várias voltas do tecido mais grosso pela minha mão. — Isso aqui deve aguentar um pouco mais, aí vão te dar uns cinco pontos no mínimo. — Ela então se levantou, pegou minha bolsa em cima da mesa, puxou a chave do carro do bolso e estendeu o braço na minha direção. — E aí? Vamos?

— Preciso de um copo d'água, minha pressão tá meio baixa, Naomi — avisei, assim que me levantei e senti tudo escurecer e girar. Precisei me sentar novamente até minha visão normalizar.

— Não acha melhor se deitar?

— Espera, levantei muito rápido. Me dá um minutinho.

— Certo. — Ela se certificou de que o cabelo estava bem preso, trocou umas palavras com o Daniel e respirou fundo e ruidosamente. Assim que recebeu meu olhar de *vamos, eu aguento*, passou uma das mãos pelas minhas costas e com o outro braço envolveu minhas coxas, me pegando no colo, como se fosse me ninar.

— Não precisa, Naomi, acho que já consigo ficar de pé — resmunguei, no susto. Muito mais pela eletricidade que percorreu meu corpo com seu toque do que pela vulnerabilidade em si.

Ela então me botou de volta no chão, me pegou por um braço enquanto o senhor me pegou pelo outro e juntos me levaram em direção ao carro. Daniel acenava completamente desajeitado para nós, desejando melhoras. Quando parei para processar tudo, eu já estava de volta a um velho conhecido lugar: o banco do carona do carro da Naomi. Enquanto ela escolhia o pronto--socorro mais próximo no celular e selecionava a rota mais rápida, fechei os olhos e... cheguei até a sonhar.

Que belo dia espontâneo.

— Como assim não aceita o plano de saúde dela?! — Naomi estava um pouco alterada com a recepcionista. — É uma emergência! A garota tá quase perdendo a mão!!!

— Naomi, tá tudo bem, acho que basta colocar um curativo e...

— Tá doida, Ana Alice? — Ela me interrompeu, falando mais baixo. — Pode deixar. Eu mesma vou resolver, calma. — Logo ela se virou mais uma vez para a recepcionista. — Então passa o treco dela no meu plano, pô!

— Eu acho que não é bem assim que funci... — Tentei avisar, sem sucesso, pois uma mão espalmada surgiu a uns três centímetros da minha cara.

— Só falta agora você me dizer que são irmãs. — A moça soltou de forma debochada, me encarando com indiferença e, em seguida, voltando o olhar para Naomi, de cima a baixo.

— Primeiro: isso foi completamente racista da sua parte — Naomi começou, ríspida —, além de ofensivo de várias formas diferentes. Segundo: não somos irmãs, nós somos casadas. Pode passar no meu plano.

— Casadas, é? — A recepcionista seguiu com a mesma cara de deboche. — A senhora tem em mãos algum documento que prove isso?

— Por que eu ficaria andando com uma certidão de casamento por aí? — Ela manteve a mentira, me forçando a segurar um sorriso que tentou brotar e me distraindo um pouco da dor aguda que eu estava sentindo.

— De qualquer forma, senhorita, não é assim que as coisas funcionam. Mesmo que fossem mãe e filha, o que vocês obviamente *não são*... — A mulher fez uma pausa, já começando a me deixar brava também. — Bom, não vem ao caso. Mesmo que vocês *fossem*, eu não posso simplesmente usar o *seu* plano de saúde para ela. É contra a lei. É melhor vocês irem para a rede pública. O atendimento e os procedimentos da nossa rede têm valores...

— Por favor, chama outra atendente para preencher a ficha? — Ela interrompeu a mulher, que seguiu parada. — *Agora!*

Contrariada, a mulher se levantou e uma moça, um pouco mais jovem, chegou para seguir o atendimento. Ao final, quando ela nos informou o preço inicial dos procedimentos, eu me assustei.

— Naomi, eu não tenho como pagar — falei no ouvido dela, constrangida. — Vamos procurar uma clínica que atenda meu plano?

— Você não vai pagar!

Ela pegou a carteira, puxou um daqueles black-platinum-infinite-gold-unlimited e, antes que eu pudesse contestar, já estava passando o cartão. Eu, sem reação, só obedeci às instruções da recepcionista e fui para a sala de triagem acompanhada da Naomi. Ficamos em silêncio, sentadas uma do lado da outra, até que Naomi teve uma crise de riso. No início, fiquei sem entender nada, mas acabei sendo contaminada. Cá entre nós, a risada dela era uma das mais fofas que eu já ouvi.

— Eu pedi — ela começou, entre risadas — pra mulher passar o *seu* treco no *meu* plano!

— Pior eu que disse que não era bem assim que funcionava.

— Eu sei, né, mas foda-se! Eu tava desesperada! — Naomi continuava rindo. — Eu *ainda* tô desesperada.

— Eu tô tranquila agora — coloquei a mão boa no joelho dela, que parou de rir na mesma hora —, então não precisa mais ficar. Foi só um corte bobo.

— É que parece que sempre que estamos juntas alguém se machuca.

Ela secou os olhos, olhando para o chão.

— Bem, pelo menos é a primeira vez que acontece *literalmente*. A gente precisa olhar o lado bom disso. — Tentei fazer uma piada, arrancando apenas um meio sorriso da Naomi. — Mas eu, particularmente — fiz uma pausa, agora séria —, me desculpa se estiver errada, não vi você se machucar em momento algum.

— É, o problema é esse. Você não vê porque quando está longe é que mais dói.

Engoli em seco, sem saber o que dizer. Aquelas poucas palavras conseguiram dar um nó na minha cabeça e em tudo que eu pensava saber sobre a gente.

Fui salva pelo gongo quando uma médica apareceu e chamou meu nome.

Capítulo 21

— Meu deus, que droga! — Por conta de todo o caos que havia acontecido, só agora olhei minhas mensagens, já dentro do carro da Naomi no estacionamento do hospital, indo embora.

— O que foi? — Naomi perguntou, preocupada.

— Nada demais — respondi, balançando a cabeça —, quer dizer, para mim com certeza vai ser algo demais, mas pra você não é relevante.

— Hum... mas eu posso saber mesmo assim? — Eu a encarei e depois o celular, pensando se deveria ou não trazer todas as situações à tona. — Não tem problema se não puder, é só curiosidade mesmo.

— Não, tudo bem... — Cocei o olho com a mão não costurada. — Eu estava indo à praia antes de, você sabe, tudo isso acontecer. Marquei com meu melhor amigo, o Theo, e a namorada dele. E tem zilhões de mensagens e chamadas perdidas deles claramente preocupados.

— Ah, só isso? — Ela abanou as mãos, tentando me tranquilizar. — Eles vão entender, você tomou cinco pontos.

— É... E tem outras duas questões também.

— Quais? — Um olhar preocupado me perscrutava.

— Tem umas quinze chamadas perdidas do meu irmão nos últimos vinte minutos e uma mensagem toda escrita em letras maiúsculas avisando que meus pais ligaram avisando que voltarão mais cedo hoje.

— E?

— Faltam menos de trinta minutos para eles chegarem em casa e eu deixei ele e a namorada sozinhos, sem ninguém saber. — Pude ver Naomi arregalar os olhos e pegar a chave do carro, colocando na ignição. — E também tem algumas chamadas perdidas da Helena, a garota que eu tô ficando.

— Helena — Naomi pigarreou —, tipo... a Helena da festa da Camile?

— A própria.

— Coloca o cinto. Vamos resolver a situação do seu irmão! — Ela mudou de assunto, dando partida no carro e encarando a rua de maneira quase obsessiva.

Devo ressaltar que, para dar tempo de eu chegar em casa antes dos meus pais, ela dirigiu numa velocidade assustadora. Em certo momento, eu já estava achando até melhor ter ficado na minha. Antes tomar uma bronca do que mais pontos pelo corpo.

Entrei em casa na mesma velocidade que o carro da Naomi e fui logo abrindo o jogo e preparando o Pedro Antônio para a mentira que contaríamos.

— Então, é o seguinte: eu estava lavando a louça e acabei me cortando com uma xícara de café.

— Gostei, meia mentira só — observou, espirituoso como sempre.

— Exato — respondi rapidamente. — Inclusive, já joguei minha xícara favorita fora, foda-se — frisei. — Continuando... como eu fiquei apavorada de levar dois adolescentes para o hospital comigo de Uber, sangrando e com a pressão baixa, chamei a minha amiga Naomi para nos levar de carro. E vocês acabaram indo com a gente. Certo, Naomi?

— Oi? — Ela estava distraída, prestando atenção na série que passava na televisão, feito uma criança que almoça vendo desenho. Naomi estava na minha sala de estar, conhecendo meu irmão mais novo e a namorada. Sim. Vejam só a que nível esse dia havia chegado!

— Eles dois foram pro hospital com a gente.

— Não foram, não! — Ela franziu o cenho, me encarando confusa, mas foi fuzilada com um olhar de reprovação. — Ah. Ok. Sim, eles foram. Claro!

— Com todo o respeito, meninas, mas quem é essa amiga mesmo, Ana? — Pedro perguntou.

— Não vem ao caso agora, Pedro Antônio! Foca no resto da história.

— É um detalhe importante, ué. — Ele levantou as mãos, na defensiva.

— Digamos que a gente se conheceu no trabalho, né, Naomi? — falei, tentando chamar a atenção dela para que pudesse me acompanhar na mentira.

— Isso! Colegas de trabalho. — Naomi balançou a cabeça afirmando mais vezes que uma pessoa normal faria, mas eu achei interessante o esforço que ela estava fazendo para parar de prestar atenção na série de adolescentes descontrolados numa festa e prestar atenção na conversa.

Enrolar meus pais foi a parte mais tranquila, afinal a preocupação com o corte e os pontos foi muito maior do que qualquer mínima desconfiança de que as crianças poderiam ter passado o dia sozinhas. Difícil mesmo foi convencer a Naomi de que eu estava bem o suficiente para que ela pudesse ir para casa descansar.

Eu também estava exausta, me sentindo fraca e às vezes até ligeiramente tonta. Diante desse quadro, Naomi se ofereceu para ficar comigo. Por mais que eu tenha insistido muito que não seria necessário, meu pai adorou a ideia. Ele e a mamãe tinham marcado de visitar uns amigos mais tarde para beberem um vinho juntos, e amanhã iriam à missa bem cedinho. A questão era que ela tinha falado no carro sobre *voltar* de manhã, não sobre *dormir* aqui.

Mas, fodeu, já era tarde demais.

Seu Rogério simpatizou de cara com a Naomi. Buscou pijamas e uma toalha no meu guarda-roupa por conta própria e preparou, todo atencioso, uma jantinha de doente para nós duas, mesmo que eu não estivesse gripada ou com febre, era apenas um corte feio na mão. E Naomi estivesse ótima. Ótima até demais, diga-se de passagem.

A parte mais humilhante para mim e, ao mesmo tempo, a que me deixou mais perto de ficar, de fato, *doente*, foi Naomi estar conversando calorosamente com meus pais e, ao mesmo tempo, me dando colheradas de canja na boca, porque, segundo a minha querida mãezinha, eu sou ruim demais com a mão esquerda para tomar sopa sem me sujar inteira.

— Pai, você pega o colchonete então para eu dormir lá no quarto? — pedi.

— Claro, o colchonete... ah, o colchonete, tá... é... — Percebi que seu Rogério parou de falar assim que minha mãe deu uma cutucada *quase* discreta nele. — Eita, minha filha! O colchonete foi pro lixo na nossa última faxina.

— Estava em petição de miséria — completou minha mãe, fazendo cara de nojo. Que vergonha!

— Mas você tem uma cama de casal, né? Imagino que tudo bem dividir — disse ele.

Olhei para a Naomi, que, assim como eu, ria de nervoso. Minha palidez começou a ser substituída por uma vermelhidão, enquanto Naomi deixava as covinhas aparentes. Meu Deus do céu!

— Eu posso dormir no sofá, qualquer coisa — ela sugeriu. — De verdade, eu não me inco...

— De jeito nenhum! — Agora foi a vez de dona Adriana tentar mediar a situação. — Imagina só, vai que Ana sente febre de madrugada, levanta pra ir ao banheiro e cai estatelada no chão? Inclusive vou deixar uma cartela de Novalgina na sua cabeceira, filha, pra dor, e um copo de leite. Vocês podem dormir juntas, o que é que tem? Além do mais, eu não vou deixar uma visita dormir no sofá. Ah, não vou mesmo!

— Tá bom, tá bom. Como vocês preferirem — declarei. — Sei que não adianta discutir.

— Ainda bem que você sabe — disse minha mãe, incisiva. — Agora, vamos ao que interessa, meninas.

Capítulo 22

Após sermos *obrigadas* a comer todas as sobremesas que minha mãe tinha trazido da confeitaria e a ouvir umas boas duas horas de causos familiares supostamente hilários — noventa por cento focados nos micos homéricos que eu venho pagando desde que me entendo por gente —, Naomi e eu fomos liberadas para subir. Graças a Deus minha mãe tinha hora e já estava atrasada.

Eu estava morrendo de vergonha, mas Naomi parecia estar adorando aquele momento com a minha família. Revelou dicas da culinária japonesa para a minha mãe, que sempre foi fã, comeu de tudo, contou uma piada engraçadíssima — pelo menos para o meu pai —, e deu conselhos "de mulher para mulher" para a namorada do meu irmão.

— Eu posso dormir no chão, fica tranquila — sinalizei, assim que ela entrou no meu quarto após o banho.

— Nem pensar, *eu* é que posso dormir no chão se você preferir, mas acho que a gente consegue dividir uma cama sem se matar, não acha? — Deu de ombros, fingindo indiferença.

— Tá. Tudo bem. Você tem razão, acho que a gente consegue dividir uma cama sem se matar — repeti, deixando escapar um pequeno sorriso.

Depois de organizar tudo e apagar a luz, nos ajeitamos debaixo do mesmo cobertor, cada uma com seu próprio desconforto.

Um sentimento que pairava entre o medo, a ansiedade e a adrenalina. Um silêncio curioso.

— O que você quis dizer naquela hora? — perguntei num átimo de bravura e pigarreei, decidindo colocar para fora o pensamento que vinha tirando minha paz. — Quando falou que parece que sempre que estamos juntas alguém se machuca.

Naomi ficou em silêncio, deveria estar pensando no que responder. Ao que parece, o escuro do quarto, com um pouquinho de luar entrando pela fresta da cortina, fazia nossa coragem aflorar.

— Eu gosto de você. — No exato momento em que as palavras saíram, tive a impressão de que ela imediatamente se repreendeu. Ao mesmo tempo, por baixo daquelas cobertas, meu corpo inteirinho reagiu e torci para ela não ter notado. — Tipo, acho que a gente precisa esclarecer as coisas. — Naomi tentava, atrapalhadamente, colocar as palavras em ordem. — Porque existem coisas, certo? Acontecendo. E a gente não se acerta. A gente claramente tem dificuldade para se acertar. E eu fico pensando aonde essas... essas *coisas* poderiam ir se a gente enfim se acertasse.

— Não tô conseguindo entender muito...

— E se a gente for dormir? Que tal? — Naomi sugeriu, enfiando o rosto no travesseiro. Até então, estávamos as duas deitadas de barriga para cima, cada uma numa ponta da cama, distantes. Mas, no ato de se virar, Naomi ficou de frente para mim.

Aproveitei o momento. Me sentindo contaminada por aquele instinto de coragem que ela teve e... me aproximei.

— E se você voltasse aqui um dia desses e a gente conversasse, que tal? — Passei a mão boa no cabelo dela, acariciando de leve a bochecha. — Eu acho que consigo imaginar o que você tá querendo dizer, porque é provavelmente um pouco do que eu tenho sentido também.

— O que você tem sentido? — Sua voz saiu abafada.

— Ah, bem... *Coisas* — respondi, com um sorriso encabulado.

— Viu como é foda falar? — ela brincou, se ajeitando para ficar com os olhos na altura dos meus. — Foda, mas não impossível. Vai, você consegue.

— É que... — engoli em seco — por mais que eu te ache *realmente* difícil, complicada e bem, bem insuportável, desde aquela noite... — Eu me referia àquela maldita noite em que me inscrevi no Amezzo e fui encontrá-la, correndo o risco de ser sequestrada e ter meus órgãos vendidos.

— *Eu não consigo te tirar da cabeça?* — ela completou minha fala.

— Mas não *exatamente* de uma forma romântica. É quase perturbador o quanto eu não consigo parar de pensar em você e o quanto, mesmo sem te conhecer muito bem, tudo parece lembrar você.

— E absolutamente qualquer coisinha faz você questionar como seria se a gente tivesse dado certo?

— Exato. E eu só queria entender um pouco como foi pra você.

— Bom... — começou — eu realmente fui até lá achando que encontraria a Letícia. O que, eu sei, não faz muito sentido no final das contas. Mas eu tinha um pingo de esperança. Acho que, na verdade, eu já estava confusa sobre os meus sentimentos por ela e queria uma confirmação ou algo que me mostrasse o caminho certo, por isso me inscrevi.

— Saquei.

— E eu, de coração aberto, saí de casa sem saber como seria, mas acreditando que chegaria até ela, de alguma maneira, para tirar esse peso pesado das costas. E não era ela, era você. E, sério, já estava tudo muito claro há algum tempo... Quando ela me pediu em casamento eu já vinha tendo muitas dúvidas. Mas aceitei mesmo assim. Só que quando eu te vi, sei lá, alguma coisa em mim mudou. Mas, Alice, você não tem ideia de como eu sou *péssima* com mudanças. Passei a vida evitando mudanças. Estudei a vida toda no mesmo colégio, moro desde que nasci na mesma casa, meu corte de cabelo é o mesmo desde a adolescência, consumo as mesmas marcas no mesmo supermercado, tenho dois ou três restaurantes favoritos e como quase sempre o mesmo prato, acompanhado *sempre* de um bom malbec... Aquilo me apavorou completamente e eu decidi fingir que nada tinha acontecido.

"Então, voltei para casa e ignorei. Tentei, pelo menos. Porque, de alguma forma, os meus pensamentos voltavam para você o tempo inteiro e nunca para ela. Mas eu sou tinhosa e segui ignorando, lutando contra, claro, mesmo sabendo que tinha algo errado. Até que a gente se esbarrou de novo e eu não consegui ignorar mais nada."

— Por isso você fez aquela *gracinha* da vela? — perguntei, tendo um "sim" com o olhar como resposta. — E por que você não cumpriu o combinado e veio me entregar tão tarde?

— Eu precisava terminar tudo com ela antes de te ver de novo — ela respondeu, me deixando em silêncio por mais tempo do que eu planejava. — Eu não sei se você percebeu, mas eu não sou uma pessoa de decisões inteligentes. Eu te beijei e logo em seguida fui correndo dar um beijo na Camile. Na sua frente.

— Já que entramos nesse assunto...

— A gente não tem mais nada. — Ela riu com o nariz. — Eu não demorei muito pra contar de você e, quando ela soube, se inscreveu no Amezzo também.

— Sério?

— Sério.

— Deixa eu adivinhar: ela tá superfeliz.

— Super, não. Hiper! — Naomi riu, assentindo.

— Nós duas somos muito azaradas, só pode ser.

— Será que não é pra ser? — ela perguntou, com uma dúvida genuína nos olhos. — Quer dizer, não deveria ser tão difícil. Não é tão difícil assim para as outras pessoas. Ou é?

— Eu não sei. — Ousei me aproximar mais e quase encostar meu rosto no dela. — Só sei que eu sempre me pergunto também, e a conclusão é quase sempre a mesma.

— Acha que a gente deveria desistir, né? — Ela olhou em direção à minha boca.

— Como assim? Eu nem sabia que a gente tava tentando.

— E não estamos mesmo. — Ela riu fraco e nossa distância me permitiu sentir sua respiração. — Nesse caso, concluo que não precisaremos nem desistir.

Me aproximei ainda mais e nossos rostos se tocaram. Então, segurei o queixo dela com a mão esquerda.

— Eu tenho a sensação de que é maior do que a gente. E isso me dá um medo danado.

Naomi fechou os olhos, suspirando.

— Eu também. E o pior é que isso tudo dói, a gente se machuca...

— Então a gente pode combinar de desistir juntas. O que cê acha? Pra, sabe, ninguém se machucar mais. Vamos evitar isso? Mesmo que seja gigante, a gente resiste.

— Combinado. — Naomi abriu os olhos novamente e encostou a ponta do nariz no meu. — A partir de amanhã?

— Por mim... Perfeito.

E entre um suspiro e outro, ela segurou meu rosto e me beijou. Não é como se nossos beijos fossem passíveis de comparação, mas esse estava disparado na frente. Talvez por todo um transbordante sentimento poucos segundos antes, talvez por todo sentimento neste exato segundo. Talvez por todas as palavras agora despidas. Talvez, até, pelo gosto de despedida que permaneceu na última vez. Eu sentia seus dedos passeando pelos meus cabelos e sentia seu toque de pressa e saudade. Sentia porque eu exalava o mesmo. Sentia porque sentíamos.

Era quente. Seu beijo na minha boca, no meu pescoço, no meu peito. Seu toque no meu rosto, na minha nuca, na minha cintura. Era quente embaixo do cobertor e embaixo das roupas que usávamos. Tão quente que eu tinha urgência de tirá-las, mesmo sabendo que iria me arrepender.

Capítulo 23

O mês tinha passado rápido e, por mais que eu tentasse ao máximo me distrair, não conseguia parar de pensar nela. Era difícil entender como as coisas podiam parecer tão erradas e ao mesmo tempo tão certas. Era assim com a gente, o tipo de sentimento paradoxal que tenta se tornar lógico e coerente a todo custo.

Aquela noite com a Naomi tinha sido uma das melhores da minha vida. Nós decidimos não ir além dos beijos e carinhos, porque seria complicado voltar atrás e manter nosso acordo se tivéssemos nos envolvido ainda mais. Então, depois de todos os beijos dilacerantes que foram roubados uma da outra e apesar de toda a vontade furtiva, ficamos mais abraçadas do qualquer outra coisa. E foi tudo o que eu podia pedir para uma despedida.

Eu sabia que nos encontraríamos de novo, porque disso era impossível correr, mas era bom sentir a adrenalina desacompanhada da ansiedade de sempre, sabendo que no momento em que acontecesse, estaríamos do mesmo lado. Afinal, agora, tínhamos um acordo, e só essa conexão já era o suficiente para mim. Como se fôssemos cúmplices e dividíssemos o mesmo segredo. E eu poderia me agarrar à esperança de que, pelo menos assim, não teríamos como estragar nada, tampouco machucar alguém.

E, em último caso, se esse acordo fosse quebrado, eu jamais seria capaz de reclamar. Se deixássemos de lado a promessa de não tentar, eu não me arrependeria.

Dito isso, depois de toda essa nossa situação, tive a obrigação moral de dar um tempo com a Helena. Já havia muito sentimento envolvido da parte dela e, depois de falar sobre os *meus* sentimentos em voz alta, entendi bem que eu não tinha nada para oferecer a ela que pudesse, de alguma forma, ser bom, além da minha amizade, claro. Ainda assim, chegamos à conclusão de que a distância seria a melhor opção. Por ela.

Acho que a Mariane, minha psicóloga, andava orgulhosa da minha evolução, apesar de não expressar tantas opiniões e emoções. Eu conseguia perceber seu semblante durante as sessões e acho que me tornei uma boa paciente.

Tenho me esforçado para ser, pelo menos. E tenho sentido orgulho de mim também.

— Eu queria ter conhecido a Naomi — Theo soltou, durante a nossa terceira rodada de Uno na casa da Isa.

— Qual foi, Theo? — Comecei a rir, nervosa. — Nada a ver puxar esse assunto.

— Eu conheci! — Isabella se exibiu felicíssima, apenas querendo competir com ele e marcar aquele ponto.

— Mas acho que nem conta, né? Foi tão rápido...

— Claro, poucos minutos depois vocês sumiram e do nada você estava morrendo porque ela beijou outra na sua frente.

— Hum — grunhi —, acho que isso não vem ao caso. Prefiro não lembrar da cena, ainda mais que tá tudo resolvido agora.

— Mas devo admitir que queria ter conhecido ela... — Theo ressaltou, chateado. — Eu até consigo dar rosto ao nome, pelas fotos que já tive que ver um milhão de vezes durante suas crises, mas jeito, não... Falta o jeito.

— Ela tem uma certa postura, sabe — disse Isabella e jogou sua penúltima carta. — UNO! — Respirou fundo, aliviada. — Até tipo... dá aquele arrepio de início, mas assim que abre a boca você percebe que o problema é só com a Ana Alice mesmo.

Lancei um olhar de reprovação para ela.

— Tô errada? — Isabella ria. — Mas enfim, Theo, ela é o tipo de pessoa que, se mandasse você lamber o chão, você lamberia.

— Aaah... é por isso então que ela conseguiu deixar uma tal senhora do destino de quatro...

— Olha só vocês dois, chega! — repreendi, indignada com a irrelevância da minha presença para eles. — Vamos conversar sobre a vida de vocês, que tal?

— Eu gostaria de *não falar* sobre a minha vida agora, se possível. — Percebi Theo murchando e logo a preocupação bateu. Eu conhecia aquele garoto há praticamente tanto tempo quanto *me* conhecia, e bastou aquele comentário para eu saber que havia algo bem ruim acontecendo.

— O que tá rolando, gatão? — Isa tomou a dianteira.

— Já vi que vou ter que falar, né? — ele disse, quase num sussurro, recebendo um retorno positivo de nós duas. — A Beatriz anda meio estranha e eu estou com um pressentimento esquisito.

— Tipo o quê? — Isa perguntou.

— Não sei, ela tá distante... Eu tô sentindo que algo vai acontecer. E, óbvio, eu tenho inseguranças e experiência o suficiente pra deduzir que eu serei trocado por um homem cis. Só que isso tá fazendo minha cabeça parecer uma panela de pressão prestes a explodir.

— Amigo, calma — Isabella falou, rindo fraco pelo nariz. Ela parecia preocupada de verdade, mas estava tentando amenizar o clima. — Às vezes a garota pode só estar passando por um momento ruim e você já vai logo admitindo para si mesmo que ela vai te trocar?

— Eu entendo a motivação para esse sentimento, Theo — comecei, fazendo um carinho leve na mãozinha dele —, mas você já pensou em conversar com ela para entender o que que tá rolando? Se não, você vai acabar criando mais paranoias. E sabemos que isso é péssimo.

— Preciso, né? — disse e suspirou. — Tem razão, vou fazer isso.

Fizemos que sim com a cabeça e ele simplesmente se levantou, pegou suas coisas e saiu.

E quem sou eu pra julgar?

— Ganhei! — Isa jogou sua última carta. — Sorte no jogo, azar no amor. — Ela deu de ombros, balançando a cabeça.

— Sorte sua — falei, melancólica. — Eu nem no jogo.

Após umas duas horas recebi essa mensagem dele.

Vou precisar me embebedar depois dessa

Capítulo 24

Beatriz estava ótima. Mal haviam terminado e ela já estava vivendo o melhor da vida, tudo isso porque tinha encontrado sua alma gêmea no Amezzo. Enquanto isso, meu amigo se encontrava triste, e eu e Isabella estávamos com raiva dela. Não a julgo por ter se inscrito e por estar feliz, apenas a culpo por ter demorado demais para ser sincera com ele, deixando todas as inseguranças que o Theo carrega se concretizarem.

E ela não era a única. Camile também estava superfeliz, como eu já havia descoberto. E, ao que parecia, *todas* as pessoas das minhas redes sociais. Todo mundo estava encontrando o amor verdadeiro e vivendo o melhor momento da vida. E tudo isso sem nenhuma dificuldade.

O que só prova o quanto eu e Naomi estávamos corretas em achar que não passamos de um bug no sistema (quem interferiu no nosso caso só pode ter sido uma Burrice Artificial), já que tudo o que tivemos até então foram *muitas* dificuldades, *inúmeros* percalços, *vários* desentendimentos e, preciso ser justa, *uns* beijos deliciosos.

Como já era de esperar, não conseguimos fugir do destino e acabamos nos encontrando. E cumprimos com o combinado. Foi estranho e... bom. Ou melhor, estranhamente bom.

O dia estava lindo, e aproveitando que era meu day off do mês, acordei bem cedinho e decidi pegar o metrô e ir até um parque para ler meu livro do momento.

Em alguma estação qualquer, ela entrou e, quando a vi, sorri em sua direção. O assento ao meu lado estava vazio, então ela se aproximou e pediu licença. Perguntou como eu estava, mas lembrei a ela do nosso acordo e, rindo, disse que se quiséssemos cumpri-lo não poderíamos ficar de conversinha. Com um sorriso divertido, ela concordou.

Eu lia *Violeta*, da Isabel Allende, enquanto Naomi mexia no celular. Nos mantivemos assim por umas três ou quatro estações, até que ela abriu a bolsa e também puxou um livro. *Torto arado*, do Itamar Vieira Junior. Estava mais ou menos na metade. Antes de começar a leitura, ela soltou os cabelos, que estavam presos num coque alto, e o cheiro dela, especificamente de lavanda, tomou conta do espaço. Naomi os prendeu novamente, num coque agora mais arrumado, e eu percebi uma pintinha escondida em sua nuca. Sorri com aquele detalhe, mas percebi que eu estava literalmente virada para o lado, a observando bem mais do que deveria.

Minha estação chegou. Então, sem que ela soubesse, escolhi ficar mais um pouco ao lado dela.

Seguimos lendo até a estação final. Quando todos saíram, nós continuamos sentadas.

Naomi fechou o livro e olhou para mim, curiosa.

— Não vai pra lugar nenhum, Alice? — ela perguntou, e sorri com a entonação, mas dei de ombros.

— É necessário? — respondi, influenciada pela leitura.

— Parece que não. — Ela abriu o livro novamente.

E acho que esse simples ato me ensinou um pouco sobre a paixão.

O metrô já estava enchendo para seguir na direção oposta. Naomi segurou minha mão despretensiosamente e, enquanto parecia estar focada no livro, acariciava minha cicatriz. E eu tive medo de fechar os olhos e ser arrebatada por aquele momento.

Refizemos todo o caminho de volta à estação inicial, cada uma em seu mundo e, ao mesmo tempo, no *nosso* mundo. E eu me sentia leve. Lá chegando, Naomi fechou o livro e se virou na minha direção.

— Preciso ir. — Ela trouxe o rosto próximo do meu e, ao invés de fazer o que eu gostaria, depositou um beijo demorado na minha bochecha. Isso me encheu de coragem. Fechei os olhos e senti seu cheiro por alguns segundos mais. — Foi ótimo te ver — disse e partiu em direção à escada rolante.

O aviso sonoro de portas se fechando soou, então me levantei rápido e, de dentro do vagão, soltei um "até qualquer dia" quando Naomi já estava de costas, subindo. Mas ela não se virou.

Eu sabia que ela tinha escutado porque, quando a composição voltou a andar, eu pude ver da janela que ela estava, como eu, sorrindo. E a gente sabia, claro, que haveria uma próxima vez.

No parque, deitada na minha canga gigante sobre a grama, sonhei com Naomi Mori pela primeira vez.

Sonhei que ela segurava minha mão e acariciava minha cicatriz, e também podia sentir o cheiro do perfume dela como se fosse real. Sonhei que ela fazia carinho em outras partes do meu corpo e me dava beijos demorados não só na bochecha. E nesse sonho eu fechava os olhos e me permitia ser arrebatada pelo momento.

Desde aquele dia, estive esperando o tal do "até qualquer dia".
E ele, enfim, chegou, mas da única maneira que eu não esperava.

Capítulo 25

Era quinta-feira de manhã e eu e Isabella estávamos no escritório. Nós duas e a equipe completa, sem exceção, chegamos bem cedo, pois a nossa chefe, Kelly, havia marcado uma reunião emergencial na tarde anterior. Passei praticamente a noite inteira acordada, com uma ansiedade irritante consumindo minha cabeça, repassando todos os possíveis cenários de horror que poderiam surgir após essa reunião.

Isabella passou às 7h45 lá em casa e me deu uma carona. A *Melk* nem era tão longe e minha casa ficava no caminho que a Isa costumava fazer. Eu tinha certeza de que aquele dia ia ser pesado e já estava estressada por saber que minha próxima sessão de terapia seria apenas na segunda-feira.

Caos.

Nós duas estávamos na copa, tomando um cafezinho e compartilhando teorias. Dava para perceber que o clima no escritório inteiro era o mesmo, pois todos olhavam constantemente para o elevador do andar enquanto conversavam, esperando que "a chefa" chegasse para acabar de uma vez com todas as paranoias.

Eu, genuinamente, esperava que fosse apenas uma reunião boba que ela mediu de forma exagerada — ou uma notícia maravilhosa. Até mesmo pensei que ela poderia ter apertado alguns botões errados e mandado a notificação para a equipe inteira por engano. Ela havia marcado a reunião para as 8h30 e só faltavam dez minutos para as nove.

Então, chegou o momento em que o elevador emitiu o tão esperado som e, com todos os olhos voltados naquela direção, Kelly entrou sem dar bom dia, com um café na mão, seu terninho enjoado, seus cabelos loiros de farmácia e o salto alto fazendo um irritante *tec-tec-tec* até a porta de sua sala, o único ponto que todos do escritório conseguem ver e de onde todos podem ser vistos. Deixou o café e a bolsa de grife sobre sua enorme mesa de vidro, anotou algumas coisas e voltou para a redação.

— Bom dia a todos. Desculpem o susto e a urgência, mas tenho uma notícia importante para dar. Não vou enrolar, pois ainda tenho muito o que resolver — anunciou e suspirou, abrindo um sorriso falso. Só de ouvir aquele sotaque puxado de perua rica, ainda por cima "estrangeiro", eu já sentia uma vontade instantânea de revirar os olhos. — Bom, depois de dez anos como editora-chefe da revista *Melk*, venho informar a vocês, minha querida equipe, que precisarei sair definitivamente da empresa.

Percebi um ou outro olhar de desespero — afinal, sempre dá para piorar —, mas, também, muitos de alívio. O meu, provavelmente, estava no meio do caminho. Apesar de não ir muito com a cara da Kelly, foi ela quem me deu a oportunidade de entrar aqui e, hoje, ser redatora. E, sinceramente, tenho muito medo de perder essa vaga.

Não tinha momento pior para ficar desempregada.

— Eu sabia que seria um choque para todos — Kelly continuou —, mas eu também não esperava por isso. Meu marido foi chamado para preencher uma vaga urgente em Nova York e eu terei que ir com ele, claro. Foi uma notícia tão repentina para a minha família quanto está sendo para a família *Melk*. — Ela suspirou de forma teatral. — Sei o que está se passando na cabeça de cada um de vocês e, não, a vaga não está aberta. Passei a semana entrevistando alguns candidatos selecionados por um headhunter amigo meu e, após muita conversa e instrução, já temos uma nova editora-chefe para a revista, que com certeza ocupará meu lugar de forma brilhante.

Ela olhou para o relógio, o que me fez olhar também. Nove em ponto. O elevador apitou e Kelly abriu seu melhor e maior sorriso, então todos se viraram naquela direção novamente. E eu podia jurar que teria um infarto naquele exato momento, principalmente quando a Isabella olhou em minha direção e comentou algo sobre meu rosto estar pálido. Eu parei de escutar as coisas direito, minha vista ficou turva e, a partir daquele momento, tudo começou a acontecer muito, *muuuito* devagar.

Precisei ir para a área de fumantes respirar e beber uns vinte copos d'*água* na vã tentativa de me recompor. Ao chegar, Naomi Mori havia se apresentado brevemente, explicando que logo, logo conversaria com cada um de nós em particular, e entrou na sala que, amanhã, seria a dela, junto com a Kelly. Tenho quase certeza de que ela me viu pois, mesmo estando em Saturno, consegui perceber que em algum momento específico de sua breve apresentação, a nova editora-chefe ajeitou o cabelo num coque alto e abriu um sorriso sincero em seguida.

Acho que pode ter sido por minha causa. Quero crer e gosto de acreditar que tenha sido, para ser sincera. Bem sincera. Sinceríssima!

Agora já faziam mais de quarenta minutos desde que elas entraram naquela sala e eu não conseguia parar de encarar a porta esperando pelo momento em que ela iria se abrir e alguém sairia me dizendo que não passava de uma pegadinha. As coisas ainda não estavam fazendo sentido algum na minha cabeça e eu realmente precisava entender o que estava acontecendo. Por que todos os últimos oito meses da minha vida estavam parecendo uma grande brincadeira de mau gosto? Será que o Amezzo tinha alguma coisa a ver com isso?

Isabella estava no computador em frente ao meu, adiantando uma matéria, organizando algumas coisas e se certificando, de cinco em cinco minutos, de que eu ainda estava respirando. Não conseguia entender por que ela não parecia tão abismada quanto eu, afinal, convenhamos, é uma situação bastante absurda e surreal e inacreditável e bizarra e incongruente e estrambótica o que está acontecendo aqui.

Eu não conseguia sequer pensar numa realidade em que Naomi Mori passaria a ser a editora-chefe da *Melk*. E eu, consequentemente, uma subordinada dela. Resumindo: a gente vai se ver obrigatoriamente de terça a sexta, isso se ela mantiver a política de home office uma vez por semana.

Céus, Naomi Mori me dando ordens. Ó Senhor, diga que isso não pode ser real.

Concluí que eu deveria ainda estar deitada no parque lendo e poderia ser uma espécie de continuação do sonho com ela. Alguma espécie de fantasia reprimida em que Naomi manda em mim — até porque combina demais com a personalidade dela, mas isso não vem ao caso no momento.

Fechei os olhos com tamanha força que uma das minha lentes de contato pulou para fora e caiu no meu colo. Precisei beliscar meu braço, esperando acordar logo desse, agora, pesadelo.

— Ana Alice, você endoidou de vez ou tá passando mal? — Isabella me chamou, tensa, e sussurrou: — A porta tá abrindo, olha! — E eu olhei. Com um olho só enxergando, mas olhei.

Naomi e Kelly se abraçaram protocolarmente e minha ex-chefe deu início ao seu discurso de despedida.

— Não falarei muito, senão vou começar a chorar. Quero agradecer demais o comprometimento da equipe durante essa minha década de *Melk*. Gente que está comigo desde o comecinho, gente que eu formei e que hoje está preparada para alçar voo em qualquer redação desse país. Me orgulho de todos vocês e desejo sempre todo o sucesso do universo. Vocês são profissionais top. Foi uma honra capitanear essa revista incrível e, com muito suor e talento, colocá-la em outro patamar. A sensação de dever cumprido... — A voz embargou. — Muito obrigada por me aturarem, sei que não sou a pessoa mais fácil do mundo... — disse e começou a chorar. — Até... até qualquer dia — finalizou, sendo aplaudida de pé.

Não acompanhei seu trajeto dramático até o elevador, pois estava muito ocupada olhando para a Naomi, que logo se virou na minha direção e sorriu discretamente. Assim que Kelly entrou no elevador e as portas se fecharam, todos os olhares recaíram sobre Naomi, nossa, ao que tudo indicava, *supostamente* nova chefe. Digo supostamente pois ainda tinha esperança de estar participando de uma câmera escondida.

— Eu quero começar conhecendo vocês, um a um, antes de qualquer coisa, pessoal. Então vou chamá-los individualmente para virem até minha sala, tudo bem? — ela começou. — E depois organizarei um happy hour para estreitarmos laços como equipe.

Amor em 12 Meses sem Juros 127

Aquela única fala já conseguiu surpreender a todos, e eu sabia disso pelo semblante das pessoas ao redor. A Kelly jamais havia convidado um colaborador para um papo na sala dela, tampouco reuniu a equipe sequer para um almoço de confraternização. Sempre que ela precisava falar algo específico, chamava a pessoa para a sala de reunião ou falava ali mesmo na redação para todos ouvirem. Mas a Naomi já parecia querer quebrar os padrões a partir daquele momento. A revista estava sob nova direção. Pra valer.

Eu sempre gostei do meu nome. Mesmo sendo um nome composto. Mesmo sendo apenas uma mistura do que meus pais queriam. Mesmo não tendo um significado sentimental. Mesmo sendo sempre a primeira na chamada.

Naomi pegou uma folha de papel com a lista dos nomes de todos os colaboradores e suas respectivas funções.

— Bom, vamos por ordem alfabética. Que tal a redatora... *Ana Alice Marinho?*

Naquele momento, tudo que eu mais gostaria nessa vida era que meus pais tivessem me batizado Zoraide.

Capítulo 26

Entrei na sala da chefia em silêncio, esperando Naomi abrir a conversa. Ela fez sinal para que eu me sentasse e, logo, sentou-se à minha frente. Ficamos nos encarando por alguns segundos até que ela começou a gargalhar alto. Fiquei confusa, mas não aguentei segurar o riso por muito tempo, porque sua risada era, como eu já sabia, a mais contagiante. E o jeito que suas covinhas surgiam nas maçãs do rosto tornavam ainda mais difícil a missão de resistir.

— Por essa... — ela tentava dizer em meio às gargalhadas — eu definitivamente... não esperava.

Respirei fundo, tentando me conter, e sequei as lágrimas que se acumulavam no canto dos olhos.

— Eu então...

— Percebi pela sua cara de pânico. — Naomi riu mais um pouco, lembrando da cena. — Impagável!

— O que a gente faz agora? — perguntei, com uma evidente preocupação no tom de voz. Eu estava confortável com o combinado que tínhamos e feliz com a forma como as coisas haviam acontecido desde então. Não queria estragar aquilo ou tornar tudo ainda mais complicado.

— Sei lá. Acho que o melhor mesmo seria... seguir o combinado. — Sua entonação saiu dúbia, entre afirmação e questionamento. Ela parecia tão confusa e preocupada quanto eu.

— Mas agora vamos nos ver o tempo inteiro, né? Eu venho para o escritório quatro vezes por semana. Tipo, vamos ser *obrigadas* a conviver. E sob o peso de uma hierarquia.

Naomi olhou para o teto, respirando fundo, e fechou os olhos por um momento para, logo em seguida, morder a boca devagar, parecendo segurar uma fala apressada.

— Então acho que teremos que ser fortes, Alice. — Suspirou. — E responsáveis, acima de tudo. A única coisa que a gente pode fazer é prometer se esforçar para não machucar a outra e, principalmente, para não acreditar que isso — Naomi apontou para si mesma e depois para mim — pode ser uma boa ideia, porque já vimos que não é.

— Acho que eu queria que a gente tivesse dado certo — soltei, sem pensar muito no que ia dizer. Eu precisava ser sincera.

Naomi se levantou da cadeira e caminhou lentamente até onde eu estava sentada, se postou às minhas costas, colocou as mãos em meus ombros e os massageou como se quisesse me tranquilizar. Fechei os olhos ao toque, calmo e gentil.

— Eu também, Alice. Eu também queria muito — ela se curvou e sussurrou no meu ouvido. Fui tomada por um arrepio intenso, talvez até inédito. Com certeza inesquecível.

Quando saí da sala, Naomi seguiu chamando os demais colaboradores. Eu fiz questão de prestar atenção aos comentários de todos que saíam da sala. As inúmeras opiniões positivas sobre ela me deixaram tão feliz... Parecia que todos estavam se sentindo ouvidos, finalmente. E eu queria que tudo desse certo para ela, no fim das contas. Queria de verdade.

Passei o resto do tempo trabalhando e ouvindo a Isabella elogiar a forma como a Naomi a tratou e estava se portando, já no primeiro dia.

— Com todo o respeito, amiga, mas além de *gata* essa mulher é *foda*!

— E você acha que eu não sei, Isa? — Ri com o entusiasmo dela.

— Eu tô superanimada pra ver como as coisas vão ser com essa nova gestão. A primeira impressão foi ótima, sinto que finalmente temos uma chefe que vai resolver vários problemas que se arrastam há anos por aqui, não acha?

— Só se for pra você... — falei bem baixinho.

— Como assim? — Isa estreitou as sobrancelhas, rindo.

— Pra mim só vai tornar tudo mais difícil. — Respirei fundo.

— Tornar o que mais difícil, garota?!

— Todo o processo de tirar ela da cabeça e...

Isabella começou a rir de mim, sem dó nem piedade.

— Eu até diria pra vocês pararem de resistir uma à outra, porque obviamente ficaria mais fácil, mas é contra as regras da empresa. A não ser que ela queira quebrar ou mudar as regras...

Assim que terminou, logo me veio à cabeça o que eu havia dito a ela sobre o bartender na festa da Mile: "Onde se ganha o pão..." Só que agora era *contra* mim.

Isa abriu sua garrafinha de alumínio e tomou um longo gole d'água.

— Do que as senhoritas estão rindo? — Naomi surgiu, como se fosse um fantasma, atrás de mim. Eu tomei um susto enorme e, aparentemente, a Isabella um maior ainda, pois, numa tossida, cuspiu toda a água que estava tentando engolir. Desesperada entre se recuperar do engasgo e secar seu notebook com as mãos, optou por levantar e correr em direção à copa.

— Precisa de ajuda aí, amiga?

— S-só... cof cof... v-vou pegar... cof cof... um paninho.

Eu e Naomi caímos na gargalhada, nos observando com cuidado.

O expediente já havia terminado há uma hora e pouco, então o escritório estava praticamente vazio. Além de mim e da Isa, que estávamos fofocando, ou melhor, copidescando um texto da estagiária juntas, devia ter mais umas quatro pessoas, todas focadas em suas telas. Então, Naomi encostou na minha mesa de trabalho.

— Quer carona?

Aquela simples pergunta me gerou um arrepio fulminante. Eu ainda não tinha como saber acerca do comportamento dela como chefe, se era algo natural para ela se portar assim com os subordinados, por exemplo. Mas de uma coisa eu tinha certeza: a energia que ela exalava e esse *algo a mais* que me deixava nervosa em sua presença eram avassaladores. Aliás, nervosa era um eufemismo dos bons.

— É caminho pra você? — perguntei, curiosa, porque apesar de ela saber onde eu moro há um tempo, eu não fazia ideia de onde a casa dela ficava.

— Não exatamente, mas... — Ela deu de ombros.

— E não seria estranho? As pessoas podem especular — sussurrei, para ninguém escutar, mesmo que já estivéssemos falando baixo. Sempre fui um pouco preocupada com essas coisas de ir contra as regras, evitar fofocas...

— Bom, se isso for um problema pra você, podemos esperar todos saírem. Tenho mais algumas coisas para resolver, de qualquer forma. Sei lá, uns quarenta minutos?

— É, eu também tenho que terminar de ajustar esse texto. Mas tem a Isabella, eu vim com ela e...

— Ana Alice — Naomi me chamou a atenção. Sei que me chamou a atenção porque só me chama de Ana Alice quando estamos brigando. Ela costuma me chamar de Alice, o que já é diferente, visto que todos me chamam de Ana. E, cá entre nós, eu gosto disso. — Vou te perguntar de novo, ok?

Balancei a cabeça, assentindo, com o olhar voltado para cima, na direção dela. Fitei seu rosto com atenção, notando suas sardas tênues na região do nariz e das bochechas e seus olhos vidrados em mim. Ela era hipnotizante.

— Você. Quer. Uma. Carona? — ela perguntou, incisiva, porém calmamente.

— Quero, sim — respondi de forma tímida, mas com vontade de gritar: claro!!!

— Tá bem. — Ela conteve um sorriso de triunfo. — Acho que consigo terminar tudo em meia hora, agiliza aí seu trabalho. Todo mundo já deve ter ido embora a essa altura. Pode ser?

— Sim, chefe — brinquei de tanto nervosismo que estava sentindo. E, dessa vez, lá estavam as malditas covinhas a me atormentar o juízo.

Então, Naomi voltou para a sala da editora-chefe. E eu me peguei sorrindo que nem uma boboca quando percebi que ela estava fazendo isso só porque queria passar mais um tempo comigo.

Capítulo 27

Todos já tinham ido embora, inclusive minha amiga Isabella, até o momento em que Naomi terminou suas *supostas* tarefas pendentes e eu consegui terminar o *copi* e finalizar a matéria que estava presa. Isso demorou quase uma hora. Quando contei sobre a carona, Isa fez a expressão mais maliciosa do mundo e, com o indicador e o médio apontados para os próprios olhos e para os meus num vaivém, indicando um "tô de olho/abre o olho/se liga", se levantou e me desejou boa sorte.

Naomi saiu da sala com a bolsa no braço e o semblante sério, prestando atenção em algo no celular. Ela parecia imersa no assunto enquanto eu observava sua mudança de expressão ao dar uma risada bem gostosa para a tela. Me perguntei o que ela estaria assistindo ou lendo, mas nem precisei colocar a dúvida para fora, porque ela virou a tela para mim.

— Olha meu gato. — E me mostrou o vídeo que tinha recebido de um gatinho preto tomando leite numa cumbuquinha e ficando com o bigodinho todo branco. No fundo, dava para ouvir a voz de uma senhorinha falando "Tá tomando leitinho, Abelzinho? Que delícia, meu filhinho", e foi inevitável não gargalhar com uma fofura dessas, então rimos juntas.

Ela logo começou a explicar:

— O nome dele é Abel e ele adora leite. Não é coincidência, minha *batchan* ama as novelas brasileiras, principalmente as reprisadas no Viva como "Caminho das Índias", e quando adotamos o Abel e ela percebeu que ele era obcecado por leite, quis logo batizar assim. Eles se divertem muito juntos!

— Ela mora com você?

— É mais o contrário... Ela quem me criou, sabe? Junto com meu *ditchan*. Aliás, são meus avós, só pra contextualizar — ela explicou, estalando os dedos, mesmo que eu já soubesse. — Só que eu cresci, comprei meu cantinho e saí da casa deles, mas alguns anos atrás meu *ditchan* faleceu e ela ficou muito sozinha, entristecida... e como o apartamento deles é enorme, fui morar com ela no ano passado.

— Vocês então são muito próximas.

— Demais! Ela é uma graça, a melhor pessoa que eu já conheci. — Naomi sorriu, olhando para o celular mais uma vez, e me mostrou uma foto da avó, de perfil, uma selfie das duas fazendo careta uma para a outra. Achei a coisa mais fofa.

— Vocês são muito parecidas — comentei.

— Nós somos, não somos? Todo mundo fala. Minha anja da guarda. — Quando se deu conta de que estava exagerando no sentimentalismo, ela se recompôs um pouco, voltando à postura de sempre. — Vamos indo, então?

Ficamos em silêncio durante o breve momento dentro do elevador. Naomi se virou para o espelho para ajeitar o cabelo, que já estava, como sempre, perfeito. Mordi a boca de leve, tentando segurar um sorriso bobo que eu sabia estar fazendo questão de aparecer, só que ela percebeu e revirou os olhos em resposta, rindo também. Então, seguiu ajeitando o penteado até que decidiu prender o cabelo num, já clássico, coque alto, se virando para a frente de novo.

Caminhamos até o carro, que eu já conhecia e, quando entramos, ela perguntou o que eu queria ouvir. Respondi que ela poderia ficar à vontade para escolher.

— Ok. É que eu tenho um estilo de música específico pra dirigir. Espero que você saiba que eu não me orgulho disso. Só pra deixar claro. Foge totalmente da minha personalidade. — Assenti, esperando, sei lá, um rock pesado, já que ela gostava de pisar fundo no acelerador. Tentei me lembrar do que ouvimos quando andei com ela na última vez, mas naquele estado em que nos encontrávamos, a caminho do hospital... esquece!

Naomi, contudo, deu play no álbum *Everything to Everyone* da Reneé Rapp, o que me arrancou algumas sérias gargalhadas, porque a parte que ela não se orgulhava do seu gosto musical era, justamente, a que eu mais gostava.

— Eu *adoooro* Reneé Rapp, Naomi.

Ela arregalou os olhos, antes de me responder, brincalhona.

— Então você pode fingir que eu nunca critiquei.

— Tá bom, vou te dar essa colher de chá.

Ficamos boa parte do caminho cantando juntas de forma quase performática, parando vez ou outra para comentar sobre o trajeto.

Descobri, também, que a Naomi é uma motorista bem sem paciência, o que eu não tinha tido a oportunidade de observar ainda. Apesar das caronas de antes, nunca tínhamos pegado trânsito juntas, mas dessa vez a cidade estava bastante engarrafada. Foi por esse motivo que ficamos mais de quarenta minutos dentro do carro ouvindo *This Is Reneé Rapp* e dividindo curiosidades sobre as músicas e a carreira da cantora — bom, essa parte específica era eu quem fazia, enquanto ela apenas criticava ou soltava alguma piada sobre eu ter gosto musical de adolescente, o que não era verdade.

Achei estranho quando, a dois quarteirões da minha casa, do nada ela parou o carro e me encarou.

— É mais ali na fren...

— Você tem alguma coisa muito importante pra fazer? — perguntou ao me interromper.

Curiosa, franzi o cenho.

— Acho que não, por quê?

— Que tal uma gelada? Eu conheço um bar bem legal, especializado em cervejas artesanais, superdescolado, mas sem frescura, aqui perto. É que eu não queria ir logo pra casa, afinal foi meu primeiro dia na empresa e uma ótima oportuni...

— Quero, Naomi, não precisa nem se justificar — foi minha vez de interromper.

Ela assentiu, sorrindo, e ligou o carro. Dirigiu por menos de cinco minutos e logo encontrou uma vaga ótima, bem em frente ao mesmo bar onde encontrei a Camile, há oito meses, justamente no dia em que, por consequência, acabei me inscrevendo no Amezzo.

Achei tudo aquilo uma curiosa coincidência e, apesar de ter sentido vontade de compartilhar a história com ela, decidi guardar para mim.

Essa experiência me fez relembrar um pouco de todos os meus vacilos dos últimos meses e perceber que, devagar, eu realmente estava evoluindo. A Ana Alice de agora era diferente. E acho que eu tinha um pouco o direito de sentir orgulho disso. Então, no fim das contas, eu celebrava por Naomi e, secretamente, por mim. Eu sabia que tinha mudado por conta dela também. Foi graças a toda essa confusão que ela causou em mim que eu me permiti parar para entender melhor e organizar todo o caos guardado aqui dentro. E foi graças a ela, também, que eu *quis* encarar todo esse caos.

Sem dúvida eu também merecia essa mudança.

Numa mesa na calçada, conversamos um pouco acerca de muito. Ela me contou sobre a família, o antigo trabalho, a adolescência, sobre do que gostava e do que não gostava, viagens... Me contou um pouco sobre como tudo aconteceu com a Camile e sobre a ex-noiva, Letícia. E também me fez um monte de perguntas. Naquele bar, nós nos permitimos ser quem nos orgulhamos de ser. Sem parar para pensar na coisa certa, sem muitas amarras e sem ter que ficar calculando as nossas ações. Nos livramos dos medos e das questões de antes e nos jogamos. E rimos muito, porque, aparentemente, esse era o nosso novo normal. E eu estava adorando a leveza que o nosso novo normal carregava consigo.

No fim de tudo, caminhamos até a minha casa — ela optou por deixar o carro lá em frente ao bar mesmo, pois havia bebido.

— Eu chamo um Uber, tranquilo. Amanhã chamo outro cedo ou pego um táxi, e busco meu carro antes do trabalho.

Então, me desejou uma ótima noite, me beijou na bochecha e fez questão de me dar um abraço demorado, repetindo o beijo na outra bochecha ao me soltar.

Tive vontade de convidá-la para dormir comigo de novo, muita vontade, mas depois de várias cervejas, por mais incrível que pareça, a prudência falou mais alto. Ponto pra mim!

— Até amanhã, Naomi — eu disse, assim que o carro que ela havia pedido chegou.

— Até amanhã, Alice. — Ela sorriu e embarcou.

Pela primeira vez, não precisamos esperar nem doze horas para descobrir qual seria o nosso próximo encontro.

Capítulo 28

Eu sou leonina. E apesar de todo ano comemorar meu aniversário sendo leonina ao máximo, esse ano não quis fazer nada demais. Por isso, mês passado, no final de semana dos meus 25 anos, meus pais resolveram fazer um almoço em casa e disseram para eu chamar todos os meus amigos. Como não sou de muitos amigos, só chamei Theo, Isabella e Naomi.

Todos os meus *colegas* ficaram de fora dessa vez. Eu realmente não estava para festança. Como podem reparar, um ano atípico. Atípico até demais! Meus pais papariacaram a Naomi ao máximo, como se ela fosse meu anjo da guarda. Eles ficaram realmente encantados desde aquele dia. Theo, que os conhecia há anos, ficou enciumado, mas adorou finalmente conhecê-la também. Foi um final de semana bem gostoso.

E nós duas estávamos bem. As coisas realmente tinham melhorado e não me lembro da última vez que tivemos uma discussão. Estávamos tentando não ficar tão próximas no ambiente de trabalho para evitar que as pessoas percebessem qualquer coisa e ficassem de ti-ti-ti, mas um papo descontraído de vez em quando não tinha problema nenhum. Afinal, isso acontecia com a maioria dos colaboradores da *Melk*. A equipe meio que abraçou a Naomi de cara. O clima na revista, que já era bom, ficou ótimo.

Não tínhamos saído sozinhas nenhuma outra vez, apesar de ter me dado carona pelo menos duas vezes por semana, pois o home office e o day off foram cortados e eu passei a entregar mais e ficar até mais tarde devido a uma tão esperada e prometida promoção: mais salário representaria aumento de tarefas; eu precisava mostrar trabalho e era bom já ir me acostumando. Com a entrada dela, minha motivação só aumentou. E creio que esse processo de amadurecimento que eu vinha experimentando me deu mais consciência das minhas responsabilidades.

Certo dia, porém... Naomi recebeu uma mulher classuda, de meia-idade, superbem vestida, também de ascendência amarela, com luzes bem claras nos cabelos, que, certamente, não veio a negócios. Elas subiram juntas do almoço e entraram na sala, conversaram um pouco e logo nossa editora-chefe fechou as persianas. E, mesmo que eu não tivesse *totalmente* esse direito, fiquei *completamente* puta. Principalmente porque a Isabella tinha ido ao dentista, então eu estava sozinha lidando com todas as paranoias que minha ansiedade conseguia criar numa fração de segundos. Resultado: perdi a fome.

Uma hora depois, ou quase isso, elas saíram para tomar um café e, segundo Naomi informou à equipe, não demoraria. Talvez tenha sido impressão — afinal, sem apetite, não desci para almoçar —, mas, para mim, pareceu que Naomi demorou muito mais do que deveria para voltar. Não que eu estivesse contando. Juro, não mesmo. De verdade. É sério. Que ódio!

Depois do vigésimo café do dia, desde que a tal visita dela chegou foram uns cinco, me tranquei no banheiro e fiquei ensaiando na frente do espelho tudo o que falaria para ela: o quanto aquilo era uma grande falta de respeito e que ela estava quebrando totalmente o nosso combinado, que era tentar ao máximo não magoar a outra, visto que ela não parecia estar sequer tentando não me machucar.

Com o passar do tempo, entendi que jamais conseguiria externar as coisas que estavam ensaiadas olhando para ela, pois Naomi me desmontava com extrema facilidade. Por isso, decidi que adiantaria o trabalho do mês inteiro e, assim, caso ela fosse me oferecer carona, eu poderia recusar dizendo a verdade: era necessário ficar até mais tarde. Refletindo, percebi que isso poderia deixar meu ambiente de trabalho um pouco insalubre e, por fim, decidi guardar tudo para mim e apenas me afastar. Entretanto, as coisas não saíram muito como eu planejara.

Quando chegasse em casa, mandaria uma mensagem dizendo tudo o que estava engasgado.

Já perto do final do expediente, ainda com todos no escritório, Naomi veio falar comigo.

— Alice, desculpa atrapalhar, queria falar com você sobre aquela matéria sobre Pessoas Altamente Sensíveis da semana que vem, pode ser? — E tudo o que eu fiz para responder foi olhar em sua direção. Ela achou estranho, mas seguiu. — Então, eu pensei em passá-la para a estagiária de editorial, a Yas, só pra gente testar como ela vai se sair. Ela tem potencial. Você se importaria?

Naomi já tinha conversado comigo sobre a possibilidade de me pedir alguma ajuda para treinar o time de estagiários, já que eu também tinha entrado na *Melk* através de um programa de estágio e entendia como as coisas funcionavam. Até então, eu tinha dito que claro, ajudaria sem problemas. Só que, naquele exato momento, vendo ela agir como se aquela visita não tivesse acontecido e como se não tivesse feito absolutamente nada de errado, a raiva já tinha tomado conta de mim.

— Desculpe Naomi, mas eu me importaria — respondi, fazendo com que ela arregalasse os olhos e percebesse os olhares que minha resposta havia atraído para a conversa.

— Tem alguma outra matéria que você poderia repassar, então?

— Acredito que não. — Minha voz estava firme, sem tremer. Eu não conseguia esconder minha insatisfação.

— Você pode vir na minha sala, rapidinho? — Naomi olhava no fundo dos meus olhos, com um sorriso, tentando me intimar para uma conversa privada sem que ninguém percebesse, como o mundo do trabalho nos ensina a fazer.

— Agora não tenho como. Estou superocupada. — Dei de ombros, atraindo ainda mais atenção. Naomi perdeu o sorriso, olhando ao redor, aflita. Em seguida, olhou para mim com um semblante totalmente diferente, o mesmo que eu já havia encarado.

— Ana Alice — ela pigarreou —, preciso que você venha comigo até a minha sala. *Agora*. Não é um pedido, *é uma ordem*.

Capítulo 29

Naomi abriu a porta da sala para que eu entrasse e, em seguida, a fechou com força. Confusa, eu carregava uma pontinha de arrependimento de ter agido daquele jeito, mas, ao mesmo tempo, me sentia cada vez mais inflamada para falar tudo que estava guardando, engasgada.

— Você perdeu a noção, Ana Alice? — Naomi perguntou, séria, num tom de voz alto.

— Parece que *você* é que perdeu — respondi, de braços cruzados, sentindo meu maxilar mais tenso do que nunca.

— Eu?! — ela exclamou. — Você só pode estar de sacanagem. Falando comigo assim na frente de todo mundo! Até hoje de manhã estava tudo *absolutamente* bem, e agora isso?

Naomi começou a fechar as persianas para que ninguém mais visse nossa discussão, que já estava totalmente exposta para todos, e se sentou em sua cadeira executiva.

— Você não tem noção *mesmo*, né, Naomi? Não é possível que a sua consciência não pese! — comecei a gritar de volta, colocando tudo para fora. — Você não tem *um pingo* de consideração por mim e quer ficar falando de respeito o tempo inteiro.

— Caralho, qual é o seu problema, Ana Alice?

— Meu problema é você!!!

— Porra, você é *maluca*?!

A essa altura eu já nem sabia quem gritava mais alto, como se eu já não conhecesse a acústica dessa sala pelas inúmeras vezes que a Kelly berrou ao telefone. Não dava para entender sobre o que se falava, mas dava para saber que se falava aos berros.

— Vai a merda, Naomi! — esbravejei. — Você que inventou essa porra de teatrinho falando de responsabilidade emocional, ninguém machuca ninguém, aí traz outra pra comer aqui dentro, *na minha frente*, e eu que sou maluca?!

Antes que eu pudesse terminar, Naomi começou a rir, e eu fui ficando cada vez mais brava com a cena.

— Você tá rindo da minha cara?! — Respirei fundo, tentando me acalmar minimamente e não perder por completo as estribeiras. Sentia o coração acelerado e o rosto quente.

Naomi se levantou e deu a volta na mesa.

— Por acaso... você tá tendo um ataque de ciúmes, Ana Alice?

Ela parou na minha frente, com as duas mãos na cintura e um sorriso irônico.

— Não, Naomi. Eu tô puta contigo, e tá longe de ser por ciúmes. — Bufei, sentindo seu perfume pela aproximação inesperada. — Você só tá se mostrando uma hipócrita do caralho!

— Se não é por ciúmes... — Ela arqueou as sobrancelhas, chegando mais perto. Recuei, na tentativa de evitar que ela ficasse ao meu alcance, mas acabei esbarrando na mesa.

— Sai, Naomi.

Ainda olhando nos meus olhos, ela pegou um porta-retrato da mesa e me entregou. Na foto, estava toda a sua família, incluindo o falecido avô e a mulher que tinha visitado o escritório mais cedo. E aquilo me fez reconhecer que aquela era, na verdade, a irmã mais velha dela, que eu já tinha visto pelas redes sociais. O maldito ciúme havia me dominado. Engoli em seco, me dando conta do quão idiota eu tinha sido, então coloquei o porta-retrato de volta no lugar e segui olhando para o chão, com o maxilar trincado. Agora, meu rosto estava vermelho era de vergonha. Vergonha absoluta.

Naomi, sem sair um milímetro sequer de perto, segurou meu rosto delicadamente com as mãos, voltando meu olhar na direção dela.

— Então... ainda tá *puta* comigo, Ana Alice? — ela perguntou, mantendo o tom irônico de antes. Balancei a cabeça em negativa. — Admita: esse show todo é porque você queria que eu tivesse *te comido* nesta sala?

Me mantive em silêncio. Como pude ser tão infantil e imatura? Quando Naomi desceu as mãos até a minha cintura, apertando de leve, meu coração disparou e eu engoli em seco.

— Anda. Me responde.

— É o que eu mais quero, Naomi. — Minha resposta fez o sorriso dela aumentar, e sem pureza alguma, muito pelo contrário, um olhar me despiu.

Foi então que o tempo parou.

— Seu desejo é uma ordem. — Ela suspirou, subindo uma das mãos até a gola da minha blusa. — Eu vou resolver o se... o *nosso* problema.

— Agora?

— Não precisava disso tudo, Alice. Era só você ter me pedido.

E, aos poucos, ela começou a abrir, botão por botão. E logo minha blusa já estava em cima da mesa.

— Naomi, você sabe que isso é contra as regras, não sabe? — Fiz questão de lembrar, sentindo meu corpo inteiro estremecer.

Ela encostou o rosto no meu e mordeu de leve minha boca. Em seguida, desabotoou minha calça. Sua mão foi até minha nuca e, puxando de leve meu cabelo, lambeu minha orelha com a ponta da língua e sussurrou no meu ouvido:

— Ana Alice Marinho, quem faz as regras aqui?

— Você. — Engoli em seco mais uma vez, me esforçando ao máximo para respirar, enquanto sentia minha calcinha mudar de úmida para encharcada, sem precisar de um toque sequer.

— Exato. — Naomi assentiu, descendo a mão da minha nuca até a trava do meu sutiã, e, em pouquíssimos segundos, abriu a peça com dedos ágeis.

Fechei os olhos ao sentir sua mão passeando pelo meu corpo. Enquanto uma acariciava meu mamilo, a outra já se encontrava dentro da minha calça, passeando pela barra da calcinha preta de renda que eu, curiosamente, havia escolhido.

Eu sabia que o ar-condicionado daquela sala estava ligado e, ainda assim, cada célula do meu corpo pegava fogo.

Naomi deixava um rastro de desejo por onde suas mãos passavam e eu implorava aos deuses que, antes de tudo, ela me beijasse. Então, após morder de leve o pescoço dela, fui agarrada *brutalmente* pelos cabelos da nuca e demos início ao beijo mais urgente da minha vida. No mesmo ritmo que nossas línguas se encontravam, meu corpo se movimentava na tentativa apressada de sentir seus dedos dentro de mim e, percebendo isso, Naomi me respondia com pequenos sorrisos, dos mais perversos aos mais lascivos. Eu estava completamente dominada.

— Me fala o que você quer, Alice — ela voltou a sussurrar no meu ouvido, bem baixinho, me causando arrepios desconcertantes.

— Eu gosto... eu quero *você*, Naomi.
— Preciso que seja mais específica.
— Dentro de mim.
— O que mais?
— Eu quero que você me foda, Naomi! Tá bom assim?
— Tá perfeito.

Capítulo 30

Eu estava vivendo o melhor da vida. Com a promoção a gerente de redação, finalmente!, acabei tendo que assumir mais e novas responsabilidades. Chegando mais cedo e saindo mais tarde. Agora, já tínhamos aceitado que a equipe inteira desconfiava da gente. Decidimos viver o momento e deixar fluir, afinal, desde que as coisas estavam acontecendo daquela forma, nenhuma das duas havia feito algo errado. Inventar desculpas para termos ficado tão próximas só aumentava as especulações. Agir naturalmente era o melhor remédio contra o burburinho que, com o tempo, foi diminuindo. E como

Naomi era querida por todos... o clima no escritório era de leveza e harmonia. A produtividade aumentou a níveis históricos e só se falava em fazer com que a *Melk* se tornasse líder no segmento. Essa era a meta e ela seria cumprida!

Era como se estivéssemos em um lugar seguro. Tacitamente, nos sentíamos abraçadas e acolhidas.

Desde que a Naomi entrou na minha vida, as coisas viraram uma completa bagunça, mas uma bagunça das boas, e, aos poucos, fui entendendo que nada daquilo era à toa. Tudo virou de cabeça pra baixo, ou de ponta-cabeça, como vocês preferirem, para, logo em seguida, passar a funcionar como um relógio suíço. Eu me sentia mais viva, mais madura. Eu me sentia mais preparada. E sabia que não estava sozinha. Naomi sentia tudo isso de volta.

Para mim, foi como um tardio rito de passagem da juventude para a vida adulta. Tardio, contudo essencial e transformador.

E eu sabia que, assim como eu, ela queria ir sem pressa, porque essa nova fase, esse momento único, também era muito novo. E junto dele havia, claro, o receio de estragar tudo o que a gente construiu até agora. Estávamos finalmente conhecendo uma à outra pra valer, nos entendendo um pouco mais a cada dia. E mesmo com toda a insegurança — quanto mais alto se voa, maior o tombo — eu estava em paz. O aperto no peito tinha diminuído e a característica confusão também. Sumir por completo, eu esperava, era uma questão de tempo.

Eu gostava dessa estabilidade. Ah, como eu gostava.

Até porque, tudo isso vinha acompanhado da adrenalina de viver esse novo momento sem que ninguém soubesse. Juramos segredo total. É claro que um ou outro desconfiava, mas certeza, certeza mesmo, ninguém teria. Para que o burburinho cessasse de vez, até cheguei a inventar uma namorada, e falava dela na copa, na área de fumantes, nos almoços e nos happy hours com meus colegas de trabalho: "Como ela mora longe, estamos pensando em juntar os trapos no ano que vem e até já adotamos um gato", eu reforçava, entre outras invencionices, só para ratificar a mentira. "Ela só sai do trabalho às dez, por isso só consegue me pegar aqui um pouco antes do prédio fechar, às onze", eu dizia quando alguém perguntava quando iríamos conhecê-la ou porque eu andava saindo tão tarde. E até que era divertido ter uma namorada imaginária.

Mas às vezes eu me sentia na pele de uma golpista, prestes a ser descoberta a qualquer momento.

Naomi e eu compartilhávamos beijos escondidos e bilhetes secretos, olhares discretíssimos e códigos que só nós duas éramos capazes de decifrar. E todos os encontros em salas vazias e os milhares de coisas que fazíamos dentro delas me traziam aquele frio na barriga que eu jamais havia experienciado. Rolou na copa, no banheiro, no estúdio fotográfico, na sala de reunião... Marcamos de fechar uma reportagem num sábado à tarde, só nós duas, e rolou até em cima da mesa dela.

E se eu dissesse que não era acometida por terríveis calafrios também, estaria mentindo. Afinal, no fim do dia, eu ainda me questionava o porquê de termos demorado tanto para dar certo.

Apesar de raros, em certos dias eu sentia medo de que todos esses momentos bons se transformassem em passado e que eu chorasse todos eles no futuro. Eu sentia medo de que essa vulnerabilidade sacana me passasse a perna, que eu experimentasse a paixão e ela virasse um vício. E que essa paixão fosse tirada de mim. Eu sentia medo da síndrome de abstinência.

E eu sabia *genuinamente* que, se eu me entregasse a Naomi e ela fosse embora, nada no mundo seria capaz de tapar o buraco que nasceria em mim. "O prego, filha, a gente até tira da madeira, mas o buraco que ele deixou...", ouvi isso do meu pai quando tive uma briga com a mamãe há um tempo e dirigi a ela palavras duras demais.

E, falando nele... Papai bateu na porta do meu quarto na tarde de domingo. Ele parecia estranho. Disse que estava com saudades de passar um tempo a sós comigo, então deitou na cama e colocamos um filme para assistir. Normalmente, durante os domingos, meus pais alternam em relação a quem fica na loja e, naquele domingo, era dia da dona Adriana.

— E a Naomi? — ele perguntou, do nada, durante o filme, enquanto eu estava deitada com a cabeça em seu ombro.

— O que tem ela? — Ri pelo nariz.

— Vocês estão juntas?

— Juntas?! Eu e ela? Que ideia!

— Eu não sei se é bom ou ruim o fato de que nunca te ensinamos a mentir. Você é péssima nisso.

— Tô falando sério, pai.

— Sim, e eu sou um helicóptero.

— Para! — gargalhei.

— Bom, ela gosta de você, de qualquer forma.

— Gosta? — Me ajeitei na cama, interessada no que ele tinha a dizer.

— Gosta. E não é pouco, não. Dá pra ver na maneira como ela te olha e no jeito como fala de você. — Ele passou uma mecha do meu cabelo para trás. — Ela se importa. E muito. Se eu fosse você não deixaria escapar. Um sentimento desses é difícil de achar.

Resmunguei, me aninhando no peito dele.

— Sei, não.

— Você tem medo de quê? — Meu pai começou a fazer carinho no meu braço. Ele sabia que eu sempre ficava um pouco mais confortável ganhando carinho, e que assim eu soltava as palavras com mais facilidade.

Mas dessa vez eu já estava ligada na tática dele.

— De me machucar.

— Se a gente for pensar em tudo que pode nos machucar, deixa de viver. É melhor se arrepender das decisões que você toma do que das que deixa de tomar.

— Você não sabe o monstro que criou falando isso.

— *Com responsabilidade,* Ana. — Ele riu. — Agora você está mudada. Mais responsável. Pensa duas vezes antes de fazer as coisas.

— Você acha, pai?

— Eu sei. Tenho certeza.

Ele me deu um beijo na testa e logo a campainha tocou, então desceu para atender, me deixando sozinha no quarto, refletindo. Em pouco tempo, ele estava de volta.

— Sua amiga tá lá embaixo.

Foram poucos segundos até que eu estivesse no pé da escada de casa, com um sorriso aberto, vestindo o meu pijama mais velho na frente de uma tal de Naomi Mori.

Capítulo 31

Eu e Naomi estávamos no bar perto de casa, aquele mesmo, comendo uns petiscos e tomando umas cervejas artesanais — ela só uma, estava dirigindo — e jogando conversa fora. Contei para ela algumas histórias da minha adolescência e ela me contou algumas da infância dela. Eu gostava da forma que estávamos nos aproximando e o quanto estávamos nos permitindo nesse processo.

— Sabia que minha *batchan* tá querendo te conhecer, Alice?

— Você falou de mim para a sua avó? — Não consegui conter o sorriso bobo, que rendeu uma revirada de olhos como resposta.

— Devo ter mencionado em alguma conversa. — Ela deu de ombros, rindo. — Você quer conhecer a peça? — Naomi passou uma mecha de cabelo para trás da orelha, olhando nervosa para a garrafa em sua mão.

— Depende, isso é um convite?

— Claro, Alice! Por que eu ia perguntar se não fosse?

Gargalhei com a reação.

— Calma! Só fiquei surpresa com algo assim vindo de você e...

— Se não responder, eu vou desconvidar.

— Quero, sim. Claro! — respondi, feliz da vida e com o olhar vidrado nas bochechas coradas dela, com todas as sardas claras destacadas como em uma pintura, enquanto dava um gole na long neck.

— Mês que vem é meu aniversário. Ela deve inventar algum jantar, se quiser ir...

— Ah, *saqueeei*... não vai me dizer que isso tudo era só uma desculpa pra me convidar pro *seu* aniversário?! — impliquei.

Naomi bufou, fingindo estar brava.

— Juro, Alice, eu vou te desconvidar.

— Agora já era! Já confirmei presença! — exclamei e gargalhei mais uma vez.

— Tu brinca muito, garota. E quem brinca com fogo...

— Tô podendo, meu amor! E, de mais a mais... — comecei. Naomi levantou as sobrancelhas, esperando que eu continuasse. — Ando me sentindo... sortuda! Fala sério, você apareceu na minha casa numa tarde de domingo! Eu sou ou não sou sortuda pra caralho? — falei.

— Você é uma boba da corte. Isso, sim. — Ela balançou a cabeça, sorrindo. — Eu... sabe, eu fiquei com saudade, só isso. — Deu de ombros, levantando as mãos, como se aquela não fosse uma informação totalmente nova. E eu, cá entre nós, fiquei com o coração acelerado, mas o corpo inteiro molinho. Ela me deixar assim já estava virando rotina. Mas era a primeira vez que aquela palavra linda, maravilhosa, que só o brasileiro tem, tinha sido pronunciada, e eu compartilhava do mesmíssimo sentimento.

— Ficou? Mesmo?

— U-hum — ela grunhiu —, só um golinho — justificou-se, antes que eu pudesse repreendê-la, ao levar minha cerveja até a boca com o olhar vidrado em minha direção, provavelmente à espera de uma resposta. Quando não veio, decidiu perguntar. — Você não?

— Muita. E desde a primeira vez.

Decidimos ir embora porque já estava bem tarde. Naomi fez questão de me dar uma carona até em casa, ainda que estivéssemos a menos de dez minutos a pé. E é claro que eu aceitei, não teria um motivo sequer para recusar mais um tempinho ao lado dela.

Entramos no carro e Naomi foi dirigindo devagarinho, postergando o momento em que diríamos o nosso até amanhã, com o contentamento de sempre.

Assim que chegamos na frente de casa, um relâmpago fortíssimo clareou a noite, então Naomi desligou o carro e ficamos uns segundos em silêncio total, nos observando à espera do trovão.

— Melhor você se apressar, vem temporal aí — comentei, após o estrondo.

— Hum... vem mesmo. — Ela balançou a cabeça devagar, em resposta, e, ao tirar o som do mute, tamborilou no volante no ritmo da música. — Sou louca por tempestades.

— Você também, é? Um dia desses precisamos tomar um banho de chuva juntas. É necessário lavar a alma de vez em quando. Eu e meu pai fizemos muito isso quando eu era criança. Tenho lembranças deliciosas da minha infância brincando na rua, polícia e ladrão, pique-esconde, amarelinha, pular elástico... — enrolei, não querendo voltar para casa. Estava esperando pelo momento em que ela toparia jogar o jogo do "quem desliga primeiro".

— Combinadíssimo. — Naomi virou o corpo na minha direção, encostando a cabeça no banco do carona. — Acho até que poderia ser hoje — ela brincou, me lançando um sorriso. — Topa?

— Contigo... eu topo qualquer coisa. Aí, se você quiser, pode dormir aqui em casa comigo — sugeri, com a pior das intenções. Naomi mordeu a boca, considerando, mas respirou fundo e revirou os olhos.

— Me dói profundamente negar seu convite, mas, fica pra próxima. Amanhã eu tenho uma call com o exterior, preciso estar muito cedo no escritório, amor, e, de mais a mais, não posso correr o risco de pegar um resfriado. Estou lotada de compromissos esta semana. — Ela segurou meu rosto com uma das mãos e eu me aconcheguei em seu toque, fechando os olhos. — Você sabe que se eu ficar a gente vai precisar tomar um banho bem quentinho juntas e vamos acabar virando a noite.

— Com certeza — confirmei, com malícia na voz, suspirando em seguida. — Ou você acha que eu te convidei pra gente jogar dominó?

— Melhor, não. Até porque já fui tricampeã mundial. — Naomi riu.

Ficamos em silêncio por alguns segundos, curtindo aquele momento de descontração, até que... começou a tocar uma das minhas músicas favoritas da Reneé Rapp, "The Wedding Song". Fechei os olhos e cantarolei baixinho, sorrindo, e quando abri, Naomi estava me observando e sorrindo para mim.

E eu moraria naquele sorriso, um sorriso que deixava os olhos dela quase fechados. Ah, eu moraria naqueles olhos também. E nas sardas espalhadas. E nas covinhas das maçãs do rosto. E naquela boca. Ah, como eu moraria naquela boca. E em absolutamente cada parte que transformasse Naomi Mori no fenômeno extraordinário que ela é. Que só ela sabe ser. Trancaria todas as portas e janelas e sumiria com as chaves!

Foi então que, do nada, Naomi demonstrou ter mudado de ideia. Pôs o volume no máximo e, em seguida, abriu sua porta, correndo para o outro lado e abrindo a minha. Naomi estendeu a mão para mim, me puxando para si e me balançando devagar, no ritmo da música, como uma valsa.

You are my one, you set my world on fire
I know there's Heaven but we must be higher
I'm gonna love you till my heart retires
Forever will last
I think it went something like that

Dançamos agarradas, no meio da rua, com os rostos colados, entre pisões e gargalhadas estridentes, até começar a sentir as primeiras gotas. E quando eu achei que fôssemos parar, ela segurou firme minha cintura, nos fazendo continuar, enquanto a chuva apertava. Ela não parecia se importar. Muito menos eu. Porque, naquele momento, com a água caindo e nossos sorrisos alinhados entre beijos encharcados de todos os melhores sentimentos, com um único poste nos iluminando, nada mais importava. Era um momento sagrado.

— Você tem toda razão. É necessário lavar a alma de vez em quando.

E Naomi Mori era, definitivamente, uma efeméride galática. Daquelas em que o sistema solar inteiro se alinha e que só acontecem de um em um milhão de anos. E você precisa estar preparado para não perder. Afinal, se deixar passar, é bem possível que nunca mais consiga presenciar algo tão bonito e memorável.

Se eu estava preparada? Isso eu não tinha como saber. Mas de uma coisa eu tinha certeza: não seria capaz de deixar passar nem por nada nessa vida.

Capítulo 32

Nossa noite de temporal estava fazendo um mês de aniversário — o tempo andava voando. Embora não tenhamos dormido juntas por causa de uma reunião com o exterior que ela teria cedo — ela não quis me falar de jeito nenhum sobre o que era —, foi uma noite, digamos, de gala!

Fiz um chá quentinho pra gente na cozinha e precisei emprestar roupas secas para ela voltar para casa. Insisti dizendo que ela poderia fazer a reunião no meu notebook, mas não consegui convencê-la de jeito nenhum.

Setembro havia sido espetacular. Que mês gostoso. Trabalho e amor lá nas alturas. As perspectivas eram as melhores possíveis e, ao seu tempo, a vida ia me brindando com sucessos profissionais e noites românticas que eu jamais poderia ter imaginado. Minha cama ficou impregnada com o cheiro dela. Fato que me *obrigava* a me tocar de olhos fechados, na penumbra, imaginando seu corpo nu. Eu não conseguia tirar a Naomi da cabeça.

— Tá sozinho, bebezão?

— Tô. Meus pais estão na serra. Eu não quis ir.

— É o seguinte, então: tá fazendo oitenta graus lá fora e eu *preciso* de uma piscina. Faça o favor de liberar sua casa — eu implorava pelo telefone.

— Ana — ele gargalhava —, a Isabella acabou de me ligar pedindo a mesma coisa. Será que...?!

— Pura coincidência, Theozinho — fui logo interrompendo meu amigo. — Um domingão desses de sol, a gente só deve ter pensado igual — menti.

— E você é o nosso único amigo com piscina! — Isa e eu estávamos tentando, a todo custo, convencê-lo a fazer algo, considerando que desde o término ele andava bem pra baixo.

O plano era pegar uma piscininha na casa dele, levar umas cervejas, uns sacos de batata frita, nachos... Assim ele não precisaria se esforçar para nada, apenas nos receber.

Amor em 12 Meses sem Juros 151

— Vou fingir que acredito. — Ele suspirou. — Vocês podem vir, mas já aviso logo: minha bateria social tá com um por cento.

— Te amo, Tetheo! Em vinte tô aí.

— Te amo, teteia. — Ele riu pelo nariz do outro lado da linha.

Chamei um Uber e passei para buscar a Isa, que foi logo avisando "Tô levando uma tequila pra gente. Hoje pretendo encher a cara de forma irresponsável". Com apenas vinte minutos de atraso, tocamos a campainha da mansão.

— Oi, meus amores. — Ele abriu o portão, com um sorriso fraco, se apoiando na parede.

— Ah, não, Theozinho! — Isa já entrou com tudo, arrastando o coitado pela mão. — Respeito sua tristeza, mas a gente vai acabar com ela *agora*. E vai ser na porrada!!!

Theo ironizou, já parecendo um pouco mais para cima — a Isa era mesmo uma exímia exterminadora de deprê —, enquanto era compulsoriamente levado em direção à sala.

— Aposto que trouxe remedinho na mochila, né dona Isabella?!

— Óbvio! — ela exclamou, abrindo a mochila, mostrando uma garrafa de Jose Cuervo e um saco com umas duas dúzias de limões.

Fechei o portão e fiquei fazendo festinha no Beethoven, o labrador da família.

— Você é meu garotão, sabia?! — Falei com ele com aquela voz boba que usamos para falar com animais de estimação. Em segundos, ele já tinha me enchido de pelo e baba. — Eu sei, eu sei. A tia também tava morrendo de saudade. — Ele não parava de saltar em mim, feliz da vida como sempre.

Logo peguei seu brinquedo favorito que estava por perto e o lancei com toda força em direção ao enorme gramado para que ele fosse buscar e eu pudesse entrar na casa sem ser jogada no chão por um cachorro quase do meu tamanho.

— Nem vem, Isabella, você não vai me fazer virar tequila — Theo resistia, enquanto Isa já cortava um limão.

— Ah, mas eu vou. Eu, não. Nós vamos!!!

— Me tira dessa, gata — respondi, sendo encarada por ela com um olhar mortal de reprovação. — Quer dizer, claro... Mal posso esperar!

— O que vocês duas estão aprontando, hein? — Theo perguntou, sentando na bancada da cozinha. — Vocês nunca vêm aqui em casa.

— Para, gato. Esse ano a gente já fez uns cinco churrascos. Só que se a gente não bota pilha...

— Verdade. Desde quando você não convida a gente? Março? — fiz questão de esclarecer, ficando mais perto dele e encostando minha cabeça em seu ombro. — É basicamente saudade e, você sabe... preocupação. Esqueceu nosso lema?

— Ninguém solta a mão de ninguém — Theo falou e revirou os olhos em resposta, me encarando. — Isso é muito 2018, Ana Alice. Preocupação com o quê?

— Você sumiu, amigo! A gente só te viu *uma vez* nos últimos meses desde que...

— A Beatriz? — ele completou.

— Isso. — Respirei fundo. — E a gente queria saber como você tá de verdade, porque as únicas vezes em que isso aconteceu foram durante alguma das suas crises depressivas. E como você nunca pede ajuda... Eu sei que é difícil, mas eu vou te ajudar. Eu tô aqui desde sempre, meu amor. E agora a Isa tá aqui também com a gente. E a gente precisava se certificar de que você estava bem — saí desabafando, com a voz embargada, deixando meus olhos encherem de lágrimas. Percebi que ele engoliu em seco, enquanto a Isabella olhava na nossa direção, esperando alguma resposta.

— A gente sabe o quanto essa situação foi difícil pra você, Theozinho — ela decidiu interceder. — Você se abriu pela primeira vez, ficou totalmente vulnerável, superou diversos desafios para conhecer a família dela e quando tudo já tinha dado certo, a filha da puta te magoou. A gente sabe o quanto isso dói, mas não fazemos ideia de como dói *pra você*. E estamos aqui para segurar essa barra contigo. No que depender da gente... Você não vai lutar sozinho.

Theo balançava a cabeça, assentindo, tentando criar coragem para falar alguma coisa. Enquanto isso, eu fazia carinho na costas dele, ainda meio abraçados.

Eu e Theo nos conhecemos desde a pré-escola, quando ainda éramos duas crianças que mal falavam direito. Ficamos inseparáveis desde o primeiro dia e demos as mãos em todos os melhores e piores momentos da vida. Theo me viu beijar a primeira garota e fui com ele comprar seu primeiro binder.

Ele estava do meu lado quando contei aos meus pais sobre minha sexualidade e eu estava ao lado dele, também de mãos dadas, quando revelou aos pais o desejo de dar início à transição.

Nós sempre fomos o porto seguro um do outro e, por isso mesmo, eu não conseguia lidar, sem me desesperar, com esses momentos em que ele se afastava de tudo. Nós estivemos juntos no fundo do poço. Eu sabia perfeitamente bem da intensidade desses sentimentos e pensamentos para ele.

— Eu realmente preciso, só não tive força para pedir ajuda. Amo vocês por estarem aqui e perceberem isso. Eu sei que não tô sozinho, pode deixar, me agarro a isso todo santo dia — Theo admitiu, olhando para nós duas. Depois, ele se virou na minha direção e segurou meu rosto, mantendo meu olhar. — Não é igual a das outras vezes, ok? Não vou fazer nada de ruim comigo, prometo. Tá tudo sob controle, eu tô me cuidando. Preciso que você respire e confie em mim, combinado?

Deixei as lágrimas rolarem e senti o aperto no meu peito afrouxando lentamente. Abracei meu amigo com força e dei um longo beijo na testa dele logo em seguida. Isa sorriu e balançou a cabeça, decidida a mudar o clima da conversa.

— Que tal jogar o astral lá nas alturas? Bora começar?! — exclamou, segurando com os braços esticados para cima três belíssimos shots de tequila, nos fazendo cair na gargalhada.

— Depois dessa... eu vou ter que ceder. — Theo desceu da bancada num pulo e pegou os três copinhos das mãos da Isa. Então, entregou o primeiro para mim, o segundo ele pousou na bancada e o terceiro, fazendo um gesto de reverência com o braço esquerdo, para a própria, soltou um "S'il vous plaît, Madame", que a fez abrir um sorriso de orelha a orelha.

— Tá, mas antes de tudo, preciso que você vá colocar uma sunguinha bem sexy. E isso não é um pedido, é uma ordem! — Ela mudou o tom, falando muito sério dessa vez.

— É pra já — disse e partiu para se trocar na mesma hora.

— Até deprimido tu é gostoso, como pode? — ela brincou, assim que ele voltou, fazendo um "fiu-fiu" em seguida. Theo nunca soube lidar com elogios do tipo, então sua resposta foi apenas corar e revirar os olhos.

Fizemos o clássico ritual sal-tequila-limão e careta, antes de decidir jogar todas as energias ruins para bem longe e pular na piscina de mãos dadas.

Passamos o dia alternando entre ficar na água até os dedos enrugarem e tomar sol até a pele tostar.

Com a bebida no sangue e o sol na cabeça, estávamos mais bêbados do que de costume, mas como a lista de histórias para contar e pessoas para falar mal era infinita...

Eu me sentia revigorada sempre que tínhamos momentos do tipo. E estava com os olhos brilhando de ver meu melhor amigo *melhor*.

— Que horas são? — perguntei da piscina para a Isa que tinha ido ao banheiro. — Vê ali no meu celular.

— Ana, chegou uma notificação aqui! — Isabella gritou, chamando minha atenção. Ela olhou para a tela do celular, arregalando os olhos e sua voz ganhou um tom de dúvida e desespero quando voltou a gritar. — Por que a Naomi tá te chamando de *amor*, Ana Alice Marinho?!?!

Capítulo 33

Pedimos comida japonesa pelo app. Um banquete, na verdade. Durante a comilança, precisei contar todos os últimos acontecimentos para eles, desde a primeira vez em que ficamos no trabalho até tudo o que vinha acontecendo desde então. Não escondi nenhum detalhe, das inseguranças até as certezas. E eles ficaram felizes. Um pouco chateados por eu ter guardado segredo, mas felizes. E me convenceram a chamar a Naomi para passar o final de tarde com a gente.

Amor, tá ocupada? Queria te ver, era a mensagem que ela havia me enviado.

Então vem :) mas traz biquíni, respondi, mandando a localização logo em seguida.

Em pouco tempo, Naomi me deu um toque no celular avisando que tinha chegado e o Theo, de longe, abriu o portão da garagem para ela estacionar. Eu não me contive e corri para abrir a porta do carro antes que ela mesma pudesse fazê-lo. A quantidade enorme de bebida pré-almoço ainda fazia efeito.

Eu carregava um riso frouxo e, ao gritar *"lindaaa!"* assim que ela saiu do carro, Naomi caiu na gargalhada. Esqueci que eu estava de biquíni e quando ela colocou as mãos nos meus quadris nus, com um olhar malicioso, veio aquele bom e velho arrepio. Espero que isso nunca pare de acontecer.

Estávamos afastadas da área da piscina, logo, longe dos olhares dos meus amigos. Então, Naomi me encostou contra o carro, com uma mão na minha nuca e a outra, que antes estava perigosamente descendo, foi em direção à minha coxa. Ela me deu um beijo demorado e chupou meu lábio inferior devagar, enquanto pressionava a perna entre as minhas e acariciava o lacinho da calcinha.

— Não vai nem me dar boa tarde antes? — brinquei.

— Boa noite, Alice. — Ela sorriu, olhando para o smartwatch que trazia no pulso, e depois me escaneando de cima a baixo, com aquele olhar devorador que só ela tinha. — Acabei me distraindo. É que você atrapalha meu *modus operandi*.

— Peço sinceras desculpas — sussurrei no ouvido dela.

— Jamais por isso — Naomi soltou, roçando a boca na minha. — Tava com uma saudade...

— As duas pombinhas vão ficar aí pra sempre?! — Isabella apareceu na garagem de supetão, a voz meio enrolada, fazendo a Naomi dar um pulo de susto e sair de perto de mim.

— Eles já sabem. — Ri, enquanto prendia o cabelo num coque. — Tá tudo bem.

— Que susto! — Ela soltou o ar, aliviada. — Como? — Naomi franziu a testa, olhando para nós duas.

— Depois te conto. Essa garota aí é fofoqueira demais — comentei, pegando ela pela mão para levá-la até a piscina, onde o Theo estava nos aguardando.

— Vocês é que não sabem esconder as coisas. — Isa nos acompanhava.

— Bom, se eu não me engano, a gente já tá escondendo há uns três meses, e tudo bem embaixo do seu nariz — Naomi implicou com ela, que pôs a língua pra fora em resposta.

— Essa doeu.

— Theo, quanto tempo! — Naomi correu na direção dele, que virou um grande amigo desde o meu aniversário, e o abraçou com força. — Não conta pra Isa, mas você é o meu preferido.

Nós quatro ficamos conversando por um tempão. Perdemos até a noção da hora. Quando a companhia é boa... Às vezes, eu me perdia nos assuntos, porque minha atenção estava totalmente voltada para o quanto a Naomi ficava linda sorrindo. Ou falando. Ou bebendo um simples copo d'água. E, às vezes, eu decidia não abrir a boca só para ficar ouvindo o que ela tinha para falar, enquanto sentia nossas peles coladas num abraço e seu perfume doce misturado com cloro de piscina e protetor solar.

Entre uma conversa e outra eu roubava alguns beijos e entregava alguns carinhos. E me sentia livre e *sortudérrima* por poder fazer isso.

Em algum momento, já pelas nove, nove e meia, minha atenção foi tirada da Naomi e colocada no Theo, que soltou uma notícia inesperada.

— Eu me inscrevi no Amezzo — revelou, tomando um longo gole de cerveja. Nós três seguimos em silêncio, esperando uma continuação. — A Beatriz estava por aí, toda feliz com o namoradinho dela, postando em todos os lugares possíveis. E, vamos lá, metade das minhas redes sociais e das pessoas que eu conheço estavam na mesma. Essa porra tá em todo lugar, eu vejo anúncio na internet, no streaming, no metrô, no ponto de ônibus... — Ele olhava para o fundo do belo copo de acrílico, agora vazio. — Acho que a experiência de vocês não foi suficiente para me convencer de não fazer isso — disse e suspirou.

— Continua, pelo amor de Deus. — Isabella esbarrou nele com o ombro, trazendo-o de volta.

— Eu recebi a carta, com data, hora e endereço. Mas não fui.

Eu olhava na direção dele, incrédula.

— Por quê? — tive que perguntar.

— Acho que fiquei com medo de ser rejeitado outra vez. Por mais que não seja o padrão dos encontros, aconteceu com vocês. E eu ainda estava muito machucado. Não sei. Acho que faltou coragem mesmo.

— E você não tá nem um pouco curioso, Theozinho? — Isa questionou.

— Na verdade, eu tô, muito até, mas acho que agora é tarde demais.

— É uma coisa isso, sabia? — Isa prendeu o cabelo com um elástico, antes de voltar a falar. — Era segredo, mas, foda-se, vou revelar: estou escrevendo uma matéria para a *Melk* sobre o Amezzo.

— Não sacaneia! Sério? Isa, por que você não me contou? — perguntei.

— Ordens superiores. — Assim que ela respondeu, me virei para Naomi com cara de espanto.

— Depois eu te explico. É só para janeiro e é confidencial. Agora deixa ela falar, amor.

— Obrigada, chefa — agradeceu e suspirou. — Então, eu fiz uma pesquisa e parece que uns vinte por cento das pessoas que fazem a inscrição no Amezzo não vão ao encontro e, considerando o crescimento bizarro das inscrições no site, é um número bem alto.

— E o que acontece com a outra pessoa? — Naomi perguntou, curiosa. — A que ficou esperando o Theo, por exemplo.

— Fica sem resposta. — Isa deu de ombros. — Mas eles não têm culpa nesses casos, né? Como não existe um substituto para alguém, ou seja, só existe um par possível... Prosseguindo, se uma pessoa não vai ao encontro, a outra, teoricamente, não encontra sua alma gêmea. — Com desdém, ela deu um último gole em seu copo já vazio, disfarçando o gole de vento e uma insatisfação que só eu conseguiria identificar. — Acho que tá furado — brincou. — Alguém mais quer cerveja? — Isa se levantou.

— Isabella — chamei, antes que ela desse as costas. Isa se virou na minha direção. — Não vai me dizer que você...

Ela fez que sim com a cabeça, respirou fundo e se manteve em silêncio por alguns segundos, olhando para o chão. Depois de um tempo, criou coragem e revelou:

— Eu fui uma das pessoas que ficou esperando.

Capítulo 34

Eu estava mais ansiosa para conhecer a família da Naomi do que fiquei no dia em que fui conhecê-la naquela espécie de encontro às cegas. Tão ansiosa que tive uma dor de barriga braba na véspera e não consegui pregar os olhos durante a noite. O que eu mais queria era que a família dela gostasse de mim, assim como a minha tinha se encantado por ela.

Precisava dessa aprovação para me sentir no direito de dar qualquer passo à frente.

E queria muito ajudar a fazer desse um aniversário especial. Naomi já havia conversado comigo sobre o quanto essa data a deixava triste, por ter perdido a mãe no dia do parto. Como do pai ela nunca falou, por respeito eu nada pergunto. Apesar disso, a família jamais deixou passar em branco e sempre acabavam convencendo-a da importância de celebrar a vida.

Era uma responsabilidade e tanto estar com eles e empenhar esforço suficiente para que essa fosse uma data especial, por isso, comprei presentes. Porque eu queria agradar e porque queria que ela entendesse o quão importante estava sendo para mim. Queria que ela entendesse, também, que eu a enxergo. E a entendo. E a adoro. No sentido mais puro do verbo adorar: como se ela fosse uma divindade e eu a venerasse.

Juntei todos os mínimos detalhes que conheço e aprecio em Naomi Mori para escolher um presente à altura, mas um não foi o suficiente, então decidi levar três para o jantar.

Naomi estava desde cedo insistindo para me buscar, porque queria sair um pouco de casa para respirar e deixar de ser o centro das atenções por alguns minutos. Precisei dar o meu melhor para recusar, já que não pretendia dar trabalho algum para ela no dia dela. Entretanto, Naomi podia ser muito persuasiva quando queria — e minha capacidade de não fazer o que ela pedia era nula.

Então, no final da tarde... Quando abri a porta e a avistei encostada no carro, absolutamente exuberante, com um vestido preto de cetim colado ao corpo que descia até o meio das canelas e uma fenda até a coxa, fiquei sem ar, como se eu estivesse no pico do Everest.

Eu tinha embrulhado os presentes separadamente e decidi que os entregaria em momentos distintos da noite, mas já estava morrendo de curiosidade para ver a reação com cada um deles.

A primeira coisa que fiz quando entrei no carro foi respirar fundo, dando início a um beijo longo e suave, com direito a sorrisos e selinhos no final. Sussurrei um "feliz aniversário" e mantive meus olhos nela, me certificando de que tudo estava bem. Naomi trazia um sorriso leve e um semblante tranquilo, então tomei a liberdade.

— Tenho um presente pra te dar — comentei, com nossos rostos ainda colados.

— Você é teimosa, viu?

— Eu vi. Você é que não viu nada.

Peguei na minha bolsa o primeiro presente da noite — um porta-retrato preto com uma foto em preto e branco que tirei dela sem que tivesse percebido. Estava gargalhando, na borda da piscina da casa do Theo, com os pés dentro d'água — e o entreguei.

— Não precisava, Alice. — Percebi sua timidez no ato de passar uma mecha de cabelo para trás da orelha, quase uma mania. — Mas, muito obrigada — disse e segurou meu rosto —, eu amei. Vou colocar na mesa do escritório.

— Como você tá, meu amor? Feliz? — decidi perguntar, na tentativa de entender melhor o que ela estava sentindo e saber como agir a partir disso.

— Bom. Vamos lá. — Naomi suspirou, procurando as palavras. — Acho que estou apreensiva, acima de tudo.

— Com que parte?

— Todas elas. — Ela encostou a cabeça no banco, olhando para o teto. — Quero *muuuito* que você goste da minha família e quero que eles gostem de você. Família é tudo pra mim. Mas hoje é um dia atípico... ninguém está cem por cento bem, mas todo mundo se esforça por minha causa, mesmo que sejam eles que insistam todo ano em comemorar. — Naomi suspirou. — Meu aniversário sempre vai lembrar a morte da minha mãe, é inevitável. Mas a minha família evita ao máximo esse assunto, o luto entre a gente é tratado de forma diferente. — Ela se ajeitou e girou a chave na ignição, como se dissesse *que tal mudarmos de assunto?* — Se você achar todo mundo *péssimo*, pode fingir que nada aconteceu?

Eu ainda não tinha me acostumado com o lado frágil da Naomi, sem toda aquela autoconfiança inabalável que ela demonstrava, então sempre me pegava desprevenida. Aquele era realmente um tópico sensível e eu precisava entregar o meu melhor para que ela se sentisse acolhida.

— Pelo amor de Deus, Naomi. Minha única preocupação aqui é causar a melhor impressão possível para a sua família. — Coloquei a mão na perna dela, para tentar deixá-la mais tranquila. — Não se preocupa, tá?

— Bom, então a primeira dica que posso te dar é não chamar, em hipótese alguma, minha *batchan* de "vó", em português, porque ela fica muito brava. E, confia em mim, você não quer ver aquela senhorinha de 82 anos brava.

— Chamo ela de dona Nara? — questionei.

— Piorou. — Naomi riu. — Ela só gosta que chamem de *batchan*, então você vai ter que criar esse hábito. Todas as minhas amigas chamam ela assim até hoje, e se chamam pelo nome ela passa o resto do dia resmungando. Meu *ditchan* falava que ser avó sempre foi o grande sonho dela, desde antes mesmo de ser mãe.

Naomi continuou me passando vários detalhes e contando algumas histórias. Durante o caminho inteiro fez questão de deixar claro inúmeras vezes o quanto nossas famílias eram diferentes. Ela me explicou, também, que essa era uma questão importante para ela porque sua ex, a tal da Letícia, não se dava muito bem com eles, o que era um problema.

— Eu amo sua família só de escutar você falando sobre eles, Naomi, não tem como dar errado.

— Espero que não mesmo, porque a gente acabou de chegar.

Capítulo 35

Entramos no apartamento. E que apartamento. Só a sala deveria ter uns oitenta metros quadrados. A decoração estava superbem-cuidada, a família em festa, com palmas e gritos assim que passamos pela porta. Rapidamente, fui recebida por sua irmã mais velha, Naoki, com um abraço caloroso, um chapéu de festa infantil, daqueles em forma de cone, e uma língua de sogra.

— Ordem das crianças, não tem escolha. — Ela ergueu os braços, se livrando da responsabilidade, e começamos a rir.

— Feliz aniversário, tia Naomi! — duas crianças da mesma idade, um menino e uma menina, vieram gritando, em uníssono, e começaram a saltitar.

Naomi se abaixou para ficar da altura deles e os abraçou, sendo derrubada de bunda no chão e caindo na risada.

Nesse momento, dona Nara veio na minha direção e, apesar de eu ter ficado apreensiva sobre como cumprimentá-la, fui recebida de braços abertos. Precisei me abaixar um pouco para abraçá-la, porque ela era bem miudinha.

— Muito prazer, eu sou a Ana Alice — me apresentei, com um sorriso, pronta para dar um beijo na testa dela.

— Sim, sim, Alice! Naomi me fala muito de você. Me chame de *batchan*, certo? — foi logo avisando. Ela tinha um sorriso lindo, característico de vó, extremamente amigável e afetuoso, e seu sotaque era bem presente também. A semelhança entre ela e Naomi era inegável.

— Fala bem ou fala mal? — perguntei, em tom de brincadeira.

— Agora é muito bom! — gargalhou, dando alguns tapinhas nas minhas costas.

— *Batchan!* — Naomi chamou sua atenção, ainda no chão com as crianças mexendo em seu cabelo. — Não me faz passar vergonha, por favor.

— Vem, Alice, vou te apresentar a casa, já que minha irmã é desnaturada demais para fazer isso — Naoki me chamou, me levando para conhecer o enorme apartamento. Começando pela cozinha, ela me mostrou todos os cômodos, e, quando chegamos na suíte da Naomi, soltou: — Naomi tá sendo muito difícil?

— Imagina! A Naomi? — Fiz uma careta irônica e dei um tapinha no ar, mas parei, porque aquele não era o momento adequado. — Tô brincando, agora tá tudo bem tranquilo. Acho que eu posso ser bem difícil também, então estamos empatadas.

— Ela não para de falar de você há meses. Fui lá na *Melk* outro dia só para ela me contar toda a história… Preciso admitir que você conseguiu deixá-la totalmente desestabilizada, nunca vi minha irmã desse jeito. — Ela me olhou, com um sorriso torto e um semblante preocupado. — Espero que vocês continuem fazendo bem uma para a outra… e por muito tempo.

— Te garanto que da minha parte esforço não vai faltar. — Tentei abrir um sorriso amigável que escondesse o nervosismo e fizesse minhas mãos pararem de suar.

Naoki sinalizou para que voltássemos à sala e, nessa hora, Naomi já estava de pé, conversando com a avó. Assim que percebeu nossa presença, veio quase correndo.

— Já está operando a pobrezinha, Naoki?! — Naomi segurou minha mão, me puxando para perto dela, e lançando um olhar ameaçador para a irmã, que apenas levantou as sobrancelhas, rindo.

— Calma, Naomi. Estou apenas conhecendo melhor minha cunhadinha. — Eu e Naomi engasgamos ao mesmo tempo ao ouvir o termo que ela usou, deixando as duas queimando de vergonha. — Falei demais? — Naoki então se retirou, rindo, e foi para a cozinha, nos deixando sozinhas com os gêmeos, que brincavam no chão, e dona Nara, que nos encarava com um sorriso simpático.

— Quando vão namorar? — Ela apontou para nós duas, mais especificamente para a mão de Naomi sobre a minha. Nos ajeitamos, mudando de posição, e ficando tão envergonhadas quanto antes, talvez até mais.

— A gente ainda não falou sobre isso, *batchan* — Naomi se prontificou, recebendo uma resposta da avó. — *Batchan,* o que eu disse sobre a gente não conversar em japonês hoje? Temos visita.

— Só porque é *tanjobi* — dona Nara deu de ombros —, tenho que fazer todas as vontades dela — disse, me encarando.

— Isso mesmo, tem que ser boazinha. — Naomi foi até ela e tascou-lhe um beijo estalado na testa. — Vou pegar alguma coisinha para beber, vocês querem?

Sinalizamos que sim e Naomi foi em direção à cozinha, junto com a irmã, deixando dona Nara e a mim sozinhas. Ficamos em silêncio no início, mas por pouco tempo.

— É igualzinha mãe — começou. — Naomi, igual. Um presente para eu e irmã… mas sente muita falta dela nesses dias. Não tiveram tempo, elas duas.

— Ela me contou, sente mesmo. — Assenti, esperando que ela continuasse.

— Sei, sei. — Ela assentiu também, pensando. — Naomi toda muito dura. Cabeça e coração também. Mas com o tempo, você pode ver, ela amolece. É só esperar. Uma menina muito doce, sabe? Tudo que eu tenho hoje são minhas duas.

Amor em 12 Meses sem Juros 163

— Ela admira demais a senhora, dona Nara.
— Nara, não — ralhou e franziu o cenho, me corrigindo —, *batchan*.
— Desculpa, *batchan*. Não vai se repetir!
— Ela só fala de Alice o tempo todo, a Naomi. — Dona Nara voltou a conversar, sem nem se importar com minhas desculpas, e eu achei esse detalhe um tanto quanto engraçado. — Alice cá, Alice lá. Acho que é apaixonada.

Quando ela disse isso, foi inevitável abrir um sorriso de orelha a orelha, mas nossa conversa não se aprofundou muito, porque logo dona Nara olhou para o corredor e gritou "Abelzinho!", e foi em direção ao gatinho preto que eu já havia visto tantas vezes por fotos. Ela o trouxe no colo para a sala e o colocou no sofá ao meu lado. Sentei-me e o gato foi logo se roçando em mim. Fiz um carinho rápido na cabeça dele, que deitou de lado e se aconchegou no sofá macio com a cabeça apoiada nas patinhas. Depois de uma breve explicação sobre a história da novela e o porquê do nome, dona Nara abriu um sorriso ao notar as netas voltando da cozinha com o jantar: estrogonofe de camarão, meu prato favorito e, também, o da Naomi.

Essa memória me fez voltar, imediatamente, ao dia em que nos conhecemos, e para todo aquele caos. Me fez lembrar de como a Naomi estava fechada e, naquele momento, parecia uma pessoa completamente diferente da que eu conheço hoje.

Sua *batchan* tinha razão, no fim das contas. Ela podia ser muito dura no início, mas, com paciência e perseverança, e por que não dizer, resiliência, começava a baixar a guarda e se abrir cada vez mais e no tempo certo. Deixando que bem aos poucos eu a conhecesse e me aproximasse. E eu aprendi, nesse tempo todo, que Naomi valia cada segundo de espera.

Prestei atenção no quanto ela se dedicava às crianças: ajudando a comer antes mesmo de se sentar à mesa conosco, dando ouvidos, carinhos, fazendo brincadeiras... Percebi também a forma que ela acariciava o Abel quando ele se sentou no colo dela. Observei o respeito com que ela tratava a avó e a irmã mais velha. Me agarrei à imagem de Naomi sendo ela mesma com as pessoas que ama. Tentei memorizar o jeito, o olhar e o sorriso que ela guarda para essas duas pessoas para, tomara, compartilhar quando eles forem também meus.

Estava ansiosa por esse momento, porque eu guardava para ela todas as coisas mais bonitas que poderia sentir. Eu posso até ser nova nesse assunto, mas tinha certeza de que, dentre esses sentimentos, existia o mais poderoso de todos: o amor. E eu sabia que o meu era inteiro dela.

Mais para o fim da noite, chegou a hora de entregar os presentes de aniversário. Foi quando encontrei a oportunidade de entregar o segundo presente.

A primeira a entregar foi a irmã: uma coleção de discos de vinil; aparentemente, uma paixão da Naomi. Ela ficou superempolgada e logo colocou um para tocar em sua vitrola, que ficava ali mesmo na sala de estar.

O segundo presente foi de sua *batchan*: um cachecol colorido e um suéter branco, ambos feitos a mão por ela. Tirei uma foto das duas se abraçando para enviar a Naomi mais tarde. Era uma foto que ela com certeza mandaria revelar e emoldurar num belo porta-retrato.

Depois disso, peguei meu segundo pacote na bolsa que havia levado, surpreendendo a aniversariante. Entreguei a ela, que estava perdida entre me agradecer e brigar comigo por estar lhe dando tantos presentes, mas ficou muito feliz quando abriu. No pacote estava *É assim que se perde a guerra do tempo*, um dos romances mais lindos que eu já li na vida — e sabia que, de tanto que falei dele, Naomi estava querendo já há algum tempo.

— Olha dentro — sinalizei para ela. Na primeira página, deixei um recado: "Nossa guerra do tempo não será perdida. O tempo, aqui, só nos fez ganhar." E Naomi sorriu ao ler aquilo. Ela se virou na minha direção e fez questão de apoiar a cabeça no meu ombro, repousando. Sua mão segurou a minha e ela respirou fundo.

— Amei, Alice. — Naomi fez carinho na minha mão, voltando o olhar para mim. — De verdade.

Naoki e dona Nara se entreolharam, decidindo sair de perto para que ficássemos mais à vontade.

— Você acha que elas gostaram de mim?

— Tenho certeza de que adoraram. — Naomi riu, fazendo um carinho de leve no meu rosto e me dando um selinho em seguida.

— Eu tenho um último presente pra você.

— Não tô acreditando nisso! — Naomi reclamou, revirando os olhos. Eu sabia que era puro charme e que, na verdade, ela estava gostando de ter essa atenção.

Então, entreguei uma caixinha pequena com uma pulseira prateada. Nela, dois pingentes pendurados: um sol e uma lua. Naomi abriu o presente e ficou encantada, me pedindo ajuda para colocar.

— O que significa? — ela me perguntou, curiosa.

— É pela sua mãe. O significado do nome dela...

— Natsuki — Naomi sibilou, olhando mais uma vez para os pingentes. Percebi seus olhos se encherem d'água e sua relutância em não se deixar emocionar. Ela inspirou e expirou algumas vezes, prendendo o choro, mas quando encostei em seu rosto e disse que estava tudo bem, Naomi deixou as lágrimas caírem. Ela me abraçou com força, sussurrando algo que eu não consegui captar, pois falou em japonês.

— O que você disse, meu amor? — indaguei.

— Nada, não. — Naomi saiu do abraço sorrindo, secou o rosto e segurou minha mão, mais uma vez e, olhos nos olhos, disse: — Obrigada... *de coração*, Alice. Você tirou das minhas costas um pouco do peso desse dia. Nunca vou esquecer disso. Nunca. Jamais!

— É o mínimo que eu poderia fazer.

Encostei nossos lábios e, de leve, a beijei, tentando registrar cada parte daquele dia na minha memória. Eu ainda tinha medo de tudo o que poderia acontecer entre a gente daqui para frente, mas Naomi tinha me dado toda a coragem do mundo para descobrir.

Capítulo 36

Fiquei um tempo observando o sono da Naomi. Ela havia insistido para que eu passasse a noite com ela e, por mais que eu não quisesse dar trabalho... Ela decidiu que me apresentaria um dorama japonês pelo qual era apaixonada e colocou na televisão do quarto. Eu já tinha ouvido falar muito bem da série, mas nunca havia criado coragem para começar.

Assistimos um episódio e meio, enquanto eu fazia carinho em seu cabelo extremamente macio e ela tentava resistir ao sono. Naomi me abraçava, com a cabeça pousada no meu ombro e a mão em volta da minha cintura, também acariciando, entre uma cochilada e outra, a pele embaixo da blusa larga que tinha me emprestado.

Depois que ela dormiu de vez, ainda passei um tempo acordada, sentindo seu cheiro adocicado misturado com shampoo de camomila. Inevitavelmente, não consegui conter em mim tudo o que estava sentindo e fiquei alternando entre carinhos e beijinhos em sua bochecha, testa e cabeça para demonstrar fisicamente todo aquele quentinho no peito — mesmo que ela não fosse saber disso ao acordar. Me peguei repassando alguns momentos daquela noite que definitivamente me fizeram ainda mais apaixonada por ela. Fiquei lembrando, também, de todos os outros momentos nossos que me conduziram até aqui.

E isso me trouxe paz. Até que o cansaço bateu e minha vez de fechar os olhos chegou.

— Bom dia, amor. — Naomi me acordou com um beijo na bochecha. Ela já parecia ter levantado há um bom tempo, pois estava com o rosto lavado, hálito de pasta de dente, roupa trocada e a feição ainda mais alegre do que o comum.

Eu, particularmente, já estava me acostumando com essa alegria toda — se acostumar com o que é bom é fácil demais, né, gente? Ela estava usando uma roupa casual: short jeans curto, blusa de alça colada e chinelo slide. Não era comum vê-la vestida assim. Sendo bem sincera, com essas roupas, ela ficava *até mais* atraente. — Preparei um café da manhã pra você e pensei em darmos um passeio. Tá liberada para passar o dia comigo?

— Se eu não tivesse, ia pedir um *habeas corpus* no Supremo agora! — Peguei ela pela cintura, focando o olhar em cada detalhe. — Você tá uma gostosa. — Naomi corou com o elogio, levantando da cama num pulo e dando uma risada.

— Não me deixa nervosa, Ana Alice — ela avisou.

— Se não o quê?! — Mordi o lábio inferior, sem tirar os olhos dela.

Naomi cruzou os braços, me fitando com um olhar cínico, então, balançou a cabeça para os lados, em tom de julgamento.

— Estarei te esperando na cozinha.

Levantei o mais rápido possível, para poder ir atrás logo, e me arrumei correndo. Tomamos café da manhã as três juntas, ou melhor, nós três e um serzinho preto, conversando sobre filmes e programas de tevê, e dona Nara me contou um pouco sobre suas novelas preferidas.

Depois do café, Naomi pegou o carro, dizendo que iria me levar a um dos seus lugares favoritos. Após dirigir por um tempo, paramos justamente no parque em que eu sempre costumava ir para tirar um tempo sozinha, respirar um ar puro e pensar na vida. Quantas coisas mais em comum a gente ainda vai descobrir?

Fiquei animada para termos uma tarde do tipo.

Saímos do carro e Naomi pegou uma ecobag no banco de trás, colocou seus lindos óculos de sol e estendeu a mão para mim. Então, caminhamos, de mãos dadas, como se fosse um ato rotineiro — e pedi silenciosamente aos céus para que se tornasse.

Ela escolheu um espaço praticamente vazio, de grama verdinha e árvores altas, e nos sentamos por lá numa canga colorida onde a bolsa estava apoiada.

— Seguinte — Naomi chamou minha atenção —, comecei a ler seu presente hoje de manhã, assim que acordei. — Levantei as sobrancelhas, animada, esperando que ela me desse um retorno. — Que texto mais lindo!

— Sabe quem também é linda?

— Quem?

— Minha mulher — mandei na lata, enchendo a boca para falar e vendo Naomi arquear as sobrancelhas com ironia.

— Sua o quê, Ana Alice?! — E o feitiço virou contra o feiticeiro, me deixando totalmente vermelha de vergonha. Tivemos uma crise de riso juntas, quase instantaneamente. — Enfim — Naomi tentou se recompor, e, aos poucos, conseguiu —, eu trouxe um livro pra você e nós vamos ler juntas, pode ser?

— Sim, senhora.

— Ó, toma. — Naomi tirou da bolsa um livro de capa verde-limão, ilustrada com o que parecia ser uma lata de sardinha contendo um casal dentro. Achei o design *beeem* interessante. — Eu li recentemente e creio que, por enquanto, é meu livro favorito do ano. Tem algumas frases sublinhadas, são as que eu mais gostei, as que me marcaram... — Assenti, demonstrando que entendi a importância daquela leitura.

— Começarei agora mesmo! — exclamei.

Deitei na canga, com a cabeça encostada na bolsa, e ela fez o mesmo, só que usando minhas coxas como travesseiro. Abrimos nossos livros e partimos para a leitura, fazendo comentários bobos em alguns momentos e compartilhando frases impactantes.

Entre uma conversa e outra, Naomi postou uma foto dos livros juntos com nossas mãos encostadas. Essa simples atitude fez meu coração acelerar, pois eu mal podia esperar a hora de gritar aos quatro ventos que Naomi Mori era só minha. E que eu era toda e completamente dela. Na verdade, eu mal podia esperar a hora em que *ela* tivesse certeza disso com todas as palavras possíveis.

— Naomi — chamei. Ela estava imersa na leitura, sorrindo, mas trouxe seu olhar na minha direção. Tentei ser o mais direta possível, para não perder a coragem. — Eu tô apaixonada por você.

Naomi largou o livro de lado, devagar, agora com um sorriso ainda maior. Ela piscou e respirou fundo, depois olhou para o alto, encarando o céu, até que virou o rosto para mim. Meu coração quase abriu um buraco no meu peito de tão forte e acelerado que estava batendo. Naomi levantou o dorso, devagar, e sentou no meu colo, enroscando as pernas ao meu redor. Segurou meu rosto com as mãos e, com a proximidade perfeita entre nós, ela disse a melhor coisa que eu poderia escutar.

— Eu não estou simplesmente apaixonada por você, Ana Alice. — Naomi fechou os olhos, esfregando o nariz no meu. — Eu tô completamente, estupidamente e absurdamente me tornando mais e mais apaixonada a cada dia que eu passo ao seu lado. E, sinceramente, acho que a gente não teria outra saída. Eu me apaixonaria por você em todos os cenários possíveis.

Capítulo 37

Eu me sentia melhor do que nunca. Como se tivesse conseguido, com um esforço hercúleo, me livrar de todas as amarras que me prendiam e que me faziam evitar, a qualquer custo, a vulnerabilidade. Se tem uma coisa que eu estava vivendo com toda força, de corpo e alma, era esse sentimento que antes parecia proibido para mim. E agora eu conseguia deixar o medo de lado. Conseguia guardá-lo num lugar seguro, mas incapaz de *me segurar*. Eu o mantinha comigo, porque, às vezes, é necessário algo que segure nossos pés no chão. Mas eu sabia que, por agora, poderia me deixar flutuar e planar um pouco.

E era sobre isso que eu estava falando com a minha psicóloga.

— De que forma você sente essa mudança, Ana? — Mariane me perguntou, com seu bloco de anotações em mãos, revisitando alguma página anterior.

— Hum, boa pergunta. — Joguei minha cabeça para trás e encarei o ventilador de teto que girava, como sempre, bem lentamente, tentando pensar na melhor forma de definir o que eu sentia. — Acho que... livre? — Fechei um olho só, esperando a aprovação. Mariane apenas sorriu fraco e anotou. Às vezes eu queria saber o que ela tanto escrevia.

— A gente tem falado muito sobre os passos que você vem dando quanto aos seus sentimentos, correto? Um de cada vez, devagar. Onde você acha que está agora?

— Hoje você tá que tá, hein — brinquei, falhando gloriosamente em fazê-la rir. Mariane apenas arqueou as sobrancelhas e seguiu esperando uma resposta. — Bom, eu tô bem certa das coisas. Acho que esse é o momento que eu sempre esperei. Não tenho dúvidas. De nada. Sei tudo o que eu sinto por ela e, talvez, a parte mais difícil seja colocar isso em prática, mas na minha cabeça, pelo menos, está tudo organizado. E eu acredito muito que as coisas só vão andar pra frente a partir de agora.

— Você está se sentindo segura, então?

— Isso — assenti. — Naomi me traz essa segurança. Cem por cento.

— E você? — Mariane olhou nos meus olhos.

— Eu o quê?

— *Você* passa essa segurança para si mesma?

Respirei fundo, refletindo sobre aquele questionamento. Acho que esse era um ponto em que eu nunca tinha parado para pensar. Sempre coloquei muito a responsabilidade dos meus sentimentos no *outro*. Entendia que faltava muito em mim para que eu conseguisse me apaixonar, mas sempre senti que essa segurança deveria ser passada pela outra pessoa. Nunca entendi que, talvez, devesse vir primeiro de mim. Porém, agora, eu sentia isso.

— Pela primeira vez na vida, sim.

Saí daquela sessão de terapia decidida a dar o próximo passo: eu iria pedi-la em namoro. Era um compromisso para o qual eu me sentia preparada. E esse era um sentimento completamente novo. E eu *sabia* que a Naomi era a pessoa certa. Mais que sabia, eu tinha certeza. Foi para ela que eu guardei todos esses sentimentos e todas essas primeiras experiências, foi para ela o primeiro sorriso verdadeiramente apaixonado e para quem eu consegui colocar o sentimento peito afora, foi por ela que eu enfrentei meus medos e decidi ultrapassar minhas limitações. E tudo valeu a pena, porque eu não poderia estar mais feliz. Ela me fazia sentir assim. E eu, pela primeira vez na vida, me permitia sentir plenamente isso.

— Isabella, preciso da sua ajuda — pedi, assim que minha melhor amiga atendeu o telefone.

— Fala comigo.

— Vou pedir a Naomi em namoro. — Silêncio. — Isabella?

— Calma, eu tô processando a informação. — Ela gargalhou do outro lado da linha. — Eu achava que *nunca* ia ouvir isso de você. Precisa que eu te leve no hospital ou alguma coisa assim?

— Eu te mataria agora mesmo se não estivesse explodindo de felicidade e me sentindo a pessoa mais grata do universo.

— Eca! — Isa brincou. — Cara... até *você* teve jeito com o Amezzo, por que será que *eu* não consegui?

— Ok, me ofendi um pouco — apontei. — Tenho certeza de que as coisas vão se encaixar pra você também. Só mais um pouco de paciência.

— Que os deuses te ouçam, gata.

— Posso ir praí?

— Já era para, no mínimo, estar a caminho.

Cheguei na casa da Isabella pouco antes das oito da noite e passamos umas três horas fazendo pesquisas e mais pesquisas, tentando juntar ideias e montar o pedido de namoro perfeito. Eu precisava admitir que me sentia uma adolescente fazendo tudo isso pela primeira vez, principalmente para uma mulher que já esteve *noiva*. Mas sabia, também, que ela esperava por essa atitude e que compreendia a importância desse passo; pequeno para ela, mas enorme para mim.

No fim de tudo, reservei uma mesa no restaurante localizado bem em frente ao ponto específico daquele parque em que nos declaramos uma para a outra. Consegui convencê-los — e precisei pagar a mais por isso, claro — a colocar apenas a nossa mesa na varanda com vista para o parque, com iluminação reduzida e velas, para deixar o ambiente o mais romântico possível.

No grande dia, eu a levaria sem que ela soubesse sobre o destino e a surpreenderia com o jantar. Talvez, pensei, só esse gesto já faça com que ela suspeite do pedido, mas tudo bem, a graça seria justamente essa expectativa toda. Terminaríamos o jantar e sairíamos do restaurante, fazendo a expectativa dela dar uma murchada. Depois disso, sentaríamos um pouco em um dos bancos do parque para conversar. Ainda sem pedido. Mais tarde, quando entrássemos no carro, eu colocaria "The Wedding Song", a música que dançamos na chuva.

E aí, sim, pediria Naomi Mori em namoro.

Capítulo 38

Naomi se encontrava há aproximadamente quinze minutos da minha casa e eu já estava suando frio. Tremendo dos pés à cabeça. Já tinha conferido minha bolsa trezentas vezes para me certificar de que a aliança estava no lugar certo, mas, ainda assim, eu sentia um medo *absurdo* de esquecer, perder, sei lá! "Se acalma, fique calma, acalme-se...", de um lado, meu pai, do outro, o Pedro Antônio.

— Filha, não tem chance alguma da Naomi não aceitar — papai insistia, com um olhar de comiseração, enquanto eu andava sem parar pela sala feito barata tonta.

— E se tiver?! — Parei, olhando para ele, apavorada. — Quer dizer, isso nem tinha passado pela minha cabeça ainda, mas agora que você cogitou...

Rogério respirou fundo, com os olhos arregalados, e virou o copo d'água que estava segurando. Depois, olhou para o caçula e levantou as mãos em redenção.

— A bola agora tá contigo, meu craque — ele disse.

— Ana, olha bem pra mim — Pedro Antônio chamou minha atenção, e eu o obedeci. — Você vai fazer tudo certinho. Sério. Se *eu* consegui pedir a Elisa em namoro, você tira essa de letra. — Assenti com convicção diante daquele incentivo, tentando confiar no que ele estava dizendo. — Tá, eu esperava que você concordasse um pouco menos. Tô meio ofendido. Mas beleza.

— Você tem 15 anos! — exclamei, tentando justificar minha reação. Segundos depois, pulei de susto ao ouvir a campainha de casa tocar.

— Sua namorada chegou — observaram meu irmão e meu pai simultaneamente.

— Jura?! — gritei para eles, em ironia. — Pensei que era a vovó. Que Deus a tenha.

— Boa sorte, minha filha. — Papai veio na minha direção, deixando um beijo bem no topo da minha cabeça. — Já deu tudo certo.

Fui em direção à porta e parei, com a mão na maçaneta, por alguns segundos. Respirei fundo e contei até dez, me preparando para minha melhor atuação. Eu precisava disfarçar o nervosismo ou iria estragar todos os planos.

— Boa noite, amor. — Naomi estava radiante, trajando um vestido vermelho, colado ao corpo, abaixo do joelho. Era elegante e refinado, combinando com a postura altiva da minha futura namorada. Usava um batom no mesmo tom do vestido, e o cabelo estava quase natural, levemente ondulado até um pouco abaixo do ombro, certamente devido a um modelador de cachos. Naomi não era de usar muita maquiagem, imagino que para ressaltar bem os olhos e deixar as sardas aparentes. Um dos meus detalhes favoritos sobre ela junto com a covinha.

— Uau!!! — foi o que eu consegui responder.

— Não foi a senhorita que disse que era para eu ficar chique? — Ela colocou a mão na cintura e balançou um pouco os cabelos. — Então eu caprichei. Pra você — sussurrou essa última frase.

Diante do meu silêncio, que nada mais era que pura e genuína estupefação, ela disparou:

— Exagerei? Errei?

— Acho que você não conseguiria errar nem se tentasse com força.

— É... Tem razão — convencida, Naomi brincou. Percebendo que eu ainda estava parada com a porta fechada atrás de mim e cara de embasbacada, Naomi franziu a testa, rindo. Então, ergueu o braço de forma clássica, em sinal de que iria me conduzir até sua *carruagem*. — Vamos?

— Vamos! — exclamei. — Desculpa. Eu tô um pouco *sei lá o quê* hoje.

— Nem esquenta, hoje eu acordei um pouco esquisita também.

Apesar de ser a Naomi a me conduzir, tomei a frente e abri a porta do motorista para ela, de forma nada tradicional, visto que ela quem iria dirigir e nos levar até a surpresa que eu havia preparado.

— Bom, hoje eu é que irei guiar a *senhorita* — falei, frisando o modo de tratamento que ela havia usado para se referir a mim, pedindo licença e pegando o celular dela, que já estava posicionado no painel para a visualização do mapa. Digitei o endereço do restaurante e fiquei de olho para poder instruí-la sobre o caminho.

Deixamos nossa playlist de sempre tocando — a que foi construída com basicamente todas as minhas músicas favoritas da Reneé e todas as que a Naomi fingia não gostar — e ficamos conversando sobre coisas pontuais enquanto eu ia dizendo o caminho.

— Não gostei muito que essa semana você decidiu não aceitar minhas caronas. — Naomi se virou para mim com os olhos semicerrados e depois voltou a atenção para a rua.

— Precisei ajudar meu pai em algumas coisas de trabalho — menti.

— Bom, então terei que fazer uma reclamação formal com seu Rogério.

— Pode fazer, ele te ama.

Trocamos olhares, fazendo com que eu deixasse um sorriso escapar.

— Ele me ama, é? — Eu já sei reconhecer os sorrisos maliciosos dela, então sabia o que viria pela frente. — Só ele na família Marinho?

— Me mira, mas me erra, Naomi. — Revirei os olhos, rindo. — Se você ficar me distraindo vamos acabar parando em outra cidade!

— E eu não vou nem perceber. Por que você não me fala logo pra onde a gente vai? — ela continuou resmungando, como não parava de fazer.

— Desiste. Você já tá tentando saber há uma semana.

— Pois é! — Naomi suspirou. — Não sei onde foi que você aprendeu a me desobedecer assim.

— Ridícula — retruquei, ainda rindo.

— Posso seguir direto nessa avenida ou preciso virar em algum lugar por aqui, amor? — Naomi perguntou, focando novamente no trajeto.

Voltei minha atenção para a tela do celular para saber a rua certa onde virar, mas, no momento exato, eu vi uma notificação de e-mail chegar: "Contrato de Locação Amsterdã Novembro". Não sou o tipo de pessoa que toma atitudes invasivas, mas a primeira coisa que fiz foi clicar na notificação e abrir o e-mail.

Em questão de segundos todas aquelas informações entraram na minha cabeça como se fossem uma rajada de metralhadora. *Aluguel de apartamento. Jordaan, Amsterdã. Inquilina: Naomi Mori Paes. Entrada a partir de 10 de novembro. Vigência do contrato: 24 meses.* Todas aquelas palavras-chave nas quais me agarrei fizeram minha boca secar e meu estômago revirar.

Eu precisava de verdade que aquilo fosse um mal-entendido.

— Amor? Sigo direto? — Naomi virou o rosto para mim e seus olhos foram direto para a tela do celular. Ela engoliu em seco e me fitou, notando meus olhos cheios d'água e minha mão tremendo. Então desacelerou até subir na calçada em frente a um condomínio, desligou o carro e encostou a cabeça no apoio do banco. — Alice, eu juro que posso explicar.

Capítulo 39

Silêncio. Eu olhava para ela, esperando a explicação, com lágrimas já rolando. Na minha garganta, um nó áspero e permanente, com um milhão de conclusões sem uma palavra dita sequer. Meu olhar fixo em Naomi, e a confusão se transformando em raiva. Eu precisava de uma justificativa plausível.

— Então explica, Naomi! — gritei, quase implorando para que ela me dissesse que o que passava pela minha cabeça era loucura. — É tudo o que eu te peço.

Naomi passou a mão na testa sem delicadeza alguma, como se estivesse com raiva de si mesma. Respirou fundo mais uma vez, sem coragem de me encarar.

— Eu recebi outra proposta de emprego — admitiu.
— Como assim ou...?
— E aceitei.
— Porra, será que você pode me dar mais algum detalhe? — Eu já tinha virado meu corpo totalmente para ela, mexida com a visão dos carros passando em alta velocidade, enquanto, para mim, tudo parecia estar parado.
— É em Amsterdã e eu vou embora em duas semanas. — Ela engoliu com dificuldade, secando as lágrimas do rosto. O olhar estava fixo no assoalho, onde ela mexia os pés numa tentativa tosca de distração.
— E por que, Naomi — respirei fundo, mexendo a cabeça em negação, tentando me colocar minimamente no lugar dela para entender a injustiça que estava sendo feita comigo —, você decidiu não me contar?
— Eu não consegui, tá? — Agora com o olhar na minha direção, se permitindo chorar de verdade, mas não aguentou me encarar por muito tempo. — Eu não queria estragar as coisas, tava tudo indo tão bem... Eu prometi não te machucar e agora tinha essa coisa enorme acontecendo sem nenhuma outra alternativa que não fosse *justamente* o que eu prometi não fazer.
— Você realmente achou que escondendo isso de mim fosse machucar menos, Naomi? — Minha voz era firme e as lágrimas escorriam devagar agora, porque tudo o que eu conseguia sentir era raiva. Meu maxilar estava trincado e eu insistia em tentar me conter, sem êxito algum. Minha vontade, naquele momento, era de arrancar minha pele para que aquela queimação sem fim cessasse. Mas o que eu conseguia de fato fazer era pressionar de leve as unhas na mão para tentar me manter na realidade. Para que uma dor se transformasse em outra. Para que toda aquela agonia se transformasse em algo que não o que estava posto. — Desde quando você sabe disso?
— Desde a reunião, aquela que eu te contei, que eu tive cedo, no dia seguinte ao que não pude dormir com você. — Ela coçava os olhos, com raiva, tentando parar o choro. — O dia da chuva, lembra?

Respirei fundo, pensando em tudo o que aconteceu depois disso. Tudo o que a gente se permitiu viver e confessar uma para a outra. Os momentos que a gente dividiu e o quanto ela não deu absolutamente *nenhum* indício de que se afastaria de mim.

— Isso é egoísta pra caralho, você sabia?

Naomi balançou a cabeça para cima e para baixo.

— E você acha o quê, que eu não sei? — ela perguntou, com o tom de voz crescendo a cada palavra. — Você acha que eu não passei o último mês me torturando? Tomada por tudo o que eu tô sentindo por você e sabendo que isso tudo teria prazo de validade? Eu não queria que você sentisse essa sensação de impotência que eu tô sentindo, Ana Alice! Só queria que você vivesse todos esses momentos maravilhosos sem precisar se preocupar com o que vai acontecer. Porque minha vida é um inferno!

— Ah, muito obrigada, então! — respondi em ironia, batendo palmas lentamente. — Tem razão, você me salvou, Naomi. Sério, eu não poderia estar mais feliz. Você realmente me poupou de um sofrimento infernal, afinal agora eu tô... *superbem*!

— Não faz isso... — ela soltou, baixinho, com o olhar voltado para os pés. Eu podia perceber suas mãos apertando o vestido, em agonia.

— Não faz isso *você*, porra! — gritei. — Você pretendia me contar quando? Ou simplesmente ia desaparecer do dia pra noite? Ia me largar aqui sozinha sem entender que merda tinha acontecido?

— Eu tinha esperanças de que a gente pudesse se entender, tentar algo a distância ou sei lá. Eu não queria te perder, Ana Alice. Eu não quero...

— E quando *exatamente* você planejava abrir o jogo? Quando já estivesse na porra do avião?! — Passei as mãos no cabelo, tentando me recompor. — Você *acabou* de me perder, Naomi. Não tinha uma forma pior pra fazer isso. Parabéns!

— Eu não queria que você sofresse.

Ela continuava repetindo, falando mais para si mesma do que para mim.

— Espero que saiba, ou melhor, que sua ficha caia antes de embarcar e você entenda o tamanho da cagada que tá fazendo. Quanta irresponsabilidade, meu Deus!

Nós duas chorávamos de forma quase compulsiva, por motivos semelhantes, mas, ao mesmo tempo, totalmente opostos. Eu por ela ter escondido de mim, e ela por eu ter descoberto.

Meus olhos se voltaram para a janela. Para o trânsito ainda intenso, para as luzes da cidade, para o barulho lá de fora, tentando conter um pouco o estrondo que reverberava dentro da minha própria cabeça.

Naomi não falou mais nada, não tentou se justificar, não tentou reverter a situação... Ela apenas mantinha os olhos em direção aos pés, os ombros caídos, tentando ao máximo conter o choro, mas falhando completamente. A sensação que o momento transmitia era de que ela sentia culpa. Eu tinha certeza de que ela se sentia muito mal com tudo isso. Mas eu não podia sentir essa dor por ela, pois o que eu sentia era dilacerante. Doía demais.

— Eu quero ir pra casa — avisei, mais séria do que nunca.

Ela imediatamente ligou o carro e começou a dirigir. Se fosse um blefe, eu teria quebrado a cara. Seguimos a viagem inteira em silêncio até chegar no destino e, quando Naomi ameaçou falar algo, eu abri a porta do carro, joguei a caixa da aliança que estava na minha bolsa no banco e saí em disparada. A primeira pessoa com quem me deparei quando entrei em casa foi meu pai, sentado no sofá.

— Chegou cedo, minha... — ele sequer conseguiu terminar de falar, pois, aos prantos, me joguei no colo dele e me encolhi em posição fetal.

A única coisa que ele fez, nesse momento, foi me abraçar forte.

E repetir, sem parar, que tudo ficaria bem.

Capítulo 40

Acho que nunca me senti tão impotente na vida. Afinal, agora, eu não tinha como controlar meus impulsos, minhas vontades, meus pensamentos. Tudo estava confuso. Uma carga enorme pairava sobre o meu ser, porque eu não conseguia parar de pensar. Eu não conseguia parar de remoer. Eu não conseguia parar de recordar cada momento e cada palavra. Eu não conseguia parar de sentir aquele vazio enorme e aquela dor avassaladora. Tudo era muito angustiante. O tempo todo.

E o pior é que eu sabia, desde o início, que não daria certo. Por isso relutei tanto, por isso senti tanto medo, por isso demorei a confiar. Por isso eu mantive meus pés enterrados no chão por tanto tempo. Mas a mensagem que foi passada para mim não era de segurança, de racionalidade, de certeza? E a burra aqui acreditou.

Mas... *peraí*. Eu não posso, ou melhor, eu não vou deixar que essa culpa recaia sobre mim, mesmo que seja eu quem o tenta fazer. Pode parar, dona Ana Alice. O erro desse *fim* está muito longe de ser seu.

Ok, muitos outros erros foram meus e muitos outros *fins* estão na minha conta. Mas esse, não. E eu sabia disso. Sabia que o medo enorme que eu sentia no início, aquele estranho receio de confiar, para além de um sentimento do que poderia vir a acontecer, nada mais era do que uma noção palpável de todos os erros que *eu* já tinha cometido antes. E a falta de segurança era, na verdade, porque eu não podia confiar em mim mesma. Mas não dessa vez. Burra, sim. Culpada, jamais.

Afinal, qualquer pessoa poderia agir da forma que eu costumava agir. E fazer o que eu costumava fazer. Naomi poderia fazer isso. E fez. E doeu. Por isso, agora, eu entendo tudo o que causei em pessoas das quais eu gostava e que, de uma forma ou de outra, depositaram esperança num relacionamento que jamais iria em frente. Porque *eu* não deixaria ir.

E por isso, sim, eu me culpo.

Eu podia encontrar todos os sentimentos do mundo e engoli-los um a um, me tornando um enorme e mórbido amontoado de arrependimento e angústia. De culpa e rancor. De confusão (muita) e incerteza (mais ainda). Porque eu estava — ou será que sempre fui? — a mais completa bagunça.

E tudo isso parecia bem mais trágico do que realmente era, mas acredito que a ansiedade tenha me engolido também. Sei lá. E tudo começou a crescer um pouco todos os dias por conta dela. E eu só fui piorando. E piorando...

Minha psicóloga tinha um trabalhão a fazer. Precisamos, e precisaríamos, explorar, juntas, como eu estava me sentindo. E era/seria/estava sendo horrível explorar isso. Na verdade, sempre foi e, ao que parece, sempre será.

— Ao descobrir sobre Amsterdã, qual foi o sentimento que mais se manifestou em você, Ana Alice? — Mariane perguntou, ajeitando os óculos e pendendo a cabeça para o lado. O olhar vidrado em mim. Acho que estando *verdadeiramente* mal, eu me sentia um pouco ofendida por estar sendo analisada. O que não faz o menor sentido.

— Raiva? — respondi, mais perguntando do que afirmando.

— Entendi. — Ela assentiu, anotando em seu caderno. — E qual foi o motivo principal para isso?

— Acho que eu me senti traída, de alguma forma. — Suspirei, encostando a cabeça no sofá e encarando o ventilador de teto. — Não traída no conceito de tomar chifre, óbvio, mas pela mentira.

— Você acha que ela mentiu para você, então?

— Não é questão de achar, Mari. É fato! Ela mentiu pra mim — afirmei, balançando a cabeça. — Não acredito nessa coisa de que mentir e omitir são coisas bem diferentes. Quer dizer, ao menos nessa situação. A gente viveu muitas coisas, sabe? E ela deixou eu me entregar sabendo que ia embora? Isso é injusto. É injusto demais comigo. Você não acha que é injusto? — Eu a encarei, de coração aberto, e senti algumas lágrimas caindo. Mariane me olhava, com o cenho franzido, sem dizer uma palavra. E eu sabia que ela estava esperando que eu falasse mais. Então falei.

— Mas sabe o que é pior? Eu tenho a sensação de que não conseguiria perdoar ela. Eu tenho a sensação de que eu não seria capaz de voltar atrás, de tentar falar com ela, buscar explicação. E isso me dói. Porque o que eu estava sentindo era tão, mas tão bonito... Eu só não queria que acabasse. — Sequei meus olhos, voltando a encarar o ventilador.

— E o que você estava sentindo? — Foi a única coisa que Mariane perguntou. E aí... eu desabei.

Comecei a chorar copiosamente. Com o ar faltando e o corpo implorando para que aquilo acabasse. Sem conseguir falar, sem conseguir parar, sem conseguir controlar. Me faltava fôlego e sobrava desespero. Porque foi a primeira vez que eu tentei colocar em palavras o que sentia pela Naomi.

Era amor. E era desesperador saber que aquilo tinha sido tirado de mim.

A primeira coisa que eu fiz ao sair da terapia, agora um pouco mais calma, foi ir para a casa do Theo. A Isa não podia nos encontrar porque estava no escritório naquele momento, e eu tinha conseguido com amigo um atestado por tempo suficiente para não precisar pisar na *Melk* enquanto a Naomi ainda estivesse por lá.

Quando cheguei na casa do Theo, fomos direto para a área da piscina e sentamos na borda com as calças enroladas e os pés na água. Eu estava claramente cabisbaixa, com a cabeça encostada no ombro dele, enquanto ele me fazia um cafuné, passeando os dedos pelos meus cachos. Theo estava um pouco melhor, se recuperando bem da última crise, se sentindo mais disposto, fazendo acompanhamento e tomando seus remédios devidamente.

— O que pode fazer você se sentir um pouco melhor, amiga? — ele perguntou, depois de um longo período em silêncio. Nós dois apenas observando a água da piscina balançar com o vento, que estava forte.

— Quem sabe uma lobotomia?

— Ana, eu tô falando *de verdade*. — Theo riu.

— A Naomi me pedir desculpas de joelhos e dizer que me ama e que não vai mais embora? — sugeri, fechando os olhos com força, esperando o sermão que iria ouvir.

— Vou reformular minha pergunta. — Theo segurou meu rosto, olhando nos meus olhos. — O que *eu* posso fazer pra você se sentir um pouco melhor?

— *Fazer* a Naomi me pedir desculpas de joelhos e dizer que me ama e que não vai mais embora — afirmei, agora olhando para ele e prendendo o riso.

— Juro, eu desisto. — Theo começou a rir comigo. — Se você quer se humilhar, é contigo mesmo.

— Tô brincando, garoto, relaxa. — Bati de leve com meu ombro no dele. — Até porque eu acho que nem assim conseguiria perdoar.

— Eu discordo. Te conheço há pouco mais de vinte anos e digo que você perdoaria por menos. Bem menos. E, sinceramente, não te julgo.

— Bom, enfim... — Dei de ombros. — Só o tempo pode dizer.

— Você ama demais ela, né? — Theo perguntou.

— Demais é pouco, Theo. E, neste exato momento, muito mais do que eu deveria.

Coloquei minha mão na piscina e comecei a brincar com a água, tentando jogar gotas cada vez mais longe.

— Ao que parece, ela te ama demais também — disse ele, com um certo tom de compaixão no olhar. — Só acho que ela tá perdida numa encruzilhada.

Ri fraco com o nariz, balançando a cabeça.

— Não me dá esperança, não, Theo. Preciso que você seja um pouco mais malvado sobre isso — pedi. — Cruel até.

— *Xácomigo* — ele mandou e respirou fundo. — Quer se embriagar hoje à noite, sair pra noitada, beijar *muuuito* na boca, mandar mensagem xingando a Naomi e colocar a culpa na bebida?

— Desde que seja nessa ordem... Por favor!

Capítulo 41

Eu e Theo nos arrumamos por lá mesmo. Acabei ficando superbonita com as roupas que ele me emprestou e, bem, não preciso falar do Theo, que sempre está lindo, não importa com que roupa esteja. Quando ele já estava chamando o carro, me surgiu a dúvida:

— Theo, aonde mesmo você tá me levando? — perguntei, me dando conta de que isso nunca tinha sido informado.

— Hoje é a inauguração de uma balada LGBT de um amigão meu, lá no Centro. Tô com três cortesias VIP e vai ser open bar a noite toda pra gente

— ele anunciou, dando um beijo no ombro para me fazer rir. — Quem tem contato tem tudo nessa vida, amor.

— *Poderosooo!* — exclamei.

— A Isa vai encontrar a gente lá, tá? Já falei com ela. Nove e meia na porta, tem que chegar cedo.

— Fechadíssimo — assenti. — Tô com uma saudade dela...

— A gente se viu essa semana, então eu não tô — Theo brincou, dando de ombros.

— Sem mim?

— Ué — ele me olhou de cima a baixo, com deboche —, não pode mais? Você tem monopólio agora? — Preferi não responder, apenas olhei para ele com tédio, esperando uma resposta. Theo sabia bem do que eu estava falando. — Não foi nada demais. Você tava muito deprimida, a gente decidiu respeitar seu espaço, você precisava, né? Aí chamei ela pra vir aqui em casa e bebemos uma cervejinha de leve. Só isso.

— E se divertiram?

— Sim. — Theo me encarou, agora fazendo ele mesmo a expressão de tédio, pois sabia o que eu estava tentando insinuar. — Vamos logo, Ana Alice, pelo amor de Deus! O carro chega em um minuto. — Theo mudou de assunto, rindo, e me puxou.

Chegamos lá por volta das dez e conseguimos entrar direto, sem ter que enfrentar a enorme fila. Um belo sobrado totalmente renovado, fachada reformada, iluminação top, a casa estava de fato linda. A pista ainda estava vazia, com luzes coloridas piscando por todos os lados, fumaça e a decoração com foco na temática LGBTQIAPN+. O pé-direito da construção era bem alto e, no teto, um arco-íris gigante, todo em purpurina, deixando tudo ainda mais característico e hipnotizante. As comidas do cardápio foram batizadas com referências a diversas figuras importantes na história da luta pelos direitos da comunidade, como Virginia Woolf, Marsha P. Johnson, Frida Kahlo, Simon Nkoli entre outros nomes muito conhecidos, enquanto os drinques recebiam nomes de figuras mais atuais, em grande parte referências do pop. Junto desses nomes, uma breve explicação de quem foram essas pessoas e o que elas fizeram para merecer a homenagem. Na decoração também era possível contemplar cartazes informativos sobre os direitos, as lutas, as conquistas e o legado.

Fizemos um tour pela casa, necessário. Eu e Theo estávamos encantados com a qualidade do trabalho que tinha sido feito, trazendo, para além do entretenimento e da cultura, um lugar seguro para que pudéssemos existir e nos expressar sem medo. Algo diferente de tudo o que eu já tinha visto. E isso me deixou genuinamente feliz.

No bar dos fundos, começamos virando um shot de tequila com licor de morango, a borda toda de glitter comestível colorido, carinhosamente batizado Pabllo Vittar. Theo me convenceu de que seria o ideal para dar início à noite. Depois, pedimos os drinques, que demoravam um pouco mais para ficar prontos: um Liniker e um Hayley Kiyoko. Ao fundo, diversos remixes de grandes sucessos da década de 2000, músicas que eu e Theo crescemos ouvindo e venerando.

Assim que nossos drinques chegaram, ufa!, Theo me puxou para a pista de dança, que já estava ocupada por algumas pessoas que se moviam ao ritmo da música e, hora ou outra, dependendo do que estava tocando, cantavam alto e teatralmente.

A noite estava apenas começando, mas eu já podia imaginar o final desastroso que teria, já que Ana Alice Marinho + destilados é uma combinação que, dependendo do ponto de vista... Ao menos, no dia seguinte ao acordar, eu lembraria de que não lembrava de nada. Isso era, de alguma maneira, um conforto. Afinal, você não pode viver a humilhação se não se lembrar dela.

Mas eu não era a única que aparentava estar tensa com essa noite. O Theo não conseguia se soltar totalmente e não tirava os olhos da entrada.

— Tá esperando alguém? — gritei no seu ouvido, por conta da música alta.

Theo abriu um sorriso sem graça.

— Por que a pergunta?

— Você parece nervoso e não para de olhar para a porta — respondi, olhando para ele e dando um gole na Kiyoko.

— Nada, boba. Você tá vendo coisas demais, só tô esperando a Isa chegar mesmo. Ela mandou mensagem dizendo que iria se atrasar uma meia horinha, mas já são onze. — Ele deu de ombros, bebericando.

— Ah — assenti —, entendi.

— Não começa, Ana. — Theo revirou os olhos, rindo.

Ainda não era meia-noite e eu já me encontrava pedindo meu quarto ou quinto drinque — Hayley Kiyoko, acho que foram dois, Miley Cyrus, Kristen Stewart e agora um Reneé Rapp; sim, eu estava baseando minhas escolhas nas mulheres que gostaria de beijar — quando a Isa apareceu gritando de animação ao nosso lado. Nos cumprimentamos e, logo, Theo a obrigou a virar dois shots de Pabllo Vittar, "prenda por chegar atrasada".

— Gente, que lugar foda! — ela gritava, na pista de dança, completamente alucinada, muito mais pela empolgação do que pela bebida, que ainda estava apenas no começo. — Hoje a gente vai quebrar tudo! — exclamou, me segurando pela cintura e fazendo com que eu me mexesse.

Àquela altura, eu já sentia a bebida batendo e já enxergava tudo como se estivesse num filme. Nós três dançando ao som de "California Girls" estava me trazendo uma felicidade fora do comum. A expectativa lá nas alturas.

— Ana Alice, não olha agora, mas tem uma garota lá atrás te olhando direto — Isa gritou para mim, apontando discretamente. — Tá, se prepara, porque ela tá vindo.

Ao olhar para trás, me deparei com uma deusa vindo na minha direção. O cabelo era raspado e platinado, o pescoço longo e tatuado, a pele muito branca e uns olhos grandes e perfeitamente maquiados, cor de mel, que me encaravam fixamente. Ela era uns cinco ou sete centímetros mais alta que eu e, quando chegou a uma curta distância, tão perto que eu conseguia observar cada detalhe do rosto e um micropiercing no nariz, e perceber o olhar passeando até minha boca, fiquei intimidada.

— Ana Alice, prazer — estendi a mão.

— Prazer é meu, Ana Alice. — Ela sorriu, ignorando meu aperto de mão e encostando na minha cintura. — Posso te beijar? — falou no meu ouvido.

Eu assenti com um sorriso e fui ser feliz.

Capítulo 42

Meia-noite e quarenta e oito e eu estava completamente bêbada num táxi a caminho da casa da Naomi. Não fazia ideia se ela estaria acordada, mas ao beijar outra pessoa me surgiu uma urgência irrefreável de vê-la. Não só por saudade, mas também por raiva. Vontade de dizer a ela tudo o que eu tenho pensado e sentido. Vontade de olhar para ela pela última vez e dizer o quanto ela havia me machucado. Dizer que eu nunca mais quero vê-la, mesmo querendo. Dizer o quanto ela foi covarde em esconder tudo de mim. E egoísta. E o quanto eu a odeio por tudo isso, mesmo a amando profundamente.

O porteiro me reconheceu e, por isso, liberou minha entrada. Subi no elevador respirando fundo para me concentrar no que iria falar, já que meu cérebro não conseguia completar meio raciocínio sequer. E lá estava eu, com o dedo na campainha. Não demorou muito para eu me questionar se tinha, de fato, tocado, então toquei outra vez. E outra. E outra. Na quinta tentativa, Naomi abriu a porta vestindo apenas uma camisola preta de seda e eu me perdi completamente, tentando justificar com gestos atrapalhados o porquê de estar tocando a porta dela à uma e doze da manhã.

Ela parecia confusa ao me ver, mas esticou a mão para que eu entrasse. Sem entender direito o gesto, apertei a mão dela, como se estivesse me apresentando, e só soltei quando, com força, Naomi puxou o braço de volta.

— Você bebeu, não bebeu, Alice? — ela perguntou, me guiando para dentro de casa e fechando a porta atrás de mim. Hipnotizada, não consegui responder muita coisa. Então, Naomi pediu que eu me sentasse no sofá da sala e voltou lá para dentro. Ao retornar, amarrava o cinto de um robe que vestira por cima, me tirando do transe.

— Só um pouquinho. — Sinalizei com o dedo indicador quase encostando no polegar.

— Não parece. — Naomi colocou as mãos na cintura, olhando ao redor. — Vou pegar uma água gelada pra você, tá? Fica sentada aí.

Assim que ela saiu da sala, levantei cambaleando e peguei o porta-retrato com a foto tirada por mim, que estava em evidência no rack, ao lado da tevê.

No canto do enorme cômodo, já haviam algumas caixas, mas a maioria das coisas ainda estava do lado de fora.

Isso me lembrou o que eu tinha ido fazer lá.

Eu estava fuxicando algumas caixas para verificar as coisas que estavam dentro. Quando a vi voltando, corri, toda atrapalhada, para me sentar no sofá antes que ela percebesse. Reparei nela rindo e balançando a cabeça em negativa, antes de me estender um copo de plástico.

— Então, já passou de uma da manhã — Naomi comentou, olhando para a tela do celular. — E imagino que você tenha vindo aqui só porque bebeu demais, já que não aparece para trabalhar, e não venha com esse papo de atestado que eu sei que é fajuto, não dá satisfação nem fala comigo há dias. E nem responde minhas mensagens ou ligações. Inclusive, te coloquei de férias para não dar merda na *Melk*.

Ela se sentou ao meu lado no sofá, cruzando as pernas e esperando que eu falasse algo, então sua expressão mudou. De olhos arregalados, falando rápido demais e gesticulando, mandou:

— Não que eu esteja te culpando, pelo amor de Deus! Você tá totalmente dentro da sua razão. Não tem problema nenhum. Você não precisa me responder. Aliás, não precisa nem falar comigo. A gente pode ficar aqui em silêncio. Só em silên...

— Eu tô com muita raiva de você, Naomi — interrompi, colocando o copo no chão da sala ainda pela metade. — Explodindo de raiva. — Naomi apenas assentiu e engoliu em seco. — Você não tem noção de todas as coisas que eu pensei nesses últimos dias e tudo o que eu senti. E todas os milhares de teorias que eu criei e o quanto eu *genuinamente* quero que você esteja infeliz da forma que eu estou.

— Eu não estou feliz, Alice.

— Não é suficiente. — Respirei fundo. — Você tá sendo tão egoísta, sabia? E eu tenho certeza de que você vai se arrepender de tudo isso, mas quando isso acontecer, Naomi, será tarde demais. Porque você tá sendo uma filha da puta e eu tô começando a te odiar num grau...

Naomi apenas me fitava, assentindo, e eu torcia para que os olhos dela também estivessem representando um tsunami de lágrimas como os meus.

— Pode continuar — afirmou Naomi, me deixando com ainda mais raiva por estar ouvindo tudo isso e, ainda assim, transparecendo tranquilidade.

Logo minha voz foi aumentando a cada palavra que eu dizia, até que, no final, eu já tinha começado a gritar e a gesticular de forma agressiva.

— Você é muito irresponsável, Naomi! Eu não aguento mais olhar pra sua cara, porque toda vez que eu olho eu sinto desgosto. Desprezo até. Tudo isso que tá acontecendo é escolha *sua*. Você está indo embora porque você *quer*. E a essa altura eu me arrependo de tudo. *Tudo!* Tudo que a gente fez, tudo que eu falei, tudo que eu senti, tudo que eu expus... Eu preferia nunca ter te conhecido. *Nunca!* — gritei, deixando cada palavra sair do meu peito como uma catarse e, instantaneamente, senti um alívio súbito.

Naomi me olhou, e uma lágrima solitária finalmente escorreu pela bochecha dela. Ela pegou minha mão, me dando abertura para um abraço e eu desabei no colo dela, aos prantos. Naomi apenas repetia que estava tudo bem, fazendo carinho no meu cabelo. Ela balançava o corpo comigo nos braços, como se me ninasse.

Comecei a me sentir muito enjoada, com a cabeça latejando de tanto chorar. Não precisei dizer nada, pois assim que soltei um simples gemido de dor, Naomi levantou e foi buscar um remédio para mim.

— Toma esse e vamos pro banho, Alice? Vem, tira esse sapato que eu te ajudo.

— Eu posso fazer isso so-zi-nha! — Levantei muito rápido, ficando tonta em seguida e caindo de volta no sofá.

— *Ssshhh*... Não pode, não. — Naomi me pediu silêncio com o indicador em riste e afirmou, me pegando pela cintura e me levando até o banheiro da suíte. Ela me deixou sentada na privada enquanto enchia a hidromassagem e, com o maior cuidado, me ajudou a tirar a roupa. — Você tá bêbada demais para consentir qualquer coisa, mesmo que seja apenas uma simples nudez, então vamos manter a calcinha e o sutiã, tudo bem?

— Pode tirar, você já me viu pelada milhares de vezes. — Segurei a mão dela, olhando no fundo nos olhos. — Sério, por favor. Tira.

Naomi começou a rir, balançando a cabeça em negativa.

— Não, dona Ana Alice *bebaça*. Nós não vamos fazer isso.

Então, ela tirou o robe e eu voltei a ferver por dentro, esperando que a camisola caísse no chão logo em seguida, com pensamentos totalmente lascivos. Naomi me encarou e percebeu meu olhar vidrado em direção às coxas dela. Ela segurou meu rosto com as mãos, me olhando de cima e disse:

— Você nem imagina o quanto eu gostaria de fazer tudo o que você tá pensando, Alice. — Ela fechou os olhos, respirando fundo. — Mas isso seria muito injusto com você. E eu não posso mais ser injusta com você.

Ela passou a mão na água e sentiu que estava numa temperatura agradável, então, me ajudou a levantar e entrou na Jacuzzi, me dando apoio para que eu não sofresse um acidente. Naomi me ajudou a sentar na água e, quando se abaixou para pousar minha cabeça num travesseiro de toalha, achei que me beijaria.

— Bom, injusto aqui e agora é você *não* fazer isso comigo — comentei, bufando, e Naomi apenas fingiu não ter ouvido.

Primeiro, começou a jogar água cuidadosamente em mim, fazendo uma concha com as mãos e deixando a água escorrer nos meus braços, ombros, seios... Em seguida, de forma delicada, molhou meu rosto e meus cabelos. Prestava muita atenção em cada detalhe, e aproveitava para me dar um pouco de carinho. Leve e gentil, como se eu pudesse quebrar — e eu poderia mesmo — com um simples movimento. Toda vez que tocava meu rosto, eu fechava os olhos, tentando aproveitar seu toque ao máximo. Porque, apesar de tudo o que eu tinha dito — mentiras descaradas —, eu sabia que iria sentir toda a saudade do mundo quando ela fosse embora.

Capítulo 43

— Eu queria tanto que você me desse a chance de te ver antes de eu ir, sabia? — Naomi dizia enquanto esfregava meu cabelo, eu de costas para ela agora. — Eu estava desesperada, você não me respondia, não me atendia, não ia trabalhar... Por muito pouco não apareci na sua casa, só não fui porque achei que seria...

— Sorte sua — comentei, tentando olhar para ela, mas Naomi apenas soltou uma risada e segurou minha cabeça virada para frente. — Eu tava com um ódio de você...

— Ainda tá, né? — Ela inclinou minha cabeça para trás e, com o chuveirinho de mão da hidromassagem, começou a enxaguar meu cabelo.

— Muito. — Cruzei os braços e fiz minha melhor cara de brava, tentando transparecer seriedade.

— Tá certa, tem que estar mesmo. — Naomi pediu para eu virar em sua direção e, agora, começou a ensaboar meu rosto com cuidado. — Eu fiz tudo errado, né?

— Fez — respondi, sem pensar duas vezes, balançando a cabeça e deixando espuma cair no olho. — Ai, ai, ai!

— Calma, Alice, calma. — Naomi ria, tentando me deixar parada para enxaguar meus olhos. — Tá tudo certo, calma. Passou, passou. — Ela soprava meu rosto, de pertinho. — Não esfrega muito os olhos. Tá de lente?

Eu apenas assenti, com o rosto próximo demais ao dela.

— Naomi — chamei.

— Oi.

— Me beija?

Naomi fechou os olhos e suspirou, respondendo:

— Eu não posso...

— Por que não?

— Não é certo, Alice. Eu estou indo embora amanhã.

— Eu tô te implorando, pô! Me dá um beijo antes de ir embora.

— Você tá bêbada, amor. — Naomi passou as mãos no meu cabelo molhado, colocando uma mecha para trás.

— Eu tô bêbada, mas não sou maluca — insisti. — Se você quiser, eu me ajoelho aqui e...

E então... Naomi não resistiu e me beijou, interrompendo meu pedido dramático. E foi um dos beijos mais intensos e cheios de carinho que já trocamos. Porque ele também tinha saudade. Principalmente, saudade. E a ansiedade e o nervosismo que o peso da última vez carregava. E, ao mesmo tempo que eu sentia raiva dela, eu também a desejava mais que tudo. E queria segurá-la aqui. Nos meus braços. Para sempre.

Naomi caiu, ou fingiu que caiu, como explicou depois, na Jacuzzi, fazendo a banheira transbordar e alagar o banheiro todo. Acho que a amnésia alcoólica dominaria meus pensamentos quando eu acordasse, mas, ao sair da banheira, eu tinha uma certeza.

Naomi me contou como se deu a história do novo emprego, que havia recusado a proposta de morar fora, e das três vagas que o headhunter selecionou para ela, a da *Melk* foi a que mais viu potencial, contudo, após uns meses, os holandeses voltaram à carga, dobrando o bônus e subindo substancialmente o salário inicial. A proposta acabou ficando irrecusável.

— Acho que você não tem ideia de como meu coração está — Naomi começou, fazendo carinho nos meus cabelos enquanto eu estava deitada em seu ombro na enorme cama de casal. — Já repassei mentalmente, durante esse tempo, tudo o que você estava sentindo, como você estava sentindo e *por que* você estava sentindo. E sempre que eu chegava a uma conclusão... eu me culpava. Porque, no final das contas, não tem ninguém mais para culpar. E eu queria *mesmo* voltar no tempo e fazer isso da melhor forma possível. Da forma que eu havia planejado. Queria ter sido sincera contigo, ter te contado assim que recebi a nova proposta, mas eu fiquei com medo e o medo transforma a gente, Alice.

"Eu não queria te ver sofrendo como eu estava sofrendo por dentro. Com a sensação de que tudo aquilo que a gente estava vivendo era uma despedida. E, meu Deus, o que eu sinto por você é a coisa mais forte que eu já experienciei. Eu já me apaixonei algumas vezes e já achei ter amado algumas pessoas, mas com você é tudo *tãããão* diferente que me fez entender que eu sequer sabia o que era amar.

"E eu me arrependo por cada segundo em que eu te privei de saber a verdade por puro egoísmo, covardia, sei lá. Em que eu tentei dizer, tentei te contar, mas me permiti engolir as palavras para viver aquilo. Tudo foi ficando cada vez mais intenso e a minha coragem foi diminuindo cada vez mais. E eu acabei me deixando ignorar a realidade quando estava com você, porque era mais fácil não encarar.

"Eu pensei em não aceitar a proposta, em desistir. Mas não é um sonho só meu. Minha *batchan* sempre contou que minha mãe, antes de ter a Naoki e a mim, tinha o sonho de construir uma carreira, e ela não pôde fazer isso. A Naoki decidiu priorizar a família, mas eu cresci tendo em mente que faria *qualquer coisa* para conquistar o sonho da minha mãe, porque, de alguma forma, eu queria criar uma conexão com ela. Traçar meu próprio caminho, construir algo que nos ligasse. Uma conexão que eu nunca pude criar, afinal a gente não conseguiu se conhecer. E eu jurei pra mim mesma, desde que esse sonho começou, que nunca negaria algo que me levasse para cima, para o topo. E eu sei que minha *batchan* está orgulhosa demais da minha decisão. Foi ela quem, desde o início, mais me incentivou a aceitar a proposta. Creio que, nesse momento, não é a neta dela que está partindo em busca do topo da carreira profissional, mas a filha. É por elas duas, meu amor..."

Enquanto eu prestava atenção em sua voz doce dizendo todas essas coisas, conforme meu coração ia se acalmando, com meus olhos teimosos quase se fechando, eu respirava fundo. Estava finalmente percebendo que nada disso foi fácil para a Naomi e que, mesmo assim, ela jamais invalidou qualquer sentimento meu.

E, depois dessa conversa, eu estava começando a entender o lado dela, sem julgamentos, e por que ela agiu como agiu. E a desejar, acima de tudo, que ela fosse feliz e que conseguisse conquistar o que queria. O que eu quero para mim quero também para o outro.

— Eu espero que um dia você me perdoe, Alice.

Eu assenti, a abraçando mais forte e me aconchegando em seu corpo. Eu queria mesmo apagar o que havia acontecido e dormir ali, com ela, mas Naomi foi mais responsável.

— Vou te levar para casa, tá? Não acho justo a gente seguir aqui assim. — Ela acariciou minha bochecha com as costas da mão. — Apesar de tudo, eu tô indo embora amanhã. E essa decisão é irrevogável.

— Queria ficar — respondi, quase num sussurro.

— Eu também.

Naomi me ajudou a levantar, me emprestou uma roupa e me levou até o carro, onde fomos o trajeto inteiro em silêncio, com as mesmas músicas de sempre tocando, mas num volume mais baixo que o habitual. O console estava aberto, por isso reparei que a caixinha com as alianças ainda estava ali, mas decidi não comentar nada e apenas tentar guardar aquela lembrança. E aquele foi um momento bom, breve, porém bom. Ao chegarmos, ela fez questão de sair e abrir a porta do carro para mim.

Eu a observei por alguns segundos, percebendo em seu rosto uma insegurança nada característica, e quis muito beijá-la. Ao invés disso, passei as costas da mão de leve na bochecha dela, imitando o gesto que ela havia feito, e a segurei num abraço forte, como se tentasse impedir que alguém a levasse de mim para sempre.

E ela, de fato, poderia estar indo embora para nunca mais voltar.

— Vou sentir sua falta. — Pude ouvir Naomi sussurrar bem baixinho, como se falasse para si mesma. — Eu amo tanto você, Alice.

— Eu também te amo, Naomi — respondi, com os olhos cheios de lágrimas e o coração apertado, mas ainda assim, um pouco mais leve.

Capítulo 44

Flashes, nada mais do que flashes. Acordei sem lembrar de praticamente nada que tinha acontecido na noite passada... *após* o último drinque, que fique claro. Essa é a triste realidade da mulher que bebe cerveja à vontade e fica tranquila, mas que se encosta uma gota de destilado na boca perde completamente a dignidade e a memória. Ou será que a culpa era da tequila? Malditos mexicanos!!!

A única coisa que eu conseguia afirmar era que, de alguma maneira, eu tinha chegado em casa em segurança e estava vestindo roupas que não eram minhas.

Até abri o celular para verificar se, de acordo com o planejado e um ou outro flash, eu havia mandado alguma mensagem ou ligado para a Naomi dizendo poucas e boas para, em seguida, poder colocar a culpa na bebida. Porém, depois de verificar todos os aplicativos e checar duas vezes o histórico de ligações, concluí que não. O que me levou a questionar o que eu tinha feito entre a saída da boate — voltei como? — e a entrada da minha casa, que havia se tornado um constrangedor e complexo branco na minha memória.

Então, enquanto andava pelo quarto e roía as unhas, tentando juntar meus flashes de memória, decidi ligar para a Isabella.

— Alô — ela respondeu, baixinho.

— Isa, pelo amor de Deus me ajuda a entender o que aconteceu ontem? Não lembro de praticamente nada e tô ficando maluca. A Naomi apareceu na boate? Ou eu surtei de vez?

— Se apareceu, eu não vi. Não posso falar agora. Eu estou no escritório, mulher! — Ela tentou brigar comigo, mas o sussurro fez aquele esporro perder consideravelmente o impacto.

— Cacete, vai em algum lugar que dê pra falar comigo, ué! É sério! Ouvi a Isa respirar fundo, claramente trocando de lugar.

— *Peraí*... calma... segura a onda aí... Pronto, tô no banheiro. Você é muito mimada.

— Culpa sua — brinquei. — Anda, me conta: que merda que eu fiz ontem?

— Cara, as únicas coisas relevantes foram: um, você *beijou* todos os drinques da casa; dois, você beijou, agora literalmente, uma garota lindíssima e; três, um tempinho depois, num rompante, decidiu ir embora, mas disse que queria ir sozinha. O Theo até insistiu pra você dormir na casa dele, mas você partiu obstinada em direção à saída, disse que estava bem e que era pra gente confiar em você.

— Gente, eu sou maluca?! — fiz uma pergunta retórica.

— É — Isabella afirmou sem pensar duas vezes.

— E você sabe se eu cheguei a fazer algum tipo de contato com a Naomi ou algo assim?

— Lá ela não apareceu. Não enquanto você estava comigo, pelo menos. — Ela fez uma pausa. — Babado forte: a Naomi não veio hoje. Quem está sentada lá na *sala de comando* é a chefe de redação.

— A Raíssa?! *Taquiupariu!* Bom, não me importa muito também. Eu não preciso saber de nada sobre ela. Não quero ver essa mulher na minha frente nem pintada de ouro — respondi, forçando raiva na voz.

— O que a escrota da Raíssa fez pra você ter tanta raiva dela?

— A Naomi, garota. Tô falando da Naomi, presta atenção.

— Ah, tá. Nesse caso... Aham, claro. Acredito em você. — Isabella ironizou, me fazendo revirar os olhos e me jogar na cama.

— Tá, me conta alguma novidade pra eu poder pensar em outra coisa que não seja ela — implorei, colocando as pernas para o alto e ficando de cabeça para baixo na cama, enquanto roía a última unha que sobrou. Em breve teria que partir para as dos pés.

— Bom — ela suspirou —, eu e o Theo ficamos ontem.

— *O quê?!?!?!??!* — Tentei responder, mas fui interrompida pelo som da chamada sendo desligada com pressa. É, aquilo iria servir para ocupar minha cabeça durante o dia.

Foi uma ótima informação, mas não o suficiente para me distrair o dia inteiro. Pouco depois do almoço, enquanto assistia a uma série na tevê da sala com o Pedro Antônio, fiquei rolando as redes sociais e me deparei com uma publicação específica da Naomi no Instagram, que fez meu coração acelerar.

Era uma foto do livro que eu tinha dado de aniversário para ela, em seu colo, dentro de um carro que não parecia ser o Civic dela e ela estava no banco do carona. Na legenda, apenas dois emojis: um avião e um coração branco. Na foto, um trecho grifado.

"Mas quando penso em você, eu quero ficar sozinha junto. Eu quero lutar contra e a favor. Eu quero viver em contato. Quero ser um contexto para você, e que você seja para mim. Eu te amo, e eu te amo, e quero descobrir juntas o que isso significa."

Assim que me dei conta da data, um dia antes do início do contrato de locação em Amsterdã, percebi que a Isabella tinha dito que a Naomi não estava no escritório e, em questão de segundos, entrei em total desespero.

Meu coração acelerou de tal forma que quase pulou da boca e minha ficha, *de uma vez por todas*, caiu; Naomi estava indo embora, de verdade. E eu sequer tentei lutar por isso. Ou falei para ela como me sentia. Ou tentei entender o lado dela.

Então, levantei do sofá num pulo e subi as escadas correndo para trocar de roupa, enquanto meu irmão apenas olhava assustado a cena. Quando eu estava me arrumando às pressas, ele apareceu na porta e encostou no batente, ainda me observando.

— Tá tudo bem? — perguntou devagar, parecendo cabreiro, com medo de estar sendo inconveniente.

— A Naomi tá indo embora — falei, correndo para organizar uma bolsa com coisas aleatórias que eu poderia precisar.

— A gente já não sabia disso? — Ele estava fazendo uma pergunta sincera, mesmo que a resposta fosse óbvia, o que não me irritou.

— Ela tá indo embora *agora*, Pedro — expliquei, vendo ele assentir diversas vezes, se dando conta da situação.

— E você vai atrás dela?

— Vou!

— Às vezes vocês duas parecem estar dentro de um livro — Pedro comentou, passando a mão no cabelo, ainda meio desnorteado, enquanto descia as escadas atrás de mim.

— Quem me dera, chuchu. — Suspirei. — Quem me dera não fosse a vida real, com todos esses problemas reais. Se fosse um livro, pelo menos o final seria feliz.

— Quer que eu vá junto? — sugeriu, me fazendo dar um sorriso com seu gesto fofo.

— Não, meu amorzinho, obrigada.

Depositei-lhe um beijo na testa e fui para a porta de casa, entrando no Uber que tinha acabado de chegar. Pedi para o motorista voar para o aeroporto e que cortasse todos os caminhos possíveis, "as multas eu pago!", afinal, Naomi tinha feito aquela postagem há duas horas e eu não fazia ideia de quando iria decolar.

De repente, meu celular toca. Isabella.

— Menina, você não sabe o que eu descobri — ela começou a falar assim que eu atendi, sem nem me cumprimentar.

— Talvez eu saiba, mas conta.

— Bom, se souber é porque você tem bola de cristal — Isa brincou.

— Conta logo!

— *Pêra*, você tá dentro de um carro fazendo o quê? — Minha amiga percebeu o barulho de vento misturado com motor de carro que vinha da janela graças à alta velocidade que estávamos.

— Longa história — respondi. — Agora conta, anda!

— Bom, a Raíssa é, agora, nossa nova chefe. Naomi tá indo embora hoje.

— É, eu sabia. — Respirei fundo, coçando a testa, mais nervosa do que deveria e me importando bem mais do que gostaria. Tudo o que eu estava sentindo antes sobre a Naomi era raiva. Pelo menos, era o que eu parecia ter me convencido. — E tô indo pro aeroporto.

— Caralho! — Isa soltou.

— Pois é. — Respirei fundo mais uma vez, pensando que as probabilidades de conseguir encontrá-la a tempo eram bem baixas.

— Bom — ela respirou fundo, parecendo pensar a mesma coisa que eu —, boa sorte. Se precisar de *qualquer* coisa, me liga que eu vou aí, ou melhor, lá, correndo.

— Te amo — foi tudo o que eu consegui dizer antes de desligar e me manter em total silêncio, encarando freneticamente a tela do meu celular, responsável por ter tirado a minha paz e me feito perceber em tão poucas palavras o que Naomi estava sentindo.

E o que *eu* estava perdendo.

Capítulo 45

Cheguei ao aeroporto e saí correndo que nem uma louca para entender os horários das próximas partidas, mas assim que bati o olho na tela, identifiquei que o voo para Amsterdã sairia em uma hora e meia. Me bateu uma felicidade gigantesca, porque conseguiria rodar o aeroporto e encontrá-la antes do embarque. Mesmo que eu não conseguisse fazê-la ficar, pelo menos conseguiria dividir com ela tudo o que estou sentindo.

Comecei a procurar em cada andar e cada canto daquela imensidão, prestando atenção em cada cadeira, cada loja, cada fila que tinha na praça de alimentação, mas... nada dela. Meu desespero aumentava a cada segundo em que eu encontrava alguém que, de costas, se parecia com ela.

Vencida pela aquela angustiante sensação de impotência, liguei, mas a ligação sequer chamou. E, nesse momento, sob minha autorização, meu corpo murchou que nem bolo mal assado, tomado por toda frustração, toda vulnerabilidade, toda tristeza daquela separação. A dúvida de novamente não saber quando iria encontrá-la, se é que um dia iria, a expectativa de andar na rua, mas agora sabendo que não iria esbarrar com ela, a saudade que iria corroer minhas células, meu peito pensando nos milhares de quilômetros entre nós. E o silêncio.

O silêncio entre duas pessoas que se machucaram e não tiveram forças para voltar atrás.

Então, que loucura, eu decidi correr atrás da minha última chance. Entrei na internet, pesquisei passagem para algum lugar aqui perto do Brasil, o destino mais barato possível. Meia hora depois, eu tinha no celular uma passagem para Buenos Aires, para um voo que sairia daqui a cinco horas, apenas para conseguir entrar na área de embarque e tentar, por fim, encontrar o amor da minha vida.

Fui direto para o portão 17, de onde o voo partiria em breve. Mas, chegando lá... "Última chamada para o voo KL 9255 com destino a Amsterdã e conexões...", só havia três pessoas no guichê, o embarque estava encerrado.

Então, eu me sentei no chão, num canto qualquer e, quando olhei para a revista de bordo que estava largada ao meu lado, lá estava ele, na contracapa: um anúncio do Amezzo! Desabei. Pensei em nosso primeiro encontro e em como tinha dado completamente errado. Pensei no abraço apertado de Naomi, em seu carinho, seu cheiro e seu beijo — que tanto demorei para conhecer —, e o quão rápido me acostumei com tudo dela. Pensei no que vivemos e no que eu gostaria, com todas as minhas forças, que vivêssemos. Pensei em todas as oportunidades que o destino nos deu e em quantas dessas jogamos fora, estragando tudo. Mas pensei também, e principalmente, nas que decidimos abraçar e nos permitimos sentir. Para depois, por tão pouco, nos deixarmos escapar.

Eu sabia que, não importava de onde, Naomi ainda estaria pensando em nós duas. Porque, de alguma maneira, havia algo em mim que dizia que ela também me amava de verdade. E que sentiria saudades. E eu conseguia ouvir sua voz dizendo isso. Eu a guardaria comigo. Todas as risadas, lembranças e carinhos. Bem lá no fundo do coração. Guardaria tudo o que ensinamos uma à outra e cada lugar onde nos encontramos.

E eu a perdoaria, sem sombra de dúvida, por ter me machucado e por ter ido embora. E esperava que ela me perdoasse também, por tudo que eu disse e pela forma que a abandonei, sem lutar com unhas e dentes, como deveria ter feito.

Tentei ligar uma última vez.

Sem sucesso, liguei para a Isabella, na busca de ouvir uma voz amiga que pudesse me acalmar.

— Deu certo? — ela perguntou do outro lado da linha, entusiasmada, mas tudo que ouviu foram fungadas e alguns soluços. — Vou te buscar, ok? Não sai daí — Isa pediu, com a voz fraca de preocupação.

— Eu procurei em tudo, Isa, mas não consegui encontrar.

Tentei explicar para ela em meio ao choro.

— Tá tudo bem, certo? Vai ficar tudo bem. Eu tô aqui. Você terá a gente sempre. — Ela tentava me tranquilizar, mesmo sabendo que isso não seria o suficiente. — Tô saindo daqui agora.

— Eu tô no aeroporto internacional, tá?

— Internacional?! Meu amor... — Isa suspirou, e pelo tom de voz eu sabia exatamente a expressão que ela estava fazendo, os olhos fechados com força e a boca quase em linha reta, como quem vai dar uma notícia ruim. *Péssima.* — Você não encontrou a Naomi porque ela não está aí. O voo dela era no aeroporto da zona sul. Eu vi um print da passagem no Insta, achei que você tivesse visto também. Ela tem uma escala doméstica antes do voo para a Europa.

Então, uma faísca de esperança se acendeu em mim.

— Eu vou correndo pra lá então! Você me encontra? — Me levantei num pulo, pegando a bolsa e saindo imediatamente da área de embarque.

— Ana — Isabella me chamou, mas não obteve resposta porque eu já estava correndo. — Ana, calma. Não corre, não adianta correr. Ela já foi.

Capítulo 46

Todo dia eu descobria um novo sentimento, e a terapia ia me ajudando a entender o porquê e como eu lidaria com eles. Esse era um processo totalmente novo, que estava fazendo com que eu me conhecesse, me entendesse e entendesse o outro melhor. Às vezes era libertador, às vezes era dolorido.

Eu sentia uma saudade avassaladora dela, mas não tinha criado coragem para mandar sequer um oi. Sabia que não era justo com ela tentar manter esse vínculo, pois só a prenderia em algo que não tem mais futuro e a impediria de construir novos laços e relações em um novo lugar. Mas, acima de tudo, sabia que não era justo *comigo* viver agarrada ao amor que eu construí por ela, sem conseguir seguir em frente. Santa terapia. Obrigada, Mari.

E sabem o que ficou? A forma como amadureci nesses últimos meses. Esse é o grande legado que ficou para mim, para a minha vida e para o meu futuro. De fato, há males que vêm para o bem.

Eu me recordava da Ana Alice de um ano atrás, mas já não a reconhecia. Sabia que, apesar de tudo, eu tinha me tornado uma nova pessoa, pouco a pouco, de forma tão natural que sequer percebi durante o passar do tempo. Eu estava orgulhosa de mim, mesmo entendendo que a estrada era longa e sinuosa, como naquela música dos Beatles que meu pai costumava cantar pela casa. E tinha plena noção de que os créditos não eram só meus, mas de uma mulher maravilhosa que um site maluco e uma tal de inteligência artificial me fez conhecer e, depois disso, por um acaso, não saiu mais de perto de mim. Até agora.

— Eu não aguento com essa montagem ridícula do cara virando lobo e voltando sem camisa, gente — Theo comentou, rindo, enquanto pegava uma mãozada de pipoca no balde entre as minhas coxas.

— Ah, mas eu aguento, e como! Fica à vontade, Taylor Lautner! — Isabella gargalhou, roubando algumas pipocas da mão dele.

Eles ainda não tinham me contado nada sobre o que estava rolando desde a festa. Apesar disso, eu percebia que algo estava acontecendo, algo bom demais, por sinal, porque conheço muito bem meus amigos e sabia que ambos estavam sentindo alguma coisa nova um pelo outro. Eles ficavam diferentes quando estavam juntos, seja pelo brilho nos olhos, seja pelos sorrisinhos supostamente discretos. Estavam apenas esperando o momento em que se sentissem prontos para compartilhar. E eu daria a eles todo o tempo do mundo, me passando por uma completa idiota, daquelas que, apesar dos sinais, não sacam o que está acontecendo a um palmo de distância do nariz.

Vínhamos passando boa parte do tempo juntos, exceto quando os dois apareciam magicamente com um compromisso "inesperado", e não se davam nem ao trabalho de fingir direito que não estavam juntos. Nesses momentos, eu ficava com a minha família. Meu pai estava sendo perfeito comigo durante esse período, dedicando todo seu tempo livre para me fazer companhia ou me levar para sair com o casal Pedro Antônio e Elisa que, por sua vez, viviam agarrados a mim.

Minha mãe, como sempre, ficava mais distante, uma empreendedora focada no trabalho/confeitaria — "alguém tem que trabalhar nesse país", era o mantra dela —, logo não conseguindo nos dar muita atenção. Fazia falta, mas eu compreendia. Mamãe era uma leoa, tenaz, incansável, proativa. Era o jeito dela e eu sabia que, mesmo assim, ela se importava.

Peguei meu celular e abri as redes sociais, afinal o filme não exigia muita atenção. Sem volume, comecei a assistir aos stories disponíveis, até que... Eu ainda não tinha criado coragem de silenciar as postagens dela, pois tinha medo de perder alguma coisa, mas sempre que algo novo aparecia, eu evitava olhar.

Dessa vez, sei lá por que, me bateu uma vontade irresistível de assistir. Uma foto do sol se pondo, visto através da janela do apê dela. Há seis horas. Em seguida, há dois minutos — quase meia-noite em Amsterdã, pelos cálculos que eu tinha aprendido a fazer automaticamente —, mais uma foto do livro com o qual eu a presenteei, apoiado nas pernas cruzadas, com a cama bagunçada como fundo, um pedaço de queijo e uma garrafa de vinho ao lado. Na página, uma citação grifada. Mas percebi que, dessa vez, era uma diferente:

"Eu te amo. Eu te amo. Eu te amo. Vou escrever nas ondas. Nos céus. No meu coração. Você nunca vai ver, mas vai saber. Eu serei todos os poetas, vou matar todos eles e tomar seus lugares um a um, e a toda vez que o amor for escrito, em todos os filamentos, será para você."

Respirei fundo e fechei os olhos, tentando me convencer de que aquilo não era sobre mim. Mas essa ideia só me perturbou ainda mais, e, com toda a certeza, eu sabia que se eu conseguisse me convencer disso, estaria mentindo para mim. Então sorri, como um adolescente que descobre que sua primeira paixonite é recíproca. E, quando abri os olhos, respondi com pressa, sentindo medo de desistir no meio do caminho.

Eu também te amo.

A mensagem foi visualizada em questão de segundos e Naomi começou a digitar algo. E parou de digitar. Começou novamente, mas parou. E foi assim por algum tempo, até que ela parou de vez.

Capítulo 47

Acordei no domingo com uma mensagem do Theo pedindo para conversar comigo, então o chamei para almoçar em casa conosco, no Chez Marinho, já que o chef Rogério iria preparar um estrogonofe de camarão para tentar me deixar feliz, e o Theo adorava todas as comidas do papai.

Foi o tempo de eu me arrumar e tomar um café para a campainha tocar. Pedro Antônio abriu a porta correndo.

— Ah, é só você — disse Pedro, com seu entusiasmo se esvaindo, já que ele estava esperando ansiosamente pela namorada.

— Qual é, moleque — Theo reclamou. — Uns meses atrás você ficaria hiperfeliz de abrir a porta e me ver. O que foi que eu fiz?

— Agora eu tenho uma namorada, mané. — Pedro deu de ombros.
— Perdeu seu cargo de pessoa favorita, playboy.

— Esses adolescentes... — disse, enquanto bagunçava o cabelo do meu irmão, e saiu rindo. Foi na cozinha cumprimentar meu pai primeiro, antes mesmo de falar comigo, e abriu a geladeira para colocar um pack de cerveja para gelar. Ele nunca chegava na casa de ninguém de mãos abanando.

E então, finalmente, ele veio até a sala e se jogou em cima de mim no sofá, deixando todo seu peso cair, até eu começar a resmungar e tossir, fingindo estar sufocando.

— Desculpa. — Theo se virou para o lado e me abraçou forte. — Tava com uma *saudadinha*...

— Você me viu há dois dias, garoto. Quem deveria estar carente assim sou eu — reclamei.

— Eu não sabia que era proibido ficar carente só porque a situação da amiga está pior?! — Pedro Antônio se meteu.

— Ô fedelho, fica quieto, fica — respondi, colocando o dedo indicador na frente da boca, pedindo silêncio. — Lugar de criança é na creche.

Pedro Antônio me respondeu dando língua e logo foi se sentar do outro lado do sofá. Mas, como sempre, Theo não ia me deixar encerrar a discussão.

— A criança tá certa, viu? — cutucou. — Não é porque o amor da sua vida está a milhares de quilômetros que ninguém mais pode ficar carente ou reclamar da vida.

— Precisa falar assim com tantos detalhes? — resmunguei, fechando os olhos com força. — Eu sinto dor *física* quando penso nisso — falei, enquanto acariciava minha barriga fazendo círculos com a mão.

— Quanto drama, dona Ana.

— *Drama queen* total ela — meu irmão se meteu de novo.

— Quer que eu bote desenho da Pepa pra você assistir lá em cima? — zoei. E todos riram, até meu pai, lá da cozinha. O clima não poderia estar melhor.

— Vai, me conta, seu chato.

— Contar o quê? — Theo se fez de sonso.

— Contar o quê?! — repeti com deboche na voz.

— Tá, vou falar... é que... sabe... — disse, bem baixinho para o Pedro Antônio não escutar tudo e se meter na conversa. Ele respirou fundo e fez um sinal com os olhos, constrangido.

— Querem amendoim? — Pedro perguntou ao se levantar. Dando a entender que havia sacado que o assunto era delicado, se comportou como um cavalheiro.

— Lembra que eu te falei sobre o Amezzo? — Assenti. — Então, eu amarelei, como já te contei, e acabei não indo. Certo?

— Certo.

— Até aí tudo bem, ficou por isso mesmo. Tivemos aquela conversa na piscina, lá em casa, e... alguns dias depois... eles me mandaram uma carta

— revelou por fim, arregalando os olhos, como se ele mesmo não soubesse a história que estava contando. Então eu arregalei os olhos junto com ele, fingindo surpresa, e coloquei a mão na frente da boca. — Para de ser imbecil! — exclamou e começou a gargalhar.

— Desculpa, não me aguentei. — Ri junto.

— Acontece que na carta que eles me mandaram dizia que eu já tinha encontrado a *minha pessoa* — ele começou, agora, sim, me deixando surpresa, pois as coisas estavam se encaixando. — E eu fiquei totalmente confuso com isso, né?! Porque tem a Beatriz, mas ela tá namorando justamente um cara que conheceu no Amezzo. Aí eu comecei a pensar em todas as pessoas que eu conheço...

— Nem vem que não dá pra ser eu, que sou lésbica e já encontrei minha alma gêmea — fui logo avisando, arrancando uma risada dele.

— Sim, mas... e a Naomi? — ele falou, bem sério.

— Como é que é?!?!?!?!?! — Fechei a cara e cruzei os braços.

— Uuuiiiii. A otária caiu direitinho! — Agora ele ria tanto que as lágrimas chegavam a escorrer. — Ela também é lésbica, idiota.

— Tu brinca muito, garoto. Anda, vai. Fala sério — pedi assim que consegui me recompor.

— A questão é que eu me lembrei da história que a Isabella tinha contado, sobre também ter se inscrito e, por coincidência, ter ficado esperando no encontro. E lembrei de quando a gente ficava, que fui *eu* quem dei pra trás e disse pra sermos só amigos.

Eu fingi estar megassurpresa com todas aquelas informações, eu até estava mesmo, mas só *ligeiramente* surpresa. Exagerar sempre fez parte do meu show.

— E você se lembra do motivo de ter parado de ficar com ela? Tem tanto tempo que eu, sinceramente, não faço ideia.

— Bom, eu cheguei, não cheguei?, a falar pra vocês que era porque eu não queria confundir as coisas e estragar a amizade? — Theo perguntou e fiz que sim com a cabeça. — Mas a verdade era que eu estava sentindo algo diferente por ela. E fiquei apavorado. A Isabella sempre me tratou bem, fazia com que eu me sentisse um cara incrível, e eu nunca estive familiarizado com nada disso. Aí eu encerrei as coisas e fui abafando esses sentimentos ao máximo até eles não estarem mais lá. Ou, pelo menos, não parecerem estar. Tipo, varri pra debaixo do tapete.

— Céus. — Arregalei os olhos. — Por essa eu definitivamente não esperava!

— Nem eu.

Ele respirou fundo.

— E aí? — perguntei, eufórica, querendo saber a continuação.

— E aí que eu não fiz nada quando concluí isso, mas a gente estava se aproximando cada vez mais e, no dia em que fomos nós três na balada, a Isa me beijou — ele contou, e percebemos que o Pedro Antônio tinha voltado, estava de olhos arregalados em nossa direção, prestando atenção na conversa.

— Chocante — foi tudo o que consegui dizer.

— Nem me fala... — Theo concordou, se perdendo na história, até que eu dei uma bela cotovelada nele, que voltou da viagem. — Ai! — reclamou. — Continuando então: acabou que uns dias depois ela foi lá em casa e... bom, eu conversei com ela sobre o que havia acontecido e, quando analisamos juntos, concluímos que a data dos encontros era a mesma. Então, tudo indica que...

— Vocês são feitos um para o outro! — meu irmão exclamou, enxerido como só.

— Exatamente!!! — exclamei, quase gritando de emoção.

Theo riu, um pouco sem graça.

— Pode se dizer que sim.

— E por que vocês demoraram *tanto* pra me contar?!

— Você tá passando por um momento tão difícil, Ana. A gente não queria, sabe, esfregar na sua cara mais um casal do experimento Amezzo que deu certo. — Percebi que ele engoliu em seco, um pouco apreensivo. E essa apreensão me pegou desprevenida, com medo de não estar sendo uma boa amiga. Ou por eles não terem se sentido seguros e confortáveis o suficiente para dividir aquilo comigo, sei lá.

— Não quer trazer uma *cóquinha* gelada pra gente, não, Pedrinho do meu coração? — pedi, fazendo uma cara de *se liga, meu camarada, e dá um tempo aqui para nós dois.*

— Ah, sim, claro. Agora! — falou e voltou para a cozinha.

— Theo — puxei ele para perto, num abraço —, vocês *sempre* podem contar comigo pra qualquer coisa. Mesmo. De coração. Eu posso estar passando por um péssimo momento, mas jamais deixaria de ficar feliz por vocês. Isso é uma descoberta e tanto, sabia? E ver vocês dois felizes só me faz bem. Eu tenho dois amigos incríveis e eu espero ser essa amiga incrível para vocês também.

Ele me abraçou com tanta força que eu pensei que iria quebrar as minhas costelas, me chamando pelo apelido que usava durante nossa infância:

— Você *é* uma amiga incrível, Ana banana.

— Mas eu quero ser mais ainda. E se eu não estiver sendo, é só dizer o que eu posso fazer para me tornar — pedi. — Agora me conta tudo que eu perdi. E com os detalhes sórdidos, por favor!

Capítulo 48

Mais de um mês já havia se passado desde que ela partira, e eu decidi que esse era o momento de me estabilizar. Naomi ficaria fora por, pelo menos, dois anos — e, provavelmente, mais do que isso, afinal era uma profissional de primeira linha e com certeza cairia no gosto dos empregadores holandeses. Por esse motivo, eu não poderia viver a minha vida esperando pelo retorno dela.

Eu precisava virar a página. E sabia que o processo não seria fácil, mas eu precisava começar de algum lugar. Não estava nem pensando em conhecer outra pessoa agora, até porque eu considerava um erro ocupar esses espaços assim, substituindo por substituir. Então, o primeiro passo deveria ser: botar a casa em ordem, sem meter os pés pelas mãos. E eu precisava dar início a esse novo momento prestando mais atenção em mim, aproveitando mais a minha companhia, investindo mais em mim. A nova Alice lidando com a velha Alice. Gastando meu tempo comigo e me acolhendo mais. Focar no trabalho me pareceu a melhor estratégia, enfim.

Hoje o expediente iria terminar mais cedo, pois haveria manutenção no sistema para instalação do novo software de gestão aqui da revista — um projeto *dela*. O dia estava maravilhoso, calor e sol, mas com uma brisa super-refrescante, por isso decidi dar um passeio após o almoço. Peguei o metrô por volta das três e fui até o parque ler um pouco. *Pessoas normais*, o livro que a Naomi me emprestou, havia ficado comigo e eu ainda não tinha criado coragem para terminar, apesar de querer demais. Logo, decidi finalizar esse processo, que tinha tudo a ver com ela para, só então, começar a dar novos passos que só tenham a ver comigo.

Passei algumas boas horas deitada direto na grama, mergulhada no romance. Era uma história tão cotidiana que conseguiu me tirar um pouco do meu próprio cotidiano — um alívio e tanto. Fechei o livro por falta de luminosidade, comprei um sorvete de casquinha, encontrei um único banco livre e fiquei ali, pensando na vida. Passava das oito quando me peguei distraída com as pessoas que corriam, andavam de bicicleta ou apenas passeavam no parque, desfrutando da companhia de outros e de sua própria. Dois casais passaram juntos, conversando e rindo. Coloquei meus fones de ouvido e, aproveitando a "carona", resolvi dar uma caminhada perto deles, por segurança. O tempo voou.

A rua já estava ficando vazia quando peguei o metrô para ir embora. Acabei me sentando, sem perceber, em frente a um anúncio do Amezzo, adesivado dentro do vagão. Só fui me dar conta disso quando finalizei o livro — eu estava totalmente imersa, pois faltavam pouquíssimas páginas para eu terminar — para prestar atenção no que uma mulher, de aproximadamente quarenta e poucos anos, estava falando comigo. Bom, ela estava falando muito mais sozinha do que comigo, mas achei que seria de bom-tom prestar atenção. Até porque ela tinha cara de ser uma boa pessoa, de ter um ótimo astral, pelo menos era o que parecia. A típica gente boa.

— Esse aplicativo... — resmungou. — Que maluquice, né?

Eu apenas assenti com a cabeça, fechando o livro e deixando-o em meu colo.

— O traste do meu marido se inscreveu nisso aí — disse, apontando para o anúncio. — Nosso casamento já estava falido mesmo, mas agora ele está feliz da vida com outra, coitada, pelo menos é o que a fofoqueira da minha ex-cunhada anda espalhando. Mal sabe ela. — Eu até pensei em fazer algum comentário, mas antes que pudesse abrir a boca ela já tinha engatado.

— E eu, bom... eu acho isso uma piração. Minha irmã fica insistindo para eu me inscrever: "vai acabar entrando em depressão ou ficando pra titia", disse imitando uma voz esganiçada e fazendo uma careta. Segundo o pessoal do shopping onde ela trabalha, todo mundo se dá bem, minha filha, mas eu gosto mesmo é do... você sabe, do ao vivo, sentir a pegada, manjar o volume, se é que você me entende.

Tive que me segurar para não rir, ela era uma figuraça.

— A senhora já pensou em fazer terapia? — sugeri, meio que sem saber o que falar, mas tentando ao máximo não soar ofensiva.

— É o quê?! — O tom dela demonstrava que, talvez, eu tenha falhado na intenção.

— Terapia, psicólogo... essas coisas — expliquei.

— E funciona?

— Tem me ajudado bastante.

Eu tinha me tornado o tipo de pessoa que sempre julguei mal: a que indica terapia para todo mundo.

— Hum, bom. Eu me acho muito velha pra isso, minha filha. E, de mais a mais, pau que nasce torto... — Eu devo ter feito uma cara esquisitíssima, pois logo ela completou: — Não, não é isso que você tá pensando, não. Até porque eu não ligo se é torto, reto, comprido, grosso... desde que funcione bem, né não? — falou, lançando uma piscadela para mim junto com umas três cotoveladinhas. — Hein, hein?

— Não creio que tenha uma idade certa. — Dei de ombros, tentando focar no assunto terapia e observando ela me olhar de rabo de olho, cabreira. Uma ideia esquisita apareceu na minha cabeça e, antes que eu pudesse pensar melhor, minha língua foi maior que a boca:

— Se a senhora quiser pode pegar meu número, pra desabafar, bater um papo, sei lá. Alguma coisa assim. Eu até gosto de ouvir um pouco o problema dos outros, tô precisando esquecer os meus.

— Sugestão mais esquisita a sua. Desculpa perguntar, mas... você é de alguma igreja? — Respondi que não. Então, ela me olhou de cima a baixo, estreitando as sobrancelhas e, logo em seguida, perguntou num sussurro, protegendo a boca com a mão: — É caro, é? Desculpa perguntar de novo, é que eu ando apertadíssima, devendo boleto adoidado. Não que eu não tenha muitas amigas pra conversar, mas são todas meio amalucadas, só querem saber de encher a cara e... isso mesmo que você tá pensando. — E então ela pegou o celular, me entregou, e eu digitei meu número. — Meu nome é Suzana — mencionou após verificar meu contato com o nome já salvo. — Mas pode me chamar de Suzi.

— Se quiser continuar esse papo, só me ligar. Posso pedir indicação de alguém para minha psicóloga, que trabalhe com preços mais populares...

— Bom, vou pensar no caso. Pra falar a verdade, querida, o que me faria bem no momento é uma cervejinha bem gelada e um homem *beeem*-dotado — ela disse, com olhar malicioso, guardando o celular na bolsa.

Apesar de muito escrachada e sem-vergonha, eu acabei soltando uma risada. Ela até que era engraçada, espontânea. Mas parecia ligada no 220.

Resolvi mudar o assunto.

— Vou te contar, eu já me inscrevi nesse site aí — falei, apontando para o anúncio — e, bem, acho que sou a única pessoa do mundo que não se deu bem. Sabe, Suzana, uma coisa que eu aprendi com essa, como você disse, piração toda do Amezzo — olhei para o livro fechado no meu colo — é que o destino sempre dá um jeito da gente se encontrar. A sua alma gêmea vai aparecer, uma hora ou outra. E talvez seja a pessoa certa, talvez não. Mas você vai aprender alguma coisa com isso.

— A sua apareceu? — ela perguntou.

— Apareceu, sim, mas acabou indo embora. — Abri um sorriso amarelo, tentando não demonstrar tristeza. — Bom, pelo menos eu aprendi bastante com isso.

Capítulo 49

Desci do metrô uma estação antes da minha para comer alguma coisa numa lanchonete/doceria vegana que eu conheci no Instagram e que tinha sido inaugurada há menos de um mês e estava bombando. Além dos salgados e sanduíches, eles também faziam doces eróticos. Amei! Quando cheguei em casa, exausta da caminhada e tarde da noite, todos já haviam subido para dormir. Pelo menos foi o que eu pensei. Boa parte das luzes já estavam apagadas. Fui à cozinha pegar um copo d'água e, ao abrir a geladeira, tive um sobressalto com a presença da dona Adriana bebendo uma xícara de chá, no breu.

— Que susto! — exclamei com a mão no peito, que estava acelerado. — Nossa, mãe! Sentada aí sozinha uma hora dessas, no escuro...

Ela deu uma risadinha leve e soprou o chá.

— Chegou tarde, Ana — comentou. — Veio direto do trabalho? Você tá bem? Não quer sentar um pouco? Tem tempo que a gente não conversa.

Enchi o copo e me sentei à mesa com ela, que me pediu para não acender a luz, justificando que os olhos já haviam se acostumado com a escuridão.

— Bem, bem, não tô, não, mãe. — Dei um gole. — Mas estou me acertando, acho. No caminho.

— Você sempre esteve no caminho certo, minha filha. Aliás, os dois. — Dona Adriana segurou minha mão por cima da mesa, fazendo carinho. Apesar do gesto, ela parecia distante, mais do que de costume.

— Que papo esquisito é esse, dona Adriana? — brinquei. — E *você*, tá bem? Além da sobrecarga de sempre na confeitaria e tal... Como você mesma disse, tem tempo que a gente não conversa.

— A gente nunca foi muito de conversar, né? — Ela suspirou, me trazendo novamente a sensação de que aquela conversa tomaria um rumo estranho, diferente. — Você sempre muito agarrada com seu pai, Pedro Antônio também, acho que não dei o meu melhor para vocês.

— Bom — dei de ombros, tentando amenizar um pouco o clima de culpa que se estabelecia —, acho que tudo foi muito uma questão de oportunidade também. A confeitaria sempre foi o *seu* sonho, né? Sempre vi a confeitaria como uma irmã, ou sua filha adotiva, digamos. O papai te ajuda, mas acaba sobrando mais tempo para ele ficar com a gente. E faz parte, acho que você deu o melhor que tinha pra dar. Acho, não, tenho certeza, mãe. Pedir mais do que você podia oferecer é demais, não? O que seria da nossa vida financeira sem a confeitaria, né? Eu tenho muito orgulho de ser filha de uma mulher incansável, guerreira, uma empreendedora de sucesso num país que nunca abraçou de fato os empreendedores que vêm de baixo.

Ela suspirou mais uma vez.

— Você tá se tornando uma mulher e tanto, sabia? — Minha mãe passou a mão no meu rosto, devagar, e percebi que a voz estava embargada. — Uma pena aquela menina ter ido embora. Vocês realmente gostavam uma da outra. Eu sou sua mãe, te conheço como a palma da minha mão.

— É, mãe, a gente se gostava demais. De qualquer forma, vai ser o que tiver que ser. Eu vou ficar bem. Herdei o seu DNA.

— Tenho certeza de que vai.

Ficamos em silêncio por algum tempo. Ela bebericando seu chá e eu bebendo minha água. No fundo, o tique-taque do relógio da cozinha era o único barulho perceptível, e meus olhos iam para qualquer lugar, menos para a direção da minha mãe, enquanto meus dedos tamborilavam na mesa. Nós duas nunca nos sentimos muito confortáveis sozinhas, apesar de termos uma boa relação. Acho que sempre faltou assunto, interesses mútuos, tempo ou intimidade mesmo.

— Filha — ela chamou, e eu voltei meus olhos em sua direção agora.
— Eu tô indo embora.

— Vai, mãe. Vai descansar.

— Não, filha... Eu estou indo embora *de casa*.

Eu gelei com aquela informação totalmente inesperada, aguardando mais algum detalhe. Ela iria deixar a gente? Eu não fazia a mínima ideia de que as coisas estavam indo mal entre os meus pais. Acho que passei tempo demais olhando para os meus próprios problemas, travando minhas próprias batalhas, e não percebi que meus pais também estavam enfrentando adversidades. Será?

— Seu pai já está sabendo — ela explicou. — Eu conversei com ele há um tempo, mas ele disse que já suspeitava de tudo, então está se mantendo forte. Eu estava só esperando o meu momento de contar tudo.

— Como assim, mãe? Tudo o quê? — perguntei, ainda incrédula.

— Eu conheci uma pessoa no trabalho... — ela começou e eu precisei respirar fundo para absorver a surpresa, e balancei a cabeça devagar, ainda me negando a acreditar. — Um cliente, na verdade. E acho que eu fui me apaixonando por ele com o tempo. Seu pai percebeu, mas eu sempre me negava a abrir o jogo, afinal não tinha feito nada de errado. Nós só conversávamos. Só mesmo. Até que eu me inscrevi naquele site, que todo mundo tá usando, o... — Ela estalou os dedos, tentando lembrar.

— Amezzo — completei.

— Isso. — Dona Adriana passou a mão no rosto e tomou mais um gole de chá, voltando a contar a história em seguida. — Eu queria entender o que estava acontecendo, pois passei a questionar se seu pai era de fato a pessoa certa para mim. A pessoa com quem eu viveria toda uma vida... No fundo, acho que eu tinha esperanças de que fosse ele. De que eu só estivesse vivendo um amor platônico, uma aventura e que, no fim das contas, isso fosse nos aproximar ainda mais.

— E o que aconteceu, mãe? — perguntei, mas já imaginando o que viria. Então, apertei os olhos, me esforçando ao máximo para não julgá-la e estar o mais aberta possível para isso. Se meu pai estava sendo compreensivo, eu tinha a obrigação de tentar ser também.

— Não foi seu pai que apareceu no encontro, minha filha. — Ela secou uma lágrima que escorria. — Foi o Marcos. E, depois disso, por todo o carinho e respeito que eu tenho pelo seu pai, precisei abrir meu coração e conversar com ele. Estamos separados desde então, nos organizando para contar tudo pra vocês dois. Ele vai ficar com a casa e vai voltar a atender, eu vou ficar com a confeitaria e me mudarei para a casa do...

— Quando você vai embora, mãe? — perguntei. Eram tantas as dúvidas que eu queria esclarecer que fiquei sem saber ao certo como me sentir. Minha maior preocupação agora era com o meu irmão. — O Pedro já sabe?

— Estávamos esperando as provas acabarem para não impactar tanto o desempenho dele na escola, pelo menos nesse momento crucial. E, bom, ele passou direto esse ano, entrou de férias hoje, então amanhã mesmo contaremos. Já tenho tudo organizado e sob controle.

— Certo — assenti. — Bom, eu não sei e nem tenho muito o que falar. — Ela concordou com a cabeça, secando mais algumas lágrimas. — Eu entendo, não te culpo de jeito nenhum, e vou estar aqui para o que você precisar. Sempre. É só me convocar que estarei ao seu lado para o que der e vier. Só espero que você saiba o que está fazendo e que não se arrependa. Meu pai não merece passar por essa confusão toda. E torcerei para que você seja feliz também. Não tenha dúvida disso.

— Eu te amo, minha filha — ela disse, me fazendo fechar os olhos e tentar digerir aquele gesto de carinho, com o qual tive contato pouquíssimas vezes vindo dela.

— Certo, mãe. — Eu tinha um nó na garganta. Não consegui responder de volta. — Vou deitar, tá bem?

Depositei um beijo na testa dela, me levantei da cadeira e fui passar uma água no copo antes de sair da cozinha.

— Filha, espera — ela chamou. — Chegou uma carta pra você hoje. Deixei na mesinha da sala.

— Obrigada, mãe.

Fui até a sala e peguei um envelope vermelho-escuro, quase vinho. Envelope esse que me parecia bem familiar. Rasguei o tracejado ao lado, puxando um papel no mesmo tom.

Capítulo 50

Ana Alice Marinho

Nós, do Programa Amezzo, precisamos lhe pedir as mais sinceras desculpas por todos os acontecimentos desde nosso último contato. Passamos muito tempo tentando decifrar a motivação da dificuldade que você e sua alma gêmea experienciaram e acreditamos que seja algo maior do que poderíamos prever, tratando-se de maneira intrínseca de cada uma e de suas experiências anteriores.

Sentimos muito pela proporção que as coisas tomaram e pelo fim que sua relação teve, e, em parte, nos sentimos responsáveis. Dentre todos os milhares de relações encontradas por intermédio do Amezzo, acreditamos que a de vocês tenha sido uma falha temporal, ou seja, de timing. Talvez, se tivessem se encontrado em outro momento, as coisas teriam tomado um rumo diferente.

Entretanto, compreendendo a injustiça e a dificuldade vivida pela senhorita, viemos por meio desta carta fazer uma nova proposta: Gostaríamos de oferecer uma segunda chance.

Com a ideia do recomeço e de uma nova experiência, acreditamos que seja justo uma nova tentativa, para que nós possamos fazer diferente. E você também.

Temos uma taxa de sucesso superior a 99,5%, consequentemente, este não é um procedimento padrão, então precisa ser sigiloso.

No dia 12 de dezembro, às 12h, esteja na Rua Garcia Pedroso, 1212.

Com amor, Equipe Amezzo

Acredito que eu tenha passado mais de quarenta minutos sentada na cama, olhando fixamente para aquela carta. Na minha cabeça, nada fazia muito sentido, mas, ao mesmo tempo, as coisas se encaixavam de alguma forma. E, por mais bizarro que parecesse, eu estava considerando a proposta. Estava considerando, realmente, ir até lá. Porque eu queria essa nova chance, queria a oportunidade de encontrar alguém que me escolhesse. E, acima de tudo, de ser feliz. Porque não era justo que eu estivesse no grupo do meio por cento e tivesse sido devastada.

Depois, até tentei deitar a cabeça no travesseiro, mas não preguei os olhos por um minuto sequer. Mexendo no celular, entrei no perfil da Naomi e fiquei olhando e analisando tudo por um tempo. Não havia nenhuma publicação nas últimas vinte e quatro horas, então precisei me ater ao que estava disponível, olhando todas as fotografias em Amsterdã que ela tinha postado. A maioria, fotos de paisagens e pontos turísticos, tiradas por ela mesma, mas algumas eram fotos dela em frente a essas paisagens, ou almoçando em algum restaurante *hypado*. Eu me perguntava quem estava por trás da câmera e, admito, sentia um pouco de ciúmes disso.

As perguntas na minha cabeça eram tantas que vi o dia clarear pela janela do quarto, mas precisei me levantar assim mesmo, sem dormir, para produzir um material para segunda de manhã que, devido ao fim precoce do expediente, não consegui finalizar. Pelo menos eu desfrutaria de um domingo livre de tarefas. Com a saída da Naomi, meu rendimento deu uma caída no trabalho e eu decidi que iria aproveitar o fim de ano para colocar currículo em outros lugares, e, quem sabe, conseguir um novo emprego, um salário melhor, e assim poder ajudar mais em casa, já que... agora meu pai iria bancar as contas sozinho. Ele foi a primeira pessoa que vi quando saí do quarto. Estava na cozinha encostado no balcão, tomando sua xícara de café em pé, como sempre.

— Bom dia, minha princesa. — Ele esticou o braço na minha direção, me chamando para um abraço, e me deu um beijo carinhoso na testa. — Já está sabendo da novidade, não é?

— Tô, sim, pai. — Cocei os olhos, antes de pegar minha caneca e me sentar à mesa. — Como você está?

— Ah — deu de ombros —, tô indo. Não tenho muito o que fazer, acho. Eu amo muito sua mãe, mas já tinha percebido há um tempo que algo havia mudado. E se há uma coisa que eu não sou é egoísta, então não posso prendê-la num relacionamento que já não traz felicidade.

— Uau. — Arregalei os olhos, coçando a testa. — Que maduro!

— Estou tentando ser. Mas, cá entre nós — ele se aproximou de mim —, tô morrendo de ciúmes. O cara é bonitão.

Acabei gargalhando mais alto do que deveria, já que a outra metade da família ainda dormia, e tapei a boca com a mão.

— Impossível! Nenhum homem é mais gato, gostoso e simpático do que você, pai — respondi, arrancando uma risada dele também.

— Pelo menos *alguém* pensa assim.

— Vocês vão contar pro Pedro hoje, certo? — Ele assentiu. — E ela pretende ir embora quando?

— As malas já estão praticamente feitas, então acredito que amanhã cedo.

— Céus! — exclamei e franzi o cenho, entregando minha caneca para ele, que já estava com a jarra de café em mãos.

— Pois é. — Ele encheu minha caneca, me entregando em seguida. — Eu vou me ater a poucos comentários, minha filha. Não quero falar mal da sua mãe. São 27 anos juntos, no fim das contas. Uma vida. E eu tenho muito respeito por ela. — Concordei com a cabeça, soprando o café e tomando um gole em seguida. — Mas olha pelo lado bom: vou tirar meu diploma da gaveta e voltar a atender!

— Tá animado? — perguntei, rindo.

— Demais, começo essa semana mesmo. — Ele fez uma dancinha e eu acompanhei. — Vai ser uma distração e tanto. E eu estava morrendo de saudade de ajudar as pessoas de verdade, de fazer o que eu gosto. Você não tem ideia!

— Ah, eu tenho. Você passou os últimos oito anos me enchendo o saco pra entrar na terapia e fala sobre isso a qualquer mínima oportunidade que aparece! — exclamei, fazendo com que ele soltasse uma risadinha.

— É, tem razão. — Ele se virou para a pia, começando a lavar a louça. — E você? Dormiu bem?

— Ô — soltei, em ironia.
— Ainda isso?

Papai virou o rosto na minha direção, preocupado, enquanto esfregava um prato.

— Tinha passado, na verdade — expliquei, colocando as duas pernas na cadeira logo à minha frente. — Mas acho que nos últimos dias eu estou mais ansiosa.

— Saudades da Naomi?
— Saudades da Naomi — confirmei. — E, sei lá, medo do futuro, talvez.
— Bom, estamos no mesmo barco agora.
— Parece que sim — falei, bocejando. — E, sabe... isso é bom.

Meu pai pediu licença, saindo da cozinha, e eu me assustei com uma notificação no celular. Era um número desconhecido me mandando mensagem.

Oi, Ana Alice! Aqui é a Suzi, a faladeira do metrô kkkkk. Andei pensando muito no nosso papo e você tem toda razão. Conversei com minhas amigas e elas disseram que a primeira coisa que eu preciso fazer é procurar uma terapia e, depois, tentar voltar a viver um pouco e fugir desse caos todo que minha vida virou. Tem alguma indicação de psicólogo para mim? Beijos e obrigada.

Sorri com a mensagem, não acreditando na coincidência, por mais que o destino já tivesse me provado que todas as coisas acontecem por uma razão. Comecei a digitar e enviei uma resposta.

Na verdade, tenho um ótimo psicólogo para te indicar, sim. Precinho camarada.

Capítulo 51

Na minha conversa com Naomi, eu olhava fixamente para os três pontinhos, animada. Ela estava digitando, finalmente respondendo minha última mensagem: *Eu amo você, Alice.* E, na mesma hora, uma chamada apareceu na tela do celular.

— Alô? — atendi, confusa.

— Tô na sua porta, amor — foi tudo o que ela disse, desligando a chamada em seguida.

Corri para a janela do quarto. Ela sorria e olhava na minha direção. Estava mais linda do que nunca. Desci as escadas tão rápido que não sei como não me estabaquei. Assim que abri a porta, fui puxada pela cintura e ganhei um beijo cinematográfico.

— Eu tava morrendo de saudade — Naomi sussurrou no meu ouvido e subimos as escadas aos tropeços.

— Eu não acredito que você tá aqui. — Eu sorria, sentindo seu toque em minhas costas e sua boca no meu pescoço.

— Só aproveita — foi a resposta, me deitando na cama e sentando no meu colo.

Meu corpo queimava entre beijos e carinhos que eu já conhecia e que tanto sentia falta, mas quando colocou a mão dentro da minha blusa, ameaçando tirá-la, eu acordei num susto.

Minha respiração estava descompassada e meu corpo inteiro suava. Olhei para o teto, completamente frustrada, e peguei meu travesseiro, apertando-o contra o rosto e gritando a plenos pulmões.

Peguei meu celular para checar as horas: 12 de dezembro, 4h25.

Hoje era o grande dia e eu já havia decidido que iria ao encontro. Eu precisava me dar de presente essa segunda chance.

Minha cabeça estava uma verdadeira bagunça, alternando entre sentir que *deveria* fazer isso e ter *certeza* de que eu não conseguiria me apaixonar por outra pessoa. Mas eu precisava, pelo menos, ir até lá. Eu estava curiosa para entender quem seria esse outro alguém, para entender como eles pretendiam consertar aquele erro, para entender como eu lidaria com tudo isso, para ser o mais sincera possível com quem quer que fosse essa pessoa, para fazer as coisas diferentes pelo menos uma vez na vida... E, quem sabe, construir algo com alguém. Sabendo que as coisas seriam diferentes, e deixando claro para essa pessoa também.

Eu acreditava, piamente, que a Naomi seria para sempre o amor da minha vida, mas também sabia que não podia esperá-la para sempre. Porque, acima de tudo, ela sequer tinha me pedido isso. O sol ia raiar a qualquer momento e eu precisava tirar um cochilo, nem que fosse de uma hora.

—Vai fazer alguma coisa hoje, Ana? — Isa perguntou, no início do expediente, quando estávamos na área para fumantes, só para jogar conversa fora.

— Na verdade... vou, sim. — Tomei um gole de café, olhando para o horizonte.

— O quê? — Isabella franziu o cenho, estranhando.

— Eu tenho uma vida social além de vocês dois, tá? — respondi, me fazendo de ofendida, e nós rimos. — Inclusive, saio mais cedo hoje. Na hora do almoço. Só vim mesmo para responder uns e-mails e fechar a reportagem sobre a turnê da Madonna. Vou tirar do meu rico banco de horas.

— Bom, me perdoe *senhorita popular*! — Ela levantou as duas mãos, em redenção. — Eu e Theo vamos num barzinho mais tarde, com uns amigos meus do MBA. Ia te convidar para ir também. Mas, me diz, vai fazer o quê?

— E segurar vela para o casal?! Não, obrigada — brinquei, desviando da pergunta.

— Presta atenção, mulher! Qual a parte de bar *com uns amigos* que você não entendeu, Ana Alice?! — Ela me cutucou, implicando. — E trate de me responder!

— É brincadeira, eu realmente tenho um compromisso.

— E não vai me falar o que é? — Isa semicerrou os olhos.

Precisei morder minha língua para guardar aquilo apenas para mim.

— Cadê minha privacidade, dona Isabella? Bora trabalhar!

Passei em casa para me certificar de que tudo estava bem antes de sair. Repassei o que pretendia fazer, o que pretendia falar. Deitei na cama, respirei fundo incontáveis vezes, repensei minha decisão inúmeras outras... Então, abri um livro, fechei o livro, chequei minhas mensagens, levantei da cama, rodei pelo quarto, ameacei sair de casa, sentei no sofá, liguei a televisão, desliguei, fechei os olhos com força, tomei mais um café, prendi o cabelo, soltei o cabelo, escovei os dentes, retoquei a maquiagem, rodei pela sala, troquei de sapato, troquei de roupa, troquei de roupa... Um ciclo interminável. Conforme a hora ia se aproximando, eu ia questionando mais e mais o que fazer.

Até que... Decidi arrancar o band-aid de uma só vez.

Antes de tudo, bati na porta do quarto do Pedro Antônio só para verificar como ele estava — meu irmão vinha lidando bem com a separação, muito melhor do que eu esperava. Elisa estava ficando direto com ele aqui em casa, e agora, sem a mamãe, eles podiam ficar no quarto de porta trancada, então imagino que ele estivesse gostando dos novos privilégios também.

— Tô saindo, crianças, se comportem! — avisei, mandando beijo e indo em direção à escada. Antes de descer, decidi voltar e, encostada no batente da porta dele, pedi: — Prometam pra mim que vocês nunca vão se inscrever naquele site e vão apenas valorizar a relação que vocês dois têm?

— Relaxa, Aninha. — Elisa abriu a porta e, pela fresta, sorriu para mim. — Eu já avisei pro Pedro que, se ele chegar a cogitar duvidar do nosso relacionamento, é um homem morto — brincou.

— Eu sei que ela é minha alma gêmea, não preciso disso — Pedro retrucou lá de dentro, e eu fiquei só imaginando o prêmio que ele ganharia por essa fala. Santo Deus!

— Continuem assim. — Sorri, pensando naquele casal que eu vi crescer, amadurecer e se apaixonar, e que, finalmente, depois de tanto tempo e tanto carinho, estavam juntos. Eu não tinha dúvidas de que eles eram almas gêmeas. — Amo vocês.

Papai já deveria estar voltando do trabalho para almoçar em casa. Um velho amigo o chamou para dividirem consultório. Ele estava loucamente animado com tudo, se sentindo diferente, o astral nas alturas, a energia renovada. Bem melhor do que eu imaginei que ficaria. Meu pai era um ser humano incrível e eu era muito grata por ter esse cara ao meu lado. Sua primeira cliente, como eu indiquei, foi a Suzana, e ele também conseguiu recuperar alguns pacientes antigos, então estava esperançoso sobre começar o próximo ano com tudo.

Antes de sair, me olhei pela trigésima oitava vez no espelho, para me certificar de que estava tudo certo, e chamei um carro pelo aplicativo. Passei o caminho inteiro passeando pela tela inicial do celular, olhando tudo aquilo que eu já tinha visto inúmeras vezes, com o coração acelerado e uma sensação estranha no peito. Sensação de estar fazendo a coisa certa, por mais errada que parecesse.

Eu definitivamente não conseguia engolir muito bem a ideia de me encontrar com outra pessoa. Criar uma história nova, conhecer, aprender a gostar... Tudo isso me deixava com um nó na garganta e borboletas no estômago. Mas eu também sequer cogitava recusar a proposta. De alguma maneira, algo me puxava até esse encontro como um ímã poderoso.

Eu não parava de me contradizer, a todo tempo, a todo momento. Mas acho que eu preferia que fosse assim. Porque, no fim das contas, se eu tivesse tanta certeza do que faço, não teria chegado até aqui e vivido tudo o que vivi. Teria feito as coisas de forma bem diferente.

Quando o carro estacionou na frente daquele prédio... De olhos fechados, passou na minha cabeça um trailer de todas as coisas que vivi desde que pisei no Amezzo pela primeira vez há quase um ano. Do momento em que encontrei a Naomi até o momento em que a vi pela última vez. Um vislumbre de tudo que nos impediu de continuar a nossa história. E tudo o que pude fazer foi, ainda de olhos fechados, pedir ao destino — e à inteligência artificial do Amezzo, lógico! — para que essa segunda chance valesse a pena e transformasse minha vida.

Certa do que fazer, toquei o interfone daquele imenso prédio vermelho, torcendo para que eu não me arrependesse. E a mesma voz adocicada da primeira vez me respondeu:

— Olá, Ana Alice! Que bom que veio. Estávamos te esperando.

Capítulo 52

Desta vez, não me encaminharam à sala onde eu conheci *ela*, mas para um quarto no terceiro andar, um ambiente bem parecido com o primeiro, na verdade. No elevador, contendo quinze botões ao todo, confirmei que o prédio era enorme e fiquei curiosa para saber o que tanto tinha em todos aqueles andares.

Quando entrei, o cômodo estava vazio, com uma mesa de jantar central, posta e iluminada por velas, perfeitamente organizada para uma refeição. Ao fundo, começou a tocar, bem baixinho, uma das minhas músicas favoritas da vida. Sorri ao perceber esse detalhe tão sutil, mas que me deu a coragem que eu tanto precisava para me sentar. Eu respirava fundo, o corpo inteiro tremendo de nervosismo e ansiedade.

Na tentativa de conter as emoções que gritavam dentro de mim, fechei os olhos e, alguns segundos depois, fui tomada por um cheiro familiar, tão conhecido que fez meus pelos se arrepiarem instantaneamente. Reneé cantava "Willow". Uma sensação indescritível de euforia dominou meus sentidos.

So I'm coming to you
Can I get your permission
To lay underneath you?
Not a special occasion
I just had a feeling
Wanna ask how you're doing
And mean it, I mean it

Ao abrir os olhos... Naomi Mori estava ali, segurando a porta entreaberta, olhando na minha direção como quem espera uma autorização. Eu não disse nada, sequer consegui raciocinar antes de agir. Apenas me levantei às pressas, correndo na direção dela, e a agarrei como um náufrago prestes a se afogar se agarraria a uma boia salva-vidas.

Minha vontade era nunca mais soltá-la. Ela dava gargalhadas enquanto deixava as lágrimas caírem no meu ombro. Só ficamos ali, juntas, agarradinhas, como se o tempo tivesse parado e a distância entre nós... jamais existido.

— Eu senti tanta saudade de você, garota.

Naomi sussurrou, me dando beijos no ombro, com os braços ainda em volta de mim.

Nos separei daquele abraço e segurei o rosto dela com as mãos. Nós duas chorávamos na mesma intensidade, como se não houvesse outra realidade que não essa, e nossos toques e olhares eram de tamanha delicadeza... estávamos fragilizadas, e todo cuidado do mundo era pouco. Eu balançava a cabeça, olhando para cada detalhe daquela mulher na minha frente.

— Eu só posso estar sonhando.

— Não, não tá — Naomi garantiu. — Eu tô aqui.

— Você voltou... de vez, Naomi?

Eu temia a resposta. Tinha medo de que ela pudesse escapar pelos meus dedos novamente.

— Eu voltei, Alice. — Assentiu rapidamente, segurando minha mão. — Eu não aguentei ficar sem você. A cada dia que passava, mais eu me arrependia de ter te deixado, de ter te perdido. E quando você disse que me amava... Ah, meu amor, eu não podia ficar mais um dia sequer longe de você.

— E seu emprego, seu apartamento? Como assim você voltou de repente? Você ia ficar lá por dois anos, não era? — Eu tentava entender todos os detalhes do que estava acontecendo antes de me entregar totalmente. Naomi encostou o rosto no meu e fechou os olhos.

— Larguei tudo, Alice. Eu tô aqui. Com você. — Ela encostou a boca na minha e me deu um selinho. — Eu te amo, Alice. E só te ter ao meu lado já é mais do que o suficiente para mim.

Ao ouvir a voz da Naomi dizendo tudo isso, com todas as letras, eu transbordei. Todos os meus sentimentos por ela duplicaram, triplicaram, explodiram. Eu senti todo o meu amor por ela, em sua complexidade, plenitude e poderio, transpirar pelo meu corpo, grande demais para caber em mim.

E eu a beijei.

Não como se fosse a primeira vez ou a segunda ou a terceira, nem como se fosse a última. Eu a beijei como se fosse exatamente *este* momento, porque ele, por si só, já seria grandioso o suficiente para ficar na memória pelo resto da vida. Para guardar em cada pedacinho de mim e visitar toda vez que eu tentasse definir o que sinto por ela: era impossível colocar em palavras ou descrever, porque era maior do que eu, do que ela, do que nós todos. Porque era maior do que todas as poesias. Era inexplicável, inenarrável, indecifrável. É uma daquelas coisas que a vida te entrega e que você precisa segurar com todas as forças, afinal, uma das maiores certezas que eu tenho é que nada *nunca* vai ser tão bonito quanto isso. E tão nosso.

Juntas, dividimos um jantar maravilhoso, dessa vez até o fim. Naomi me contou como foi a viagem, falou sobre os lugares lindos que conheceu, apesar do frio, e me contou um pouco sobre o trabalho. Eu contei para ela tudo o que tinha acontecido desde que paramos de nos falar. Falei sobre o casal Theo e Isa, sobre a separação dos meus pais, sobre a terapia... E ela ouviu tudo atentamente, cada detalhe.

— Foi muito difícil ter te visto antes da viagem — ela comentou, me fazendo estreitar os olhos, em estranhamento.

— *Não* ter me visto, você quer dizer, né?

Agora foi Naomi quem franziu as sobrancelhas, virando a cabeça um pouco para o lado.

— Não, Alice, ter te visto mesmo. No dia que você bateu lá em casa de madrugada.

— *Eu o quê?!?!?!?!* — perguntei, chocada com aquela nova informação. Nós duas ainda estávamos sentadas à mesa, e Naomi começou a gargalhar, dando um gole em seu copo d'água em seguida, para recuperar o fôlego.

— Não vai me dizer que não se lembra, Alice.

— Eu não faço ideia do que você está falando.

E então ela me contou tudo sobre aquele dia, ou melhor, aquela noite: sobre eu ter tocado a campainha de madrugada, sobre eu estar completamente bêbada e falando mais coisas do que falaria normalmente, sobre ter me dado banho e cuidado de mim... Naomi contou, também, sobre o beijo que ela tanto se segurou para não me dar, mas que eu implorei. E sobre ter precisado lutar contra si mesma para me levar embora, porque eu não queria soltá-la de jeito nenhum. Disso não duvidei.

Depois de terminado o jantar, um rapaz simpático entrou na sala e nos orientou a ir para o oitavo andar, sala 802. Naomi me olhou, com um sorriso malicioso, e segurou minha mão. Ela apertou o botão do elevador e esperou com toda a paciência do mundo, acariciando meu cabelo. Quando as portas se fecharam, Naomi me pressionou contra a parede, não esperando um segundo sequer para me dar *aquele* beijo.

Capítulo 53

Nem tive tempo de apreciar o quarto, pois assim que a porta foi fechada, Naomi me guiou até a enorme cama no centro do cômodo. Com uma das mãos puxando meu cabelo pela nuca e a outra passeando por baixo da blusa, ela beijava meu pescoço lentamente, apreciando cada segundo em que seus lábios tocavam minha pele e, juntas, caímos com tudo no colchão. Eu, sentada na beira da cama, e Naomi em cima de mim.

Eu segurava a cintura dela com firmeza e meu corpo se arrepiava na mesma intensidade com que meu coração batia, com a saudade de senti-la por inteiro. Não demorou muito para que eu a puxasse mais para perto, caindo de costas, abaixando a alça do vestido e chupando seus peitos com avidez. Naomi se apoiava sobre mim com os braços esticados, gemendo baixinho, com os olhos à minha procura.

Sem hesitar, deixei que ela abrisse minha blusa. Ainda em cima de mim, Naomi se remexia num ritmo todo nosso, com nossos corpos dançando juntos e se entrelaçando cada vez mais. Ela me beijava com carinho e cuidado. Mas, ao mesmo tempo, demonstrava com urgência a necessidade que sentia de mim. E que eu também sentia.

Arqueei o corpo para que dedos hábeis abrissem meu sutiã com uma facilidade quase mágica. Ela então passou a língua no vão entre meus seios e, com um sorriso malicioso, desceu para a minha barriga.

Naomi foi depositando beijos no caminho até a barra da minha calça, e arranhando de leve minha cintura. Ficando mais e mais impetuosa, tirou minha calça e seus beijos partiram para a parte de dentro das minhas coxas, se estendendo até se aproximarem da calcinha de renda branca que eu usava.

Já havíamos feito isso incontáveis vezes. Todos esses passos, todos esses movimentos, de várias formas e em vários lugares. Eu sabia o significado de cada gesto e conhecia a sensação de cada toque. Sabia de cor o gosto que ela tinha, o cheiro que ela exalava e conhecia perfeitamente bem a textura dos lábios em minha boca. Era inconfundível. Ainda assim, com toda a familiaridade de nossos corpos juntos, todas as vezes pareciam inéditas. Os olhares trocados, os beijos sedentos, os sussurros indecentes... E o efeito dela sobre mim.

Tudo era conhecido. Tudo era novo.

— Olha pra mim — Naomi ordenou ao ficar nua, deslizando o dedo médio para dentro da minha calcinha, a essa altura, encharcada. Eu a obedeci sem pensar duas vezes e, quando nossos olhos se encontraram, pude, enfim, senti-la dentro de mim. Conforme ela aumentava o ritmo, com uma das mãos segurando firme meu maxilar, eu sentia meu corpo inteiro reagir. Àquela altura, conter os gemidos havia se tornado uma missão impossível, e o sorriso deixava claro o quanto ela gostava disso.

Fechei os olhos, mordendo o lábio com força, ao sentir uma língua quente. Naomi sabia *muito bem* o que fazer, e exercia total controle quando o assunto era sexo. Conforme ela me chupava e me sugava, manteve o dedo dentro de mim, fazendo movimentos circulares. Aos poucos, fui sentindo um arrepio percorrer minha coluna, enquanto minhas pernas tentavam, à revelia, se fechar. E quando aquela sensação entorpecente tomou conta do meu corpo inteiro em forma de espasmos descontrolados e contrações involuntárias, precisei puxá-la para mim.

Naomi subiu o corpo, depositando beijos em toda a extensão do meu tórax e, com um sorriso excitante, colocou três dedos na boca, me observando enquanto os chupava.

Eu não disse nada, pois estava me concentrando em respirar e me recompor, para que eu pudesse fazê-la sentir mais do que me fez sentir, como uma saborosa competição. Mas antes de qualquer coisa, ela me beijou, e eu pude sentir meu gosto em sua boca.

— Eu te amo, Ana Alice. Preciso ter você assim, desse jeito, pro resto da minha vida — confessou, agora com um sorriso quase meigo, analisando meu rosto.

Eu sorri de volta.

— Você já me tem, Naomi.

Capítulo 54

Acordei com a luz de um sol forte entrando pela janela do quarto e avistei Naomi Mori sentada a uma mesinha com uns cinco ou seis livros em cima e um vasinho com tulipas coloridas, no cantinho do quarto. Ela tomava uma xícara de café e comia um croissant enquanto lia *Pequena coreografia do adeus*. Me mexi na cama, soltando um resmungo leve, me espreguiçando. Renovada, esfreguei os olhos.

Agora, o que eu mais queria era me certificar de que tudo aquilo tinha acontecido, de fato. Que Naomi estava ali, comigo. Que ela me amava como tinha dito. E que tivemos a noite que tivemos, com todos os detalhes inclusos, com tudo que tínhamos direito.

— Bom dia, amor da minha vida — Naomi desejou quando notou que eu havia acordado. Ela se levantou da cadeira e veio na minha direção, na cama. Com um beijo na testa e um carinho no rosto, continuou. — Chegou café da manhã pra gente, eu estava esperando você acordar.

— Dormi tão profundamente que não ouvi nada nem reparei que você já tinha saído da cama. Mulher, você me deixou exausta.

— Desculpa, mas já abri os trabalhos, acordei faminta. — Ela apontou para um carrinho de hotel com uma quantidade de comida muito maior do que nós duas seríamos capazes de dar conta.

Naomi trouxe o banquete para mais perto e pude vislumbrar tudo o que tinha ali. De cara, vi uns quatro tipos diferentes de pães. Várias geleias, manteiga, mel, Nutella, queijos, frios, salada de frutas, cereais, ovos... Três bolos diferentes, dois copos do que parecia ser suco de laranja, meu favorito, duas xícaras de café, uma jarra de leite, e mais uma série de besteiras — éclair de chocolate, pastel de nata, rosquinhas de coco, muffins, macarons... — das quais eu sou apaixonada e sei que a Naomi também.

— Eu ainda não acredito que você tá de volta — admiti, dando um gole no suco. Naomi, sentada à minha frente, abriu um sorriso bobo e colocou uma mecha de cabelo atrás da orelha.

— Eu ainda não acredito que você me perdoou depois de tudo. Fiquei com tanto medo, Alice. Você não tem ideia.

— Para viver isso que a gente está vivendo... — comecei, segurando a mão dela — eu te perdoaria quantas vezes fossem necessárias.

Naomi levou minha mão até a boca, depositando um beijo demorado na palma.

— Eu tô muito ansiosa — ela soltou.

— Ansiosa ruim?

— Ansiosa bom! — exclamou. — *Muuuito* bom.

— Pra quê? — Sorri com malícia. — Me conta.

— Para passar o resto da minha vida te conquistando.

— Você não precisa me conquistar, garota. Eu já tô inteirinha aqui, ó, na palma da sua mão — falei, dando um beijo demorado na mão dela, exatamente como ela havia feito.

Então, me ajeitei no travesseiro, puxando-a para mais perto.

— Saiba que eu estarei sempre arranjando um jeito de fazer com que, todo santo dia, você se apaixone por mim. Só para te fazer mais e mais feliz. — Naomi se aproximou para me roubar um selinho, pegando um pão de queijo e dando uma mordida.

— Posso te fazer uma pergunta? — Ela assentiu. — Quando foi que você decidiu voltar?

— Eu tinha conquistado o maior sonho da minha vida e, ainda assim, não estava feliz. Eu queria celebrar isso *contigo*. Não tinha graça ter tudo aquilo e não ter você do meu lado. — Ela mexeu no cabelo e fez um rabo de cavalo, respirando fundo. — Mas eu não podia voltar, sabe? Eu teria que abrir mão de tudo e, além do mais, tinha te magoado tanto... Eu não queria estragar tudo pra você, te impedir de seguir em frente. Eu não tinha esse direito.

— E alguma coisa mudou — comentei.

— Mudou — Naomi confirmou. — Foi a sua mensagem. O dia que você disse que me amava. Simples assim. — Percebi os olhos dela se encherem de lágrimas, mas ela olhou para o teto, se segurando. — Tudo bem que eu tava bêbada. Além de trabalhar pra caralho, claro, tudo o que eu fazia lá no meu tempo livre era passear e beber vinho. Mas assim que você me mandou aquela mensagem, eu decidi que não podia continuar perdendo tempo. E, você sabe, quando eu decido uma coisa... Então, no dia seguinte, eu fui até a empresa, marquei uma reunião com o CEO, inventei uma desculpa sobre minha avó, e disse que iria embora. Que eu precisava voltar com urgência. Ele ficou puto demais. — Naomi soltou uma risada. — Eu ainda precisei de alguns dias para me organizar... precisei entregar o apartamento, arrumar tudo e voltar pra cá. E o mais rápido possível.

— E como as coisas estão agora? — perguntei, um pouco preocupada, afinal ela abriu mão de uma vida inteira aqui e depois lá.

— Eu tô desempregada, mas isso vai ser resolvido rapidinho, nem se preocupa. Meu avô não deixou muita grana, mas deixou imóveis e terras de herança para a minha mãe e consequentemente para mim e minha irmã. Tem até no Japão. Inclusive, o apartamento daqui é meu. Minha avó ficou lá com o Abelzinho, e a Naoki se comprometeu a visitá-la com bastante frequência. Então eu tenho um teto e dinheiro suficiente guardado pra pagar as contas enquanto não me ajeito. Quem sabe eu e você... Tô com umas ideias malucas na cabeça pra gente discutir juntas, mas não é hora agora.

Respirei fundo, me permitindo ficar feliz por isso.

— Você tá bem, então? — precisei conferir.

— Eu não poderia estar melhor, Alice. — Ela abriu um sorriso largo, encostando o rosto no meu e fazendo um carinho na minha bochecha. — Eu consigo me virar. Posso encontrar outro emprego, outra casa, até outra profissão. Posso empreender... Eu estava muito agarrada ao meu sonho, no início. Não percebi que eu poderia abrir mão disso sem medo. — Naomi respirou fundo e me deu um beijo na bochecha. A voz se acalmou e ela fechou os olhos, falando comigo ao pé do ouvido, com a cabeça encostada no meu ombro. — Eu demorei muito, Alice, mas entendi que a única coisa que eu não conseguiria substituir, seria alguém como você. Seria um sentimento como o nosso. Um amor assim a gente não encontra toda hora, e é impossível construir do dia pra noite. A gente se esbarrou sem querer *inúmeras* vezes, e sabe por quê? Porque era de você que eu precisava. Não poderia ser outra pessoa. Era pra ser assim, era pra ser você.

Naomi saiu dos meus braços e se esticou para pegar uma caixinha em cima da mesa, meio que escondida junto com as frutas do café da manhã; um detalhe que eu não havia percebido. Então, abriu a caixinha de veludo, revelando o anel que eu pretendia usar para pedi-la em namoro. Ela apertou um olho, com o rosto corado e as mãos tremendo.

Naomi Mori estava nervosa para me pedir em namoro?

— Eu vou entender se você achar cedo demais — ela começou. — Mas será que você gostaria de... casar comigo? — Naomi gargalhou alto, do jeito que sempre me contagiou. — Meu Deus, eu tô parecendo uma adolescente apaixonada. Desculpa.

Parecia *verdadeiramente* que eu iria explodir de felicidade.

Aquela era a mulher mais perfeita que eu poderia encontrar. E ela seria minha esposa.

Aposto que vocês aí devem estar se perguntando: Ana Alice Marinho, você não sentiu medo do tamanho da mudança que viria pela frente? Querem a resposta sincera? Senti. E muito. Não importa o tamanho da confirmação. Não importa o destino, tampouco a inteligência artificial. Seria uma mudança enorme para alguém como eu.

Naomi já tinha vivido todas as coisas possíveis, mas achava que não podia mais viver sem mim. E estava ali, na minha frente, dando um passo gigantesco, firme e decisivo, mas, ao mesmo tempo, parecia que havia acabado de aprender a caminhar. Mesmo já tendo enfrentado tantos desafios. Ela poderia conquistar *tudo* o que quisesse, porque ela era gigante o suficiente para isso, e mesmo assim estava escolhendo conquistar a mim. Eu tive certeza de que ela me amava tanto quanto eu a amava; e isso para mim já era mais do que o suficiente.

Mas saber que ela pretendia passar o resto da vida ao meu lado era incomparável. E eu mal podia esperar. Acredito que um dia terei, mas, neste exato momento, eu não tinha palavras para definir o que tudo aquilo significava.

Olhei fundo nos olhos dela, olhos que eu tanto apreciava, e abri o sorriso mais sincero de toda a minha vida. Esse foi o exato momento em que tudo fez sentido — se é que há sentido nessa vida —, as peças se juntaram e o quebra-cabeça finalmente se formou. Mas uma pergunta pairava no ar: se não fosse através do Amezzo, eu e Naomi possivelmente jamais iríamos nos conhecer, de qualquer outra maneira? A resposta é sim, iríamos. Hoje eu tenho certeza absoluta disso. Porque, apesar de sermos, também, muito diferentes, todas as *minhas* coisas favoritas são *nossas*. Porque gostamos dos mesmos lugares, das mesmas comidas, dos mesmos livros, das mesmas músicas... e temos quase as mesmas manias. Porque, acima de tudo, tudinho mesmo, temos o mesmo desejo de fazer a outra feliz e de ser feliz junto uma da outra.

Se não tivéssemos nos conhecido em janeiro, seria em fevereiro, abril ou setembro. Seria em qualquer outro momento, de uma outra forma qualquer. Em algum dos nossos encontros e desencontros, ou em alguma das grandes coincidências que nos abraçaram.

Seria brigando por uma vela de bolo no mercado, no aniversário de uma ex, se esbarrando num elevador qualquer, lendo um livro no metrô ou trabalhando juntas. Afinal, em quaisquer que fossem as circunstâncias, nós teríamos nos enxergado, nos encantado e guardado uma a outra na memória.

E, sem sombra de dúvida, teríamos nos apaixonado, pois o destino se encarregaria disso.

- ☑ JANEIRO
- ☑ FEVEREIRO
- ☑ MARÇO
- ☑ ABRIL
- ☑ MAIO
- ☑ JUNHO
- ☑ JULHO
- ☑ AGOSTO
- ☑ SETEMBRO
- ☑ OUTUBRO
- ☑ NOVEMBRO
- ☑ DEZEMBRO

Papel: Pólen natural 70g
Tipo: Bembo
www.editoravalentina.com.br